可以悦读·外国文学

A Novel

第九小时

Alice McDermott

[美]爱丽丝·麦克德莫特——著

房小然————译

谨以此书献给圣婴修女会的玛丽·萝丝修女

目 录

短而黑暗的冬日　001

后来　039

第九小时　055

形单影只　068

萝丝　082

修道院之子　091

修会　112

露西修女　117

赎罪　154

过夜火车　164

圣母悼歌　195

替身　200

真相　219

补药　224

慈悲　234

圣洁　259

静止　266

恩赐　290

无尽之日　296

短而黑暗的冬日

二月三日,天气阴冷潮湿,上午飘起冷冰冰的绵绵细雨,下午则乌云如盖,铅灰色的天空沉得仿佛坠了下来。

下午四点,吉姆劝妻子出门,趁天光还亮买点东西。他在门口挥手送别妻子,然后关上门。吉姆今年三十二岁,头发虽已稀疏,嘴里右侧的虎牙也没了,可看上去依旧英俊潇洒,依然会被误以为只是二十出头的小伙子。自十六岁起,他的一双浓眉和黑色睫毛下那双深邃的眼睛就让姑娘们一见便丢了魂。纵然任谁也难抵岁月的摧残,吉姆也难逃最终秃顶、牙齿掉光的命运,可即使上了年纪,那双眼睛依然招女人喜欢。

吉姆从门厅衣帽架上取下自己的外套,摊在腿上,叠成长条,先将它挡在门槛上,再把衣袖和衣边尽可能塞进门缝。他们住的是像列车车厢那样纵长、狭小的公寓房：后屋是厨房，餐厅、客厅和卧室都在前屋。只要将靠墙而立的沉重沙发移动几十厘米就可以挡住门，以免妻子突然回来。他站上沙发，检查了房门上的玻璃气窗，见窗户严丝合缝，就从沙发上下来，用手拽直沙发后的蕾丝边，然后把刚刚在马毛垫上踩下的浅脚印抚平。

接着，吉姆走进厨房，把脸紧贴在炉子冰冷的珐琅上，手伸进炉子和黄色墙壁之间的窄缝，到处摸索了一番。空隙里应该放了诱饵捕鼠器，或曾经放过，所以他尽可能轻手轻脚。当他的手终于摸到连接烤箱与燃气阀的橡胶软管后，因为墙缝隙空间有限，所以只能尽可能用力拉扯，直到耳边听到噗的一声，随后是一阵稍纵即逝的嘶嘶声。吉姆手里拿着那根软管，站起身。厨房里的窗户正对着房子后面一片灰突突的庭院，每逢天气晴朗的时候，你总能看到一排又一排晾晒的衣物在院子里随风飘荡，但无论天气多么好也不能改变一个事实：院子其实就是一片垃圾场和丛林。老鼠在庭院深处横行，除了没人要的床垫和破破烂烂的板条箱之外，还有一片长势乱糟糟的城市植被——一棵半死不活的树，一片黑乎乎的藤本植物——看着很像一个荒弃已久的花园。从拾荒者到肆意妄为的醉鬼，院子深处但凡有点风吹草动就决然不会是什么好事。有一次，安妮坐在窗台上，嘴里叼着晒衣夹，脚边放着一盆洗好的衣物，突然瞧见一个男人拖着一个小孩走进泥泞的院子。男人把孩子绑在挂晾衣绳的粗木杆上,解下腰带。就在皮带抽到小孩裸露小腿的那一刹那,安妮的尖叫声也同时响起。安妮将晒衣夹,一盆常春藤,还有依然装着满满肥皂水的金属洗衣盆,对着那男人一股脑儿扔了过去。然后,她将半个身子探出窗外,威胁那个男人,说她要给警察、消防队,还有格里蒂协会①打电话。可那男人听了毫不在意,根本不理她,幸好老天爷这时突然变了脸,开始下雨,男人这才抬头望望天,耸耸肩,松开还在啜泣的孩子,拖着他离开了。"我可认得你!"安妮冲着远去的两人背影大声喊,其实她根本不知道那人姓甚名谁,只随口一说吓吓他。当天下午,她在大街上四处溜达,转了整整一小时,想看能不能再碰到那个男人和小孩。

等吉姆听到安妮的大喊大叫,冲进厨房,刚好瞧见安妮只有两个脚趾着地,上半身已完全探出了窗外。吉姆不得不冲上前去,一把抱住安妮的腰,这才救下了安妮。在总不去上班或上班迟到的日子里,吉姆对此已见怪不怪了。

吉姆这辈子都跟时间过不去。他的毛病是不喜欢守时,这

---

① 格里蒂协会,即纽约防止虐待儿童协会,该协会成立于1874年,是世界上第一个儿童保护机构。因其联合创始人之一的名字,也被称为格里蒂协会。——若无特殊说明,本书注释均为译者注。

对一名列车员来说，即使只是在布鲁克林地铁公司上班，也是个坏习惯。吉姆以摆脱时间的束缚为乐。每天的凌晨五点是吉姆最终需要面对、无可逃避的时刻，意味着漫漫长夜已经结束。这个时间节点犹如一道突然耸立的高墙，将昨夜所有的美好（饮酒聊天、甜蜜的美梦或安妮温暖的胴体）彻底隔离。当其他人，那帮懦弱的可怜虫，每天早上屈从于时间的淫威，如温顺羔羊一般抛弃他们的美梦、饮酒谈天的快乐、床上的温柔乡，开始一天的操劳时，吉姆则喜欢继续酣睡。吉姆打小就发现了一个对抗时间的简易可行的方法，只要眼睛一闭。我不去，吉姆只需喃喃自语，我才不要被时间管。当然，通常不能旷工一整天，但只要晚一两个小时吉姆就心满意足了，这至少证明他依然掌控着自己的人生，自己的时间自己说了算。毕竟，除了时间，难不成他还拥有其他更珍贵的东西吗？

就在两个星期前，公司因为吉姆不守时和不服管开除了他。面对开除自己的人，吉姆脸涨得通红，像受了侮辱的男孩一般不知所措，可心里其实早已无所谓，他转身扬长而去，终于自由了。但当他把这事告诉安妮时，安妮却哭了鼻子。她一边哭哭啼啼，一边气呼呼地告诉吉姆，她马上就要生了。此话一出口安妮就意识到，跟吉姆这样说，等于怪罪这孩子是累赘。

吉姆拿起安妮放在水槽上晾晒的茶巾，将它们拧成绳子状,堵住厨房窗户的缝隙。

吉姆拿着橡胶软管,穿过客厅,走进卧室。他先把鞋脱掉,然后将管子伸进嘴里,像在抽烟。当吉姆还在老家时,他曾在图画书上看见一个胖乎乎的恶魔坐在红色枕头上,手上正在做他现在做的事。吉姆坐在床边,低头祈祷:求你现在和在我们临终时……①吉姆躺回床上。房间里的光线越来越暗。在我们临终时,临终时……在家时,母亲抱着他,膝盖上摊着那本图画书,手从他身后伸出,转动时钟,让时钟面朝墙壁。

在这最终的时刻,他会再次把头枕在母亲肩膀上。他真的会这样吗?有几次他感觉自己像一脚踩在地板暗门上,心里空落落失去了信心。他站起身,发现枕头下压着自己的长睡衣。他把睡衣也拧成绳子状,沿着窗户边放好。他心里虽然知道这么做根本白费力气,也没必要,但还是把衣服掖进窗框与窗台间狭小的细缝里。

外面街上人流涌动,大多数都是女人,因为商店会开到很晚,在办公室上班的人还没开始排队往家赶。眼前只看见深色的外套和帽子,一两辆婴儿车经过,轮子搅起一溜白烟。这时,

---

① 出自《圣母经》:万福玛利亚,你充满圣宠,主与你同在,你在妇女中受赞颂,你的圣子耶稣基督同受赞颂。天主圣母玛利亚,求你现在和在我们临终时,为我们罪人祈求天主。

吉姆瞧见两位身穿黑袍、戴着白头巾的修女低头在灰色人行道上匆匆走过。他的脸颊紧贴在冰冷的玻璃窗上，一直瞧着那两位修女不见了踪影。他转身望着屋里，房间里已一片漆黑，他只好伸手摸索，沿着床栅栏走回他睡的那一侧。

他又伸出手，好玩似的抬起软管，用一只眼睛顺着软管向外看，好像望着铁路隧道那黑漆漆的洞口，前方的光亮就是隧道最远处的车站。然后，他又将软管塞回嘴中，开始大口深呼吸。一阵恶心突然袭来，吉姆感觉头有点儿晕。这本来是他一直盼望的一刻，可临到关头，吉姆却忘了这正是他想要的结果。他闭上双眼，强忍不适。屋子外面，有母亲在喊她的孩子，有马车缓缓驶过。车轮碾过街上的水噼啪作响。楼上房间有东西掉到地上，也许是缝衣篮，先是砰的一声，然后有木线轴滚到地上发出咕噜咕噜声。但掉下来的也可能是一个钱包，有硬币从钱包里滚出来，这谁也说不准。

傍晚六点，路灯开始点亮潮湿漆黑的街道。电车轨道、玻璃窗、街上散布的黑黝黝的水坑都反射着路灯的光芒。光洒在现场救火车的车尾和围观人群苍白的脸上，给戴眼镜的人镀上一层金黄色的光晕。这其中包括贫病关怀小姐妹会的圣萨维尔修女。今天下午，她在市政厅伍尔沃斯门厅，腿上放着施舍篮等人施舍，坐了整整一下午。她此刻正步行赶回修道院，感觉脚踝肿胀，膀胱就快要憋爆炸了。她回过头，圆圆的眼镜朝着灯光下的火灾现场，火已经被扑灭，冬日空气中飘散着一股难闻的味道。

圣萨维尔修女将钱袋绑在腰带上，钱袋里装着今天筹来的善款。斗篷里的胳膊下还夹着折起来的筹款小篮子。那栋起火的房子看起来着实让人心惊：四层楼所有窗户皆洞开，遮阳帘和单薄的窗帘化作鞭子抽打着冷风。整栋建筑物几乎隐于黑暗之中，奇怪的是，位于石头门廊上的门厅却灯火通明，一眼望去全是提着灯的警察和消防员。房子的前门大开，看起来可以直接通往一层客厅。圣萨维尔修女现在只想继续走，回自己的修道院，回自己的房间，上自己的洗手间——她现在手指冰冷，脚踝肿胀，那不结实的小篮子已被胳膊压变了形——可她还是挤过人群，爬上房子的台阶。软塌塌的消防水管躺在石栏杆底下的阴暗处。走廊里的两名警官转身瞧见修女，脱帽向她致敬，对她伸出双手，就好像她是被召唤而来的一样。"修女。"一位警官道。这位警官满脸通红，流着汗，即便灯光昏暗，修女也看到他上衣的袖口已经被火燎到。"这边走。"

公寓里面人头攒动，这些人看样子应该是住在这栋楼里的房客。房间里烛光连成一片，回荡着嗡嗡低语声，空气中飘荡着一股混杂着烟、淋湿的灰烬、羊毛织物和头发燃烧的气味。屋里人分成两堆：一堆人围着一个坐在窗边椅子上的中年男人，他穿着衬衫，脚踩绒毡拖鞋，双手抱头；另外一堆人则聚在房间对面，在一个躺在深色沙发上的女人身旁徘徊。那女人头上有一盏带流苏边装饰灯罩的灯，灯没亮。她头上盖着一块布，看起来正不慌不忙地跟俯身向她的瘦弱年轻人讲话。那女人看到修女，软弱无力地一抬手道："修女，她在卧室里。"女人的胳膊从手腕到肘部都沾着油状物，闪闪发亮，也许是黄油。

"别再碰油乎乎的东西，"修女说，"除非你想再火上浇油。"那位年轻人听到这话，哈哈大笑转过身。他戴着一顶灰色软呢帽，咧嘴一笑，露出一口白牙。"摘帽是最起码的礼貌。"修女教训那个年轻人道。

圣萨维尔修女的使命就是奔赴陌生人的家，照顾身患疾病和年老体弱的人。她如一阵春风般在各个房间里穿梭，打开衣橱、瓷器柜或写字台抽屉，检查洗手间或紧攥在人们手中的脏兮兮的手帕。这么多年，修女的工作从不见少，同样不见少的还有她最初的胆怯和想闭眼的冲动。圣萨维尔修女一边穿过客厅，走进狭窄的走廊，一边点头跟众人致意。根据她眼前看到的足以断定，这家女主人应该是犹太人——那个躺在沙发上的女房东肯定是犹太人，不过这只是她的猜测而已，她的证据是带流苏的灯罩、贴着远处墙壁摆着的立式钢琴,还有狭窄走廊上挂着的深色油画,画上的人似乎是两个普通农民,而不是圣人。世间的事就是如此无常,一场危机或悲剧便令这本该是家庭团聚的时间,本属于私人的地方突然之间挤满了外人。路过那里时,圣萨维尔修女看到小厨房里的小桌子上摆着盘子,盘子里有半块已经被咬了一大口的面包,面包上沾着深色肉汁,叠好的报纸旁还摆着一杯茶。

卧室里点着蜡烛,两名警察正在房间另一头的角落里交谈。椅背上挂着黑色长袜,梳子和手帕乱七八糟地堆在低矮的梳妆台上,床脚的破旧地毯上扔着一件灰色紧身胸衣。一个女孩侧身躺在床上,深色裙子摊在身边,她看着像是从高处跌落到了那里。女孩背对房间,脸对着墙。另一个女人正俯身照顾她,一只手搭在女孩的肩膀上。

两位警察瞧见修女进门,点头跟她致意。个子矮的那位警察边向修女走过来边摘下帽子。他上衣袖口也有被火燎过的痕迹。此人面色凝重,口气污浊,一口劣质假牙,他用短小的胳膊指向床上的女孩,指着天花板和楼上着火的房间。这动作中透着怜悯,这种怜悯似乎沉重到拖慢了他的动作。这是个软心肠,修女心中暗道,是自己人。警察说,那女孩买东西回来,发现门被挡住打不开,于是向邻居,就是住在隔壁的一个男人和住这里的女房东求助。他们帮女孩推开门,男人见屋里太黑,就划着了火柴,结果发生了爆炸。警察说幸好他就在附近,等其他邻居将他们三个人抬到这儿时,他已经把火扑灭了。然后,他发现卧室里还躺着一个年轻人,已经因为窒息而死。那个年轻人是屋里这个女孩的丈夫。

圣萨维尔修女倒吸一口气,念了句上帝保佑。"他竟然睡着了,真可怜,"修女轻声道,"煤气炉上的指示灯肯定坏了。"

警察瞥了眼身后的床,拉着修女的胳膊肘,将她拉回到走廊。两人站在厨房门口,望着眼前实在难以不去注目的一幕:小木桌上放着咬过的面包、深色的肉汁和一杯淡红色的茶,椅子向后推开(当时肯定撞得地板砰的一声),叠起来的报纸上露出一排排扭曲的黑字。

"是自杀。"警察低声道,他的口气倒像是为了配合这个不得不说的坏消息而散发出一股酸味。"他开了煤气,还好没害别人陪他一起死。"

圣萨维尔修女早已习惯了随时奔赴陌生人家帮忙,听到此话,她只沉稳持重地点点头。但就在她低头转脸的那一瞬间,修女帽的硬边刚好遮住了她的双眼。当她再次抬起头时,眼镜后那双棕色的小眼睛里有光在闪烁,那并非泛起的泪花,而是如同大理石或黑锡矿那样坚硬表面反射的光芒——这代表修女已经知道并接受了这个事实,这是一起自杀。修女曾从年轻女人紧攥的手里拽出过手帕,打开瞧见里面有血有痰,她也只像现在这样点点头,把手帕又攥成一团。在匆忙拜访陌生人家时,她见过放在垃圾桶里的奶瓶、橱柜里糟糕透顶的食物、隐秘之处的淤青,有一次还见过只有巴掌大的全身苍白的新生儿躺在满是鲜血的盆里。她都什么也没说,只像现在这样,点点头而已。

"那姑娘叫什么名字?"修女问。

警察眉头紧锁。"好像叫麦什么。人们都叫她安妮。从爱尔兰来。"警察又补了一句,"所以我觉得应该叫你们来。"

修女闻言微微一笑,又圆又小的双目黝黑深邃。"是吗?"修女道。两人都知道没人找修女来。修女只是回修道院刚好路过。她又点点头,宽恕了对方的虚荣心,他刚才是不是还说他一个人扑灭了大火?"那我过去看看她。"修女道。

修女刚要迈步,就瞧见那一口白牙的年轻人向警察走来,头上还戴着帽子。"嘿,奥尼尔!"年轻人一张嘴就大呼小叫。真是个不懂礼貌的年轻人。

在昏暗的卧室里,女邻居虽然站在床边,眼睛却看着别处,瞧着凌乱房间另一端的暮色,目不转睛。她是一个大约四十岁的胖女人。毫无疑问,她的孩子在等她哄上床睡觉,她的丈夫在等她安抚。不能指望一个已成了家、每天要面对自己一摊麻烦事的女人再去抚慰另一个同她一样的女人的悲伤。

修女替下这女人时,什么也没说,只对她点点头。女人临出门时,回头低声问道:"修女,有什么我可以帮忙的吗?"

圣萨维尔修女突然想起自己曾经开过的一个玩笑,那是在某个忙得不可开交的上午,有个年轻修女也曾问过她同样的问题。"有,你可以帮我上个厕所吗?"

但修女此时答道:"我们会没事的。"这话是说给安妮·麦什么听的。

等女邻居走了,修女伸手从斗篷里掏出夹在胳膊下的小篮子。这东西本就不太结实,做工粗糙,夹了这么久感觉更烂了。修女用手抻抻篮子,让它稍微恢复点原样,这时她仿佛突然嗅到在摆弄干芦苇时,随着手上的动作,再加上体温,偶尔催发出的那种芦苇未熟的味道。她将篮子放在床边桌子上,从腰带上解下装着善款的钱袋。今天人们施舍的都是硬币,多是几分钱。她将钱袋放进篮子,然后轻手轻脚坐在床边,坐下时感觉腰疼,鞋里的脚也一抽一抽地痛。她瞧着女孩的身形,那修长的背影和年轻的臀部曲线,还有宽裙子下的两条细腿。女孩突然在床上翻了个身,一把抱住她的腿,潸然泪下。

圣萨维尔修女用手抚摸着女孩的头发,又黑又密的发丝柔软顺滑,好像丝绸一样。这一头秀发美得奢侈。修女挪了一下滑落到女孩后颈部的沉重发结,替她拂去贴在脸上的一缕发丝。

修女心里确定,那个丈夫一定很疼爱这个有着一头秀发的女孩。问题不在爱上,更可能是因为钱、酗酒和发狂,再加上这天气和季节本身:早春二月的下午,人如果心生绝望,还有比现在更合适的时候吗?今天早些时候,在四处透风的门厅里等待施舍的那几个小时里,修女也曾同样心生绝望。大家都一样,修女心想,所有那些在街上被雨水打湿肩头,弯腰弓背,你来我往,进出商店的人,那些明明瞧见她却假装视而不见,对她板着脸的人,所有那些(在这阴冷天倒是没有多少人)一边向她走来,一边把手伸进衣兜或钱包的人。黑压压的低沉的天空,淅淅沥沥的雨水,沉闷得不知何时才到头的冬天,门厅的酸臭味,散发着硫黄气味的地铁和铜币,人心中的空落落,悄悄溜上后脖颈的凉意……在这充满烦恼的尘世中,大家都一样绝望,修女心想。今天她募捐了六个半小时,天气和季节实在太糟糕,她甚至提不起劲去直面使用商店的厕所带来的羞耻感,所以她比往常提前一小时离开了工作岗位。

"我们现在,"修女终于开口道,"必须先迈出第一步。"这是她惯用的开场白:"吃过晚饭了吗?"女孩把头抵在修女的大腿上,摇了摇头。"有可以帮你联系的亲戚吗?"女孩又摇了摇头。

"一个亲戚也没有,"女孩低声道,"就吉姆和我相依为命。"修女很想将女孩的肩抬起来一点,好给已憋得生疼的膀胱减少些压力,但她忍住了,还能再忍一会儿。"你需要有个住的地方,"修女道,"不管怎样,今晚得有地方住。"

女孩爬起身,扬起头,昏暗灯光下的那张脸既不像修女想象的那么年轻,也没想象中漂亮。女孩相貌平平,双眼哭得肿了起来,圆脸蛋上披散着被泪水打湿的发丝。"我该把他埋在哪儿?"女孩问道。修女在女孩眼中看到了坚决,这不能归功于修女刚才的劝慰,而是源自女人本身的力量,必须先迈出第一步。"我们在加略山教堂有块墓地,"女孩道,"是结婚时买的,但现在教堂肯定不允许在那儿下葬了。"①

"你有地契吗?"修女问道,女孩点点头。

"在哪儿呢?"

"楼上,"女孩说,"在餐柜里。"

修女轻拂女孩的脸颊。女孩虽不像她最初想象中那样年轻漂亮,可这张脸却再熟悉不过了:上扬的浓密眉毛,微微噘起的上嘴唇,还有勾勒出脸颊的优美弧线。这一天因绝望而变得沉重,即使上帝本人对此也毫无办法,圣萨维尔修女对此确信

---

① 按照天主教的教规,自杀而死的人不允许葬在天主教墓地。

无疑。那位年轻人在楼上放弃自己晦暗的不堪忍受的人生，但绝不是因为缺少爱情，而是因为在这潮湿阴冷的二月下午，他再也无法爬出生活的低谷。上帝当时肯定也双手捂脸，不忍直视。当她比平常提前一小时离开市政厅的门厅，没人派她来，她却走上这条挤满了人、停着消防车、小水坑反射着路灯光芒的街。尽管她疲惫不堪，双脚生疼，膀胱都快憋爆炸了，她还是选择迎难而上。爬上大楼的石头阶梯时，圣萨维尔修女相信，上帝当时也一定泪流满面。

消防水管横躺在栏杆边上，松松垮垮的影子看着像一条巨蛇褪下的皮，它在告诉修女，最糟糕的事情已经发生了。

曾有一次，圣萨维尔修女奉命前往一家破烂不堪的公寓，那时她还年轻。公寓里除了挤满可怜的孩子，还有一位被苦痛折磨得失去往昔光彩、骨瘦如柴得几乎不成人形的老妇人，老妇人已病入膏肓，奄奄一息。"我们没什么可做的了。"开门前，米里娅姆修女如此建议道。随着开门进屋，一股动物腐烂的恶臭扑面而来，伴着老妇人嘶哑的呻吟声和饥肠辘辘的孩子们的沉默，米里娅姆修女又说了一句："做你能做的吧。"

"你的男人睡着了，"圣萨维尔修女此时低声道，"然后起了火。这真是潮湿又不幸的一天。"修女稍作停顿，确定女孩听到了她的话。"他现在属于加略山教堂了，"修女继续道，"那块地你们付了钱,是不是?"女孩缓缓点头。"好的,那就把他葬在那儿。"

在这座城市生活了三十七年,修女结识了众多可以战胜教堂规定、城市规章制度以及米里娅姆修女称之为"文明社会的各种规定"的熟人,这些规定让女人的生活变得复杂,尤其是那些信奉天主教的女人,总的来说是所有穷女人。米里娅姆修女将这帮人称为圣萨维尔修女专属的"坦慕尼协会"①。

圣萨维尔修女可以想个法子将女孩的丈夫葬在加略山教堂的墓地里,但前提是要快。

"你和吉姆结婚多久了?"圣萨维尔修女问女孩。修女知道只要提到丈夫的名字,就能让沉浸在悲伤中的女孩稍微打起一点精神。

"有两年了,"女孩仰躺对着天花板道,双手抚摸着自己的腹部,"今年夏天宝宝就该出生了。"

圣萨维尔修女点点头。好吧,上帝起码开眼了,还记得安排未来。"好吧!"修女大声道。这个夏天会有一个宝宝需要照料。这一次,她不会将换洗尿布和对付吐奶这些差事强行摊派给年轻修女了。想到这儿,她差点面露笑容。人逢绝望时,上帝

---

① 坦慕尼协会,1789 年 5 月 12 日建立,最初是美国全国性的爱国慈善团体。

会在这夏天赐予你一个宝宝。此时,随着修女心中闪过这样一句话,她仿佛突然嗅到空气中出现了一股清香。那是摆弄干芦苇散发出的鲜活气味。

女孩的一只手从肚子上抬起,揪住发梢。"他丢了工作,"女孩道,"公司开除了他。布鲁克林地铁公司。他与他们不对付。"

修女将安妮的手从头发上轻轻拿开,带着怒火的激动动作往往会引发人说出愤怒的话,她把女孩的手放回肚子上,这才是安妮最应该心之所想的地方。"我想,"修女道,"你今晚最好就别走动了。我会让这公寓的女房东给你安排一下。"

客厅里的人都转身瞧着圣萨维尔修女,就好像她真是被召来坐镇处理此事一样。女房东格特勒夫人同意今晚去街对面的妯娌家住。公寓的煤气已被掐断,明天才能再开通,这栋楼里的大多住户今晚都得离开。大家胳膊下夹着被褥和小包走下阴暗的台阶,来到门厅。修女要派一位住户给附近的公寓捎个话,说那个穿着绒毡拖鞋的男子今晚过去住。因为那位不懂礼数、一直戴着帽子的年轻人已经走了,修女只好请奥尼尔警官去一趟汉尼根医生家。"提我的名字,"修女嘱咐道,"他会对你翻白眼,但是会过来的。"

直到所有人都离开而汉尼根医生还没到时,修女才趁机去了趟厕所。她今年才六十四岁,可僵硬的后背和膝盖,两只每逢阴天就犯关节炎的手,更别提最近蛮不讲理肿胀的脚踝和脚,都让她觉得自己越来越不中用了。指派她去照料别人的工作越来越少,更多的是派她拿着篮子去求善人施舍。对此,她只在心里默默抱怨,换句话说,只跟上帝诉苦,毕竟上帝应该懂得她心中的委屈。她今天之所以会碰上这事也是上帝的旨意。

圣萨维尔修女帮安妮脱了衣服,让她在房东格特勒夫人的床上舒舒服服地躺下。等汉尼根医生来了,医生将听诊器放在女孩肚子和起伏的胸口上检查时,她举着蜡烛给医生照明。

医生临走时,圣萨维尔修女请他去给修道院报个平安。"好让她们别担心,我不是碰到坏人遇害了。另外,请再去趟太平间,告诉他们,西恩父子殡葬之家会处理后事。"跟医生说话时,修女必须头向后仰,那双小眼睛才能瞧见医生的眼睛。修女嘱咐医生,其中的一些细节只要他自己知道就好。

稍后,两位修女从修道院赶来,给圣萨维尔修女带来了一张毯子,两个破旧衣服包着的暖水瓶,还有她的晚餐:饼干、奶酪和热茶。圣萨维尔修女就在床边支起的椅子上吃了晚餐。

圣萨维尔修女戴着手套,握着念珠,睡了一会儿,也许因为天气寒冷,再加上大脚趾冻得生疼,她竟梦到自己坐在市政厅门厅的凳子上。这期间她惊醒了两次,因为她梦到膝盖上放着的装满硬币的编织篮突然掉到了地上。

　　随着夜色由浓转淡,天空透出的微亮让圣萨维尔修女又重拾信心。她确信今天终于可以稍微喘口气,看到一丝希望。她起身走进客厅,瞧见给她送来后勤保障的两位修女。露西修女和她不记得名字的年轻修女还在,两人肩并肩坐在沙发上,正呼呼大睡,蓬松的黑色斗篷让两人看起来像码头上栖息的海鸥。圣萨维尔修女先缓缓爬上第一级台阶,接着又上了一级,一直来到楼上着火的那间公寓。房间里依然飘着浓浓的烟味和羊绒燃烧后的味道,在微薄的晨曦中,很难分辨到底什么被火烧了。修女瞧见地板上丢着一件男人的大衣和湿漉漉的高背沙发靠垫,满是水的地毯上还有一大片火燃烧留下的黑痕。厨房里的两块平纹细布窗帘已经被烧成了灰,整个炉壁上方覆盖着一层弧形烟灰。修女用手指摸了摸,想确定一下烟灰好不好清除。但她心里清楚,最难去掉的其实是屋子里那难闻的味道,这股味道在黑夜的空气中显得愈发刺鼻,其中还掺杂着淋过水的灰烬、湿煤渣、受潮的石头和水泡涨木头的味道。熊熊燃烧的大火留下的这一地残骸仿如墓地翻开的泥土。修女走到局促的厨房里唯一的一扇窗户前。窗下的院子此时望过去黑漆漆一片,间或闪过几只灰突突小鸟的身影,仔细观瞧之后,修女突然对生活泄了气。她一动不动地坐在窗前,拿起留在窗旁的拧成条状的茶巾。

窗外，楼对面的窗户里大多黑着灯，其中间或亮起一盏小灯：那是早起的人，照顾刚出生宝宝的母亲，床头的守夜人。修女很不情愿地将目光再次投向庭院。太阳此刻已挂在空中，正在一点一点抹去院子里的阴霾，院子阴暗处各种各样的动静引起了她的兴趣。毫无疑问，正在动的那些是鸟儿，或是悄无声息、慢慢接近自己猎物的猫，或者是盛满了雨水、映射着晨光的一闪一闪的小水洼。但有那么一瞬间，修女觉得好像有一个男人正在地上爬，不，更恰当地说是蜷缩，好像有个男人正蜷缩着躲在破烂和枯叶堆的阴影中。那个男人一脸惊恐，他脸上的汗水、闪亮的额头、牙齿或眼睛反射出的光在朦胧的晨光中突然闪现。

修女全身打了个冷战。她活动着自己僵硬的手指，将茶巾放在腿上展平，然后叠好。

修女默默劝慰自己，刚才看到的那幅幻象自有深意：应该是上帝显灵了，上帝想让她看到那个年轻人，看到那个人因为自杀困在炼狱中的样子，但随后她又否定了这个念头。这是迷信，而且一点也不符合上帝慈悲的心怀。那一定是魔鬼，是魔鬼本人想让她看到那幅景象，要让她陷入绝望。这才是事实。

餐厅里的餐柜大得简直像一艘船。修女在餐柜中找到墓地的地契和结婚证书,她拿起蓝色的文件夹,上面有一个男人朴素的字迹——加略山教堂地契。修女将地契放进兜里。

此时,卧室里所有窗户大开,卷帘向上拉起,一定是因为破晓的风的缘故,烧焦的拉绳正缓缓摇摆。卧室里的床已经整理好,毯子也铺得齐齐整整,除了远处那栋墙上还留有更多的烟灰之外,竟瞧不出丝毫曾起火的痕迹。床上也看不出那位丈夫曾躺过的痕迹。修女心中一动——一下子想起指着躺在床上的女孩、指着楼上公寓的那个动作里散发出的怜悯——肯定是那个矮个子警官,他把尸体移走之后,又回到这儿,整理了床单。果然是我们自己人。

修女拿起放在床上的两个枕头,褪去枕套,用力抖了抖,落下几片白色鹅毛,她将枕头摞在打开的窗户前。接着她又扯下床上的床单和毯子,这时她手突然一停,摘下眼镜,仔细端详着手上摸到的缝补线脚,细细的针脚利落齐整。随后她在床垫的蓝色条纹棉布上瞧见了这一点那一点熟悉的褪色血迹,于是对上帝道:"这都是拜上帝所赐。"修女将床单塞进一个枕套,再用毯子在外面一裹。

修女用胳膊夹起床上用品,刚要迈步离开,脚下突然踢到什么东西。她瞥了眼身后,原来是一双男人的鞋。棕色皮鞋破旧不堪,敞着口凄凉地躺在床脚下,黑色鞋带凌乱地散在四周。

修女用脚尖轻轻将鞋子踢到一边,以免再绊到别人。

圣萨维尔修女带着一大堆床上用品走下狭窄的台阶。露西修女喘着粗气,依然沉浸在梦乡。圣萨维尔修女将手中那堆东西丢到露西身旁的沙发上,她依然没醒。圣萨维尔修女又用鞋碰了碰露西修女的黑色鞋子,那一刻她突然想起刚才楼上那双男人的空鞋,此时踢着有脚在内的鞋,就忍不住想多踢几脚。"我想让你去陪一下那位女士。"圣萨维尔修女道。

卧室里,另外那位年轻修女——珍妮修女,正手握念珠,眼睛瞧着在堆成一堆的毯子和大衣下酣睡的女孩。圣萨维尔修女在门口对珍妮修女示意,让她和露西修女换岗。等露西修女进了房间,圣萨维尔修女让珍妮修女把床上用品送去修道院清洗,回来时带上水桶和扫帚。她们要给楼上失火的公寓来个彻底的大扫除,把潮湿的地毯卷起来,拖干净地,尽量让屋子恢复原样,等女孩回来尽量减少这次不幸对她的打击。因为无处可去,那女孩还得回来住,而且今年夏天还要迎接宝宝的出生。

听到这儿,珍妮修女的眼中忍不住泛起了泪花。落下的泪水衬托得她更美,她此时正是娇嫩欲滴的年纪,水汪汪的大眼睛让整个人显得那么水灵。年轻的修女听话地从沙发上拿起要洗的床上用品。圣萨维尔修女陪她走到门厅,瞧着她小心翼翼地下了石头台阶。珍妮修女将那堆东西举在身体一侧,以便下台阶时可以瞧见落脚的地方。天空此时黯然无色,同样显得单调的还有人行道和整条大街。寒冷新鲜的空气中依然飘荡着火灾后的烟味,不过也可能因为这味道一直残留在鼻子里,久久徘徊不散。几片雪花从天空中缓缓飘落。珍妮修女个子很小,即便穿着斗篷看起来也很单薄,但她身上有一股倔强劲儿,匆忙前行的脚步中似乎透着轻快。手里拿着那么一大堆东西可不是个轻松活。圣萨维尔修女非常清楚,就珍妮修女现在这个年纪来说,不管是浪漫还是悲剧,都一样令人激动。

圣萨维尔修女返回屋里,透过门缝小声告诉屋里的露西修女,她现在需要出去一趟,会马上回来,然后她一个人下了楼梯。西恩父子的殡葬店离这儿不远,只隔八条街而已。

珍妮修女感觉自己两只手冰冷,可手套揣在兜里,现在已经拿不了了。不过除了冷,她还感觉手腕和太阳穴的血管突突直跳。抵着那一大堆床上用品的心脏也如同在擂鼓,好像自己正抱着它们在奔跑似的。经历过昨晚的悲痛,这崭新的一天显得更加真切,而且意味深远,对珍妮修女来说,每一天的日升之时——即晨祷,总是最神圣的。她觉得那是自己离上帝最近的时刻,在这逐渐变亮的光线中,在新鲜怡人的空气中,在商店还都没开门的街道的寂静中,都有上帝的身影。但上帝也存在于众生初醒的躁动之中。运奶车发出的悦耳交响曲,玻璃瓶叮叮当当,马蹄嘚嘚嗒嗒,鸟儿啁啾啁啾,还有远处的海鸥、大街上的有轨电车、河面上的拖船……一切都从沉睡中刚刚苏醒。珍妮修女对深夜总有一种莫名的恐惧。虽然她清楚自己是个不安分子,爱迷信,喜欢奇思怪想,可每当凌晨三点起床祈祷,她还是忍不住胡思乱想,自己吓自己。白天还好,各种工作忙得不可开交,她几乎连抬头的机会都没有。自从来到修道院,晚餐就是这一天之中最为平和、最不需要上帝慰藉的时光。忙完一整天的护理工作,精疲力尽回到修道院,面包和汤总是那么美味,再加上还有其他修女的陪伴,这本身足以让人心感宽慰。

此时,当太阳正忙着跃出地平线,或像一个金色的球,或像一个白色的桃,再或者像眼前的灰色珍珠时,珍妮修女能感到上帝温暖的风拂过她的脖颈。也正是在此时,当你走在这个城市中,潮湿的石头、冰冷的水坑和蜡烛燃烧散发出的味道让人感觉像穿行在大教堂中。走过人行道和五条十字街,听着自己的脚步声,珍妮修女脑中浮现出脚踩闪亮鞋子、正走向神坛的神父,或者小时候在浪漫小说里读到的,走向神坛的心中充满爱与期待的新娘。

珍妮修女小心翼翼地抱着那一大堆东西,穿过修道院的铸铁大门,爬上台阶来到前门。其他修女此时正走出小礼拜堂,悄无声息地穿过还没有沐浴阳光的黑色走廊。这情景让珍妮修女更加真切地感受到身体里涌动的生机。她不禁回想起小时候，每天从阳光下进入阴暗肃穆的家之后，就要小声说话，怕吵醒正在睡觉的生病的母亲。珍妮修女也加入修女的队列，在队尾跟着其他修女，等她们走过地下室入口，珍妮修女转身下楼。跟在她身后的是专门负责洗衣服的伊路米娜塔修女。外面的阳光虽然已逼近地下室的小窗户，可里面还是黑乎乎一片。此时地下室肥皂的味道很淡，更为浓烈的是砖土的味道，还有地下的阴冷气味。珍妮修女走得多少有点上气不接下气，她把自杀、大火、孩子要出生的事，还有圣萨维尔修女嘱咐的事都告诉了伊路米娜塔修女。伊路米娜塔修女板着脸，从珍妮胳膊下接过床单、毯子和枕套，扬头示意珍妮修女上楼回去。"记得给圣萨维尔修女带早餐，"她说，"告诉她就算用炉子烤，最快也得明天才能干。"

待珍妮修女往回走时，天已开始下雪，落了雪的人行道多少有些打滑。她拿着一把扫帚，一个水桶，桶里装着刷子和带给圣萨维尔修女的早餐：一罐茶、面包、黄油和果酱。她把这些全裹在毛巾里，可它们依然在铁桶里来回乱晃，撞在桶的铁皮上，发出丁零当啷的声音，而且随着她的脚步越发急促，声音越发大了,惹得她经过的人,大多是男人,全都对她摘帽致意,跟她打招呼:"修女好!"然后笑呵呵地瞧着这位带着桶和扫帚、步履坚定的小个子修女。珍妮修女回到那栋楼前,刚好碰到露西修女下台阶。露西修女把斗篷围在腰上,耷拉着嘴角。在珍妮修女看来,这两个动作已或多或少成了一种固定组合,一看到这样子,她就知道露西修女此时一定非常不快。

"她让人今晚就来,"露西修女说,又强调道,"今天傍晚就来。也不替活着的人想想。明天一早就要把人下葬。"她摇摇头。露西修女相貌不美,行为举止像个男人,毫无幽默感,而且严厉吓人。但她是一名出色的护士,教给珍妮很多有用的知识,其中一条是要注意观察垂死之人的耳垂,那是人之将死的第一个迹象。

"明天!"露西修女又重复道,"加略山教堂墓地——她都安排好了。"露西修女打了一个寒战,于是将身上的斗篷围得更紧,脸也拉得更长。"她为什么那么急着要把人下葬?"

随着目光扫过屋顶和冰冷的雪花,露西修女眼上的黄色睫毛快速扑闪着。"我就说一句,"露西修女表明自己的态度,"你不能跟上帝耍花招。"她目光平视,再次拉紧身上的斗篷。这让珍妮修女想起她曾在法院或邮局看到过一幅画,画中是一位立于雪中的方下巴将军,也许是乔治·华盛顿?露西修女围斗篷的样子很像那位将军。

"不能这样糊弄上帝!"露西修女道。

珍妮修女一手拎着水桶,另一只手拿着扫帚,今天上午第一次感到冷气突然蹿进她宽松的斗篷。一个女人从人行道上路过,跟她们打招呼:"修女们,早上好。"珍妮修女闻言转过身,多少有些感谢这个女人救了场。这位年轻女子因为天气寒冷的缘故,身上穿得里三层外三层,用一条深蓝色的披肩围住宽帽子,肩上还披着一条。女人推着婴儿车。婴儿车的挡风篷上已积了一层薄雪,女人黑色手套的指关节上已经结了霜。她身上穿着男人的大衣,大衣下是怀孕挺起的肚子。修女们点头回礼:"早上好。"珍妮修女走到婴儿车旁,往车里瞧。与此同时,她感到露西修女虽不情愿,但也弯下腰跟她一起向车里看。婴儿车里的宝宝裹在格子羊绒毯里,只露着一双波澜不惊的眼睛、小小的鼻子和若有所思噘起的小嘴。"哦,真可爱!"珍妮修女大声说道,"瞧你那暖和又舒适的小样儿。"

"他喜欢下雪。"宝宝的妈妈两颊红润。

"他正瞧着雪往下掉,是不是?"珍妮修女道。

露西修女也笑了,虽只是轻轻一咧嘴,但已经是伟大的胜利,千万不要忘了她刚才那一肚子怒火。露西修女笑呵呵瞧瞧孩子,又瞧瞧孩子的母亲。雪花再次飘落到她发黄的睫毛上,她眯起双眼。"你丈夫对你可好?"她问道。

珍妮修女飞快地合了一下眼,脸颊微微发烫。年轻的母亲听了这话一愣,打了个哈哈。"是的,修女,"她说道,"他对我很好。"

露西修女举起没戴手套的手,手指冻得发红,手悬在空中,这让珍妮修女又想起了华盛顿将军,但画里那人也没准是拿破仑。"他有正经工作吗?"

"有的,"年轻女人挺直腰板,"他是圣方济各酒店的门卫。"

露西修女点点头,几乎不为所动,继续问道:"你住这附近?"

"是的,修女,"女人转身点头示意,"就是那个314号。上周六才搬过来。"

露西修女手指一转,指着女人胸口。"如果他对你不好,"修女道,"就来找我们。"

"他对我很好。"年轻女人笑着又说了一遍。

"我们在第四区的修道院。我是露西修女。"然后,她胳膊一挥,"这位是珍妮修女。如果有需要就来找我们。"

女人客气了一下,准备推车告辞。"我会的,"女人道,"祝你们上午愉快,修女们。"

女人刚离开没几步,露西修女便说道:"如果他真对她好的话,就该让她喘口气再怀孩子。"她眨了几下眼,抖落企图盖住她眼睛的雪花。"应该顾及下老婆的身体健康,而不是只图自己快乐。"

所有的快乐在露西修女眼中都如同玩火。

珍妮修女低下头,盯着两人脚下一模一样的鞋研究了半晌。虽然有冷风拂过脸颊,可她依然感到自己的脸皮开始发烫。

"我得进去了。"珍妮修女小声道,转身上了台阶。

"我这就去把消息传出去,"露西修女在她身后喊道,"我会跟亨尼西先生谈谈,他认识所有地铁司机。但她这么急,根本没时间找来太多人。而且她只给活着的人留了一个晚上。"

珍妮修女没回身,她点了点头,继续上台阶。她差不多已忘了在自己身边的雪中,在寒冷辽阔的天空中,还有上帝的存在;也差不多忘了她本打算心情愉快地面对今天接下来的工作。她此刻满脑子想的就是赶快逃走,离露西修女远远的。

在楼梯旁的走廊里,一名警察和一名消防员正和另一位男士商议着什么。当珍妮修女穿过前厅,他们都转过头向年轻修女点头致意。见公寓的门半开着,珍妮修女径直进了屋。天色此时已完全大亮,房间内光线虽然还有点微弱,但看起来比昨天晚上好很多,或许只是因为房间里大落地窗的窗帘已拉开,一看见窗外的雪,人就会精神一振。房间中仍然还有一股烟味,但同时也闻得到氨水的味道,这是生活继续的气息。珍妮修女穿过客厅,走进两旁挂有农民肖像画的狭窄走廊,瞧见圣萨维尔修女正在小厨房里。珍妮修女将扫帚倚在门旁,提着水桶走到老修女坐的桌旁。厨房已彻底擦洗过,只有曾叠放在盘子旁的报纸还能让人回想起那位不幸女士吃到一半的晚餐,报纸此刻正摊开摆在圣萨维尔修女面前。

珍妮修女将奶茶倒进从餐柜里拿的杯子里,然后把杯子放在桌子上。"这儿还是那么冷,圣萨维尔修女。"她说道。

圣萨维尔修女没拿起杯子,而是将杯子滑到自己面前。"那些人刚进来重新开通了煤气,"她说道,"我让他们把被火烧坏的东西搬了一些出去。他们还会帮我把墙刷了。所以,我们还是取得了一些进展。"

珍妮修女从橱柜里拿出盘子,把涂好黄油的面包和果酱摆在盘子上。

"西恩先生今天早上会去太平间取尸体,"圣萨维尔修女继续道,"那女孩醒来的第一件事,就是必须给她丈夫挑件衣服。这你得帮我。明天早上我们要准备一场六个人的弥撒。然后是去墓地。感谢上帝,地现在没有冻上。这些都要在明天前完成。"

"好急啊,"珍妮修女犹豫了一下道,"露西修女不明白我们为什么要这么急。"

圣萨维尔修女只微微抬眼,目光从报纸上方射出。"露西修女,"她漫不经心道,"真是个大嘴巴。"

圣萨维尔修女将眼前的报纸翻到头版头条,然后将报纸摊平,手扶眼镜。"这儿有一条新闻,"她用手指着报纸,"这是西恩先生今天早上告诉我的。泽西城有个男人在家打台球,他们用的棍子,报纸上说是台球杆,不小心碰开了房间里的煤气阀,男人死于窒息。"圣萨维尔修女扬起头。"他可怜的妻子直到喊他吃饭时,才发现人已经死了。"修女的黑色眼睛因眼镜而闪闪发亮。"这是前天发生的悲剧。西恩先生今天早上跟我提起这事时说,煤气事故很常见。"

圣萨维尔修女的手指上移。"这儿还有一则自杀的新闻,"她继续道,"在同一页。这事发生在沃兹岛。有个男人因为精神问题在那儿的医院治疗。貌似治疗得不错,可那男人突然跳到水里,沉底不见了。结果是在'地狱之门'①发现的尸体。据说是在水底下一直跑到了'地狱之门'。"她咂咂舌。"魔鬼还真

---

① 地狱之门,指19世纪美国纽约的东河湾海峡,19世纪那里经常发生沉船事故,所以被称为"地狱之门"。后来在东河湾海峡上修了一座桥,同样也取名地狱之门,以纪念以前在那里发生的船难。

是明目张胆啊。"修女的胳膊在报纸后面动了动,可能是画了一个十字。"这儿还有一个华尔街男人疯了的报道,是同一天的事。那男人大喊大叫,对着街道扔瓶子,后来被强制送进了医院。"修女身子前倾,一边用手指着报纸,一边读道,"在医院里他要求见摩根①和罗斯福上校②。"

珍妮修女身子凑上前,问道:"真的?"

圣萨维尔修女放声大笑。"千真万确。"她笑得极为平静,"魔鬼就喜欢这短暂而黑暗的日子。"

珍妮修女直起身。她有时害怕圣萨维尔修女装疯卖傻。刚到修道院的第一天,圣萨维尔修女不是还对她说:"你能帮我上厕所吗?"

"西恩先生告诉我,"圣萨维尔修女接着道,"无论是教会还是公墓的人,只要他们质疑,他就可以用打台球男子的那篇报道打发他们,告诉他们这种悲剧有多常见,有多容易被误传。别忘了,那个打台球的新泽西人也是早早下班回家,关上了门。如果他是一个穷人,没有台球桌,那现在报纸上说的可能就完全

---

① 约翰·皮尔庞特·摩根(John Pierpont Morgan Sr., 1837年4月17日—1913年3月31日),美国银行家、艺术收藏家。
② 西奥多·罗斯福(Theodore Roosevelt, 1858年10月27日—1919年1月6日),美国军事家、政治家、外交家,第26任美国总统。曾在1898年美西战争中任上校。

不一样了。有钱人在报纸上想怎么说都可以。"

等房东格特勒夫人回到自己的房间时,安妮已经起床收拾整齐,坐在窗前的椅子上,两手紧攥着一条珍妮修女的手帕。

两位修女陪着安妮一起上楼,珍妮修女在前开路,圣萨维尔修女紧随其后,她肿胀的脚踝每走一步都疼。到了安妮家门口,圣萨维尔修女退后一步,让安妮与珍妮先进屋。

傍晚四点,黑色的灵车驶近公寓。三个女人从卧室的窗户向外看。穿着长大衣、姿态优雅的西恩先生率先下车,第一个上了楼梯。他是个高个子,有着印第安酋长一般的尖鼻子和高颧骨,那双耷拉眼简直跟他的工作绝配。他一把脱下帽子,伸出双手握住寡妇的两只手,飞快扫了一眼几乎没什么家具的房间。西恩先生建议在他做准备时,安妮和两位修女可以去卧室等。安妮和珍妮修女坐在床尾,圣萨维尔修女站在门口。她们听到西恩先生正在发号施令,随后应该是棺材抬上楼的声音,这绝对错不了,有人的喘气声,还有木棺材碰到门框的动静。再然后,西恩先生过来敲卧室的门,告诉她们一切都准备好了。

那位丈夫的脸虽白得没有血色,还上了一层蜡,可看上去依然英俊。那张脸在浆硬的白领上,显得稚气未脱又神圣,还透着年轻人那种执拗。像个孩子看到盛满蓖麻油的勺子时的样子,圣萨维尔修女心中暗想。

当安妮和珍妮修女跪下祈祷时,圣萨维尔修女也默默在心中给自己祈福,心里琢磨着用欺骗的手段将自杀者葬入神圣公墓的罪过。一个放弃自己生命的男人,一位心碎女孩的心中所爱,还有这个夏天即将降生的宝宝。她心中默默告诉懂她心意的上帝,如果你要怪罪,就怪我吧。上帝在记账时,可以将今天记在自己的罪过那一栏,那栏里会列出她所犯下的全部罪过:憎恶某些政客;从自己的施舍篮里偷钱,自作主张把钱送给患急性淋病的女孩、酒鬼的鼻青脸肿的老婆和产下巴掌大死婴的母亲,她用干净的手帕包好那个婴儿,给它施洗过后,埋在修道院的花园里;在过去很多日子里,她曾丧失同情心,失去耐心,让自己的孩子气战胜上帝对子民的热爱,对那些人的愚蠢和微不足道的缺点充满鄙夷。

圣萨维尔修女安排把自杀的丈夫葬在加略山教堂墓地,是为了安慰他那可怜的妻子,这没错。女孩既然花了钱就该用那块地。除此之外她还想证明一下自己不只是一个求人施舍的修女,检验一下自己在这个社区积攒的人缘,她在这里生活了差不多一辈子。她希望把人葬在加略山教堂的墓地里,可教会的权贵们不让,而一生都在为教会服务的她却偏想这么做。

就把这记作我的罪过吧,圣萨维尔修女心中默默祈祷,等我见到上帝您时,我们再来算总账。

只有寥寥几位邻居前来吊唁,他们嘴上虽然不说,可心里却在怪这个兔崽子差点把他们所有人都害死,因而流露出的同情比较有限。三位满脸通红的司机顺道进了门,见没酒喝,只待了一分钟就溜走了。随后,两位修女陪西恩先生下了楼,留给女孩与丈夫独处的时间。他们来到路边,西恩先生手伸进灵车驾驶室,从车里拿出当天的报纸,折过一页,手指敲着其中一篇豆腐块大小的文章。圣萨维尔修女凑过身去,胳膊肘下是同样也凑过去的珍妮修女的脑袋。寒冷的傍晚暮光渐暗,再加上雨天氤氲的水汽和不断蒸腾的雾气,两人只勉强看清那则新闻的标题:《差点害死他人的自杀事件》。文章对昨天的火灾进行了全方位的报道,还说那位丈夫亲手了结了自己的性命。"修女,没法子了,"西恩先生低声道,"现在报纸都登了,哪个天主教公墓都不会收他了。如果还想把他葬到教堂里,那不如把我脑袋砍了算了。"

在珍妮修女眼中,那张黑色报纸在一滴滴雨水的捶打之下,黑色的大标题晕开,变得模糊,甚至连世界本身也模糊了,像这报纸一样缀满了眼泪。

圣萨维尔修女推开殡葬承办人西恩先生的手,突然想到那个有着一口雪白牙齿、戴着灰色卷檐软呢帽的不懂礼貌的年轻人。修女的眼镜在刚点亮的路灯照射之下闪闪发光。"《纽约时报》,"修女说,"真是个大嘴巴。"

两位修女重新上楼。圣萨维尔修女意识到自己每上一级台阶,那个小个子的珍妮修女都会耐心等她,还会伸出一只手拉她。等进了房间,两位修女连哄带劝地让跪在屋里啜泣的女孩起身坐到床上。剩下的事就都交给珍妮修女一个人干了。她那窄窄的肩膀不但没显出丝毫倦怠,就连对需要同情的陌生人也没有丝毫的不耐烦。待安妮安顿好之后,珍妮修女让圣萨维尔修女回修道院休息,她悄声告诉圣萨维尔修女,今晚她负责守夜,明天早上她会让女孩都准备就绪。

"准备好做什么?"圣萨维尔修女问道,心里纳闷这个年轻修女到底明白多少,估计应该还不太明白。"不会有弥撒了。"身上的疼痛和精疲力竭让她的声音变得比她以为的更刺耳。

年轻的珍妮修女抬头看向圣萨维尔修女,美丽的双眼又潮湿了。她带着孩子气的决心说:"不管会有什么,我都会让她准备好的。"

圣萨维尔修女离开卧室,留下珍妮修女和安妮两个人在屋里嘀嘀咕咕。她来到棺材旁,再次停下看看那个年轻人一动不动的脸,然后走到厨房的窗户前,低头看着后院那个炼狱。此刻什么也看不见。她只在远处亮灯的窗户里看到有人在活动,充满生活气息:桌旁的男人、床头灯旁的孩子以及抱着宝宝走来走去的年轻女人。

当然,当那个婴儿今年夏天降生到这个世界上时,迎接它的人会是珍妮修女。

这正是上帝派珍妮修女来的原因。

到那时,老修女只能做乞求施舍的工作了,一想到这儿,圣萨维尔修女心中腾地升起一股妒火,这股火一直升到嗓子眼。她嫉妒小个子的珍妮修女,她真的嫉妒,上帝又可以在罪过栏里给她再添一笔新的罪过了。她嫉妒珍妮对信仰的虔诚、坚定的决心和说掉就掉的眼泪。她还嫉妒还有好几个小时才会到来的黎明和曙光赞。她嫉妒每一次天明,对所有迎接新一天的女人都嫉妒不已,这些女人每天忙啊忙,一步一步向前走,有那么多事要忙,不像她,每走一步都觉得钻心疼。

圣萨维尔修女虽然坚信天堂是美好的,但上帝知道她的弱点,知道她仍然还眷恋这尘世的生活。

她在冰冷的窗户前一转身,不想再理睬上帝,那感觉就像一个愤愤不平的年老色衰的妻子不想再理睬自己那不忠的丈夫。因为正是上帝指引她来到这里,又让珍妮修女步她的后尘。

那年八月,圣萨维尔修女撒手人寰。她过世三周后,那个宝宝,一个女孩,来到了这个世界。她的名字虽然叫莎莉,但为了致敬圣萨维尔修女的善意,女孩以圣萨维尔之名受洗。在那个悲伤、潮湿、晦暗的下午,煤气发生了故障。我们年轻的外祖父,布鲁克林地铁公司的列车员,打发他的妻子去买东西,自己打了个盹。而他到底葬在哪里,对我们来说一直是个谜。

后　来

　　我们的父亲将腰杆挺得笔直,坐在高高的婴儿车里,如同正在驾驶一艘小船的男孩。这是父亲人生的第一个记忆。他本该待在婴儿车遮阳篷下的背阴处,可另一个宝宝鸠占鹊巢,占了他的位置,于是他被挪出阴凉处,双臂展开,手紧紧攥住婴儿车的两侧:仿如身在暴风雨中飘摇的小船里。他的母亲在他身后推着婴儿车,走过坑坑洼洼的人行道,走大街,串小巷。随着婴儿车毅然决然地碾过马路边沿,震颤着压过鹅卵石,左摇右晃绕过慢吞吞的行人、狗屎、水果市场、干货商店和垃圾桶的溢出物,婴儿车那高高的车轮、减震弹簧以及坚硬的黑色车身都瑟瑟发抖。但无论婴儿车如何起起伏伏,兜兜转转,我们的父亲自始至终腰杆挺直,双臂张开,手紧紧攥住婴儿车的两侧,眼睛直视前方。婴儿车的左侧有树木、汽车、垃圾桶和路灯杆,右侧则是高楼、灰色砖石、门廊、小孩和栅栏上的尖头,但父亲的一双眼睛只盯着黑色遮阳篷弧顶上露出的那一点地平线,他像一位驾船穿过海上冰风暴的船长,坚毅地紧盯着自己的前方。但事实上,我们的父亲是被吓呆了。

他的母亲推着婴儿车出来散步。说"散步"并不恰当,因为它根本没能体现她风风火火的性格以及她推车碾过一切的强悍作风。一直跟在她身旁,紧紧抓住她的裙子,跟着一路小跑的是我们父亲的哥哥。每当车子需要翻过马路边沿,她会先俯身,用身子压住车把,将婴儿车前面翘起来——此时的父亲头向后仰,眼前原本的地平线瞬间变成了大树。接着,她抬起婴儿车的后轮,父亲这时则会一个倒栽葱,脑袋直对灰突突的人行道,然后车子就顺利翻过了马路边沿,上了人行道。现在,车子驶入一片阴凉之下,感觉像乌云突然笼罩在头上,她放慢了脚步。这时,另一辆婴儿车在父亲的婴儿车旁平稳停下。父亲有种感觉,这艘影影绰绰、如同黑色幽灵的帆船好像一直默不出声跟在他们身后。在穿过公园里那条潺潺的小溪时,除了他母亲的声音,他还听到另外一个女人的回应。两个女人的来言去语伴着阵阵笑声,听着也像潺潺流淌的小溪。父亲并没有因此放松警惕,他依然挺直腰杆,紧紧攥住婴儿车的两侧,双眼直视前方。他们四周还有其他散步者,有一闪而过的树和树荫,两辆婴儿车和两个推车女人的影子。我们的父亲打起精神,一刻也不放松警惕。

两个女人的声音宛如二重奏,其中夹杂着鸟鸣以及一种若有若无、像乌鸦或猫发出的聒噪声。尽管车子行驶在笔直的马路上,可每隔一会儿,父亲身下的婴儿车就会突然颤抖,微微晃动一下,停了,再微微晃动。父亲两只胳膊发力,手紧紧攥住车两侧,低头可以瞥见洒满斑驳阳光的柏油路,向远处望则是繁华的人行道。随后,车轮渐渐慢了下来。那种好像猫或乌鸦的尖叫声不但没远去,倒像是从两个婴儿车黑色遮阳篷下传出来似的。两个女人——他母亲和她那位影影绰绰、只见轮廓的朋友——像两匹齐头并进的马一起停下脚步。他母亲走到我们父亲身旁,父亲的哥哥仍然紧紧抓着她的裙子。她俯身将手伸到遮阳篷下,举起一个裹在襁褓里的婴儿,这个婴儿还赶不上一条面包大。另外那个女人也如法炮制,从另外的婴儿车里也抱起一个婴儿。这是他母亲最近刚生下的一对双胞胎,她晃着躺在自己肩头上的小不点,她的朋友也照着她的样子,晃着肩头的宝宝。我们的父亲此时轻轻一扭头,正好与另一个孩子脸对脸。那孩子也像他一样,坐在婴儿车里,父亲感觉像在照镜子,在镜子里看到另外一个自己。那个宝宝的两只小手像父亲一样,也紧紧攥住黑色婴儿车的两侧,父亲瞧出她跟自己一样,也在坚持,也同样保持着警惕,也像他一样腰杆挺直,也同样已经吓得半死。

那个宝宝身穿白色羊毛衫,头戴帽子,穿着大衣和紧身裤。父亲此处应该是记错了,因为当时肯定是夏天。父亲盯着那个宝宝,对方也睁大眼睛回望着父亲。父亲当时心中暗说,我要娶这个女孩。

两位母亲的相识要感谢两位修女。更确切地说,要感谢露西修女,感谢露西修女的坚持。

露西修女从总统街一户家庭富裕的中年夫妇手中弄到一辆可爱的婴儿车,那对夫妇的头生子,也是唯一的孩子不幸夭折了。然后,她和珍妮修女去了314号,告诉那个圣方济各酒店门卫的妻子,这条街上住着一个刚生下宝宝的寡妇。"戴上你的帽子,去瞧瞧她。"露西修女没进屋,只站在门口,瞥了眼蒂尔尼太太和她身后凌乱的公寓以及趴在她腿上的宝宝皴裂的脸蛋,然后从头到脚打量起蒂尔尼太太:蒂尔尼太太身上围着白色细布居家围裙,胸口上有块水渍,可能是母乳。另一个房间里传出婴儿号啕大哭的声音。"打扮一下,"露西修女加了一句,"祝你拜访愉快。"

蒂尔尼太太笑了。她问了修女那位女士的名字和地址,说自己会尽快去拜访。

露西修女说:"为什么不现在就去呢?你不在的时候,我们可以帮你看孩子。"

站在露西修女身旁的珍妮修女难为情地涨红了脸。她耸耸肩,伸手去接蒂尔尼太太怀里的小男孩。蒂尔尼太太突然感到一股力量挣扎着要离开她,孩子的小身子像被磁铁吸住,一个劲儿向珍妮修女挣去。

见此情景,蒂尔尼太太忍俊不禁,她邀请修女们赶紧进屋。

往公园去,从公园回。无论寒暑,不管是白雪皑皑还是沉闷潮湿,只有滂沱大雨才能阻止两位年轻母亲的散步。她们穿过拥挤街道的样子像不耐烦的女皇。她们将伊丽莎白·蒂尔尼太太的男孩和双胞胎女孩送回公寓,然后一起将笨重的婴儿车抬上陡峭的石阶。其他母亲可以将婴儿车停在小巷或院子里,停在垃圾桶旁或楼梯下。她们可不行。

与安妮几乎空荡荡的家相比,蒂尔尼太太的家简直像婴儿床、矮脚床、衣服、盥洗盆和脏盘子组成的狂欢节。每天早晨,饭桌上都摆满黏糊糊的玻璃杯、满是烟头和雪茄烟蒂的碟子和烟灰缸,蒂尔尼太太的丈夫迈克尔喜欢晚上聚会。蒂尔尼太太称迈克尔的同事为"他的老朋友",他们大多是门卫、杂役和侍者,用她的话说,那帮人来自"世界的各个角落"。尽管每次聚会,房间都会堆满乱七八糟的杯子和盘子,雪茄烟挥之不去的味道像在与湿衣服和脏尿布的气味战斗,但"人越多越热闹",蒂尔尼太太总这样说,说这话时仍像她平常谈到丈夫时一样,令人逗趣地翻着白眼。迈克尔谈吐优雅,并不是移民,他父亲是波基普西市附近的老师。因为迈克尔"屈尊"娶了蒂尔尼太太,他家人已经与他断绝了关系。

两辆黑色大婴儿车稳稳地停在伊丽莎白·蒂尔尼太太公寓狭窄的走廊上,蒂尔尼太太将双胞胎又放回车里。每天早晨,安妮和女儿离开乱作一团的家,在外面散步图个清静,然后就去贫病关怀小姐妹会修道院工作,安妮的工作是在地下室洗衣服。

这份工作还是圣萨维尔修女给安排的。在圣萨维尔修女最后病倒之前,这位老修女在童贞玛利亚雕像脚下放了一张纸条,希望通过女修道院前花园的这尊雕像为不幸的安妮筹钱作工资。"亲爱的圣母会帮忙的。"女修道院妇女会的女士每天都去雕像前祈祷,她们发现了纸条,并将纸条上的呼吁转达给了她们的会员。贫病关怀小姐妹会的妇女会、圣母玛利亚十字会的会员多为嫁给成功男士、平常闲得无事的天主教妇女。圣萨维尔修女很清楚,这些人对贫困年轻寡妇的遭遇会有特殊的感同身受：若非蒙上帝恩赐，没准我们也会落得同样的下场。

有了妇女会捐赠的善款，修女每周可以付给安妮十八美元工资，还可以给她和她断奶的女儿提供早餐和午餐。大家都赞同应该为孤儿寡母营造一个良好的生活环境。所以每当安妮洗衣服、缝补衣服或帮助伊路米娜塔修女熨衣服时，她的女儿就睡在她脚下，睡在铺着毛巾和枕巾的柳条编织篮里。

随着孩子逐渐长大，修女们先给地下室添置了一张别人捐赠的婴儿床，随后又添了另一件捐赠物——一小块盖住地下室地板的防潮波斯地毯。地下室有布屑和空线轴给孩子玩，还有几只鸭子和狗。那是伊路米娜塔修女用象牙皂雕刻的小动物。这也是安妮的烦心事，她要时刻保持警惕，以免女儿把小动物吃进肚子或碰到眼睛。鉴于伊路米娜塔修女对自己雕刻水平的自豪感，还有女儿每次看到修女从长袍下变出新的小动物时的欢欣雀跃，她没法拒绝伊路米娜塔修女的好意。

地下室洗衣房的工作无休无止。捐赠的衣服每天都会送到修道院，把这些衣服送给穷人之前，必须先进行分类、清洗和修补。另外，还有病人用过的带污渍的床上用品：床单、毯子、枕套、尿布、毛巾和手帕，这些都是修女从负责护理的家庭带回来的。一有闲暇，还要做绷带，给破旧床单消毒，把它们卷好并整齐地放进修女的工作包里。

每周还要定期清洗、熨烫修道院的被褥以及修女的长袍、黑色哔叽布料的祭袍和短披肩,浆洗熨烫修女的围巾和帽子。修女们日常工作遇到的麻烦都体现在围裙或袖子上的污渍上,如毛料上呕吐物的味道、溅在白色围巾上的丝丝血迹。无穷无尽的月经抹布、腋下或裆部泛黄的长内衣裤则体现了修女凡间肉体的生理麻烦。每天早上,安妮一到修道院,第一件事就是倒掉通宵浸泡在盆子里的水:粉红色的血水。然后她上楼去修道院的厨房,为洗第一批衣物烧水,等水烧开的间隙,可以和奥黛特太太愉快地喝一杯茶,吃块点心。奥黛特太太是修道院的厨师,也是一个寡妇,家住修道院附近。如果再早点到修道院的话,她还可以和送奶工科斯特洛先生开一两个玩笑。

地下室低垂的灯泡射出暗淡的光,黑乎乎的砖墙触之阴冷潮湿。从早到晚,地下室水洗声不停,伴有翻搅衣物的拧衣机发出的恼人的吱吱声以及伊路米娜塔修女黑色熨斗发出的嗞嗞声和砰砰声。冬天,还得再加上修道院火炉熊熊燃烧发出的噼里啪啦声。每到夏季,外面的跳绳歌、街头手风琴声和男孩们在街上踢球的叫喊声便会从高处敞开的窗户飘进地下室。

一年春夏秋冬,阳光总能想方设法钻进地下室的角落。早晨的光线有时是看着令人沮丧的灰色,但到了下午三点,当小礼拜堂的钟声响起时,光线又变成生气勃勃、让人精神一振的金黄色。有时,一天只有最初几小时才有光亮,一到傍晚就伸手不见五指,连电灯仿佛都被黑暗吞噬了。

在一天的不同时间,你可以分别闻到湿羊绒、漂白剂、醋、松节油、松皂和淀粉浆的气味。

碰到潮湿天,她们会把衣服和织物挂在地下室铁架子之间的绳上晾干。如果天气晴朗,就去修道院的院子里晾衣服。

每一天,衣物在地下室恢复干净规整:洗好的日用织物叠得整整齐齐,污渍消失得无影无踪,破洞缝补得平平整整。

伊路米娜塔修女是善于使用熨斗、淀粉浆、刷子和漂白剂的行家。在她掌管的地下室角落里,摆着四个黑色架子,上面像实验室一样摆着各种重要配方:不仅有可以在商店买到的硼砂、象牙皂和上蓝剂①,还包括伊路米娜塔修女自己配制的各种药水:浆硬窗帘和头巾的麦麸水,增强平纹细布窗帘和睡衣防火性的明矾水,用来染黑修女长筒袜和黑色祭袍的煮过的咖啡渣,洗涤普通衣物的肥皂水和修复柔软织物的漂白水(洗涤碱、漂白粉、沸水)。伊路米娜塔修女堪称对付污渍的百科全书。茶渍:用硼砂和冷水;墨迹:用牛奶、盐和柠檬汁;碘渍:用氯仿;铁锈:用盐酸;黏液:用氨水和肥皂;带血的黏液(伊路米娜

---

① 上蓝剂,为提高漂白纱、线或织物的白度与艳度,漂白后再予以处理以获得增白效果的化学药剂。

塔修女每次看到都会在胸口画个十字）：用盐和冷水。

洗两遍，这是伊路米娜塔修女铁打不动的规矩：从里到外，从右到左，用两个木制滚筒碾压，再打肥皂，用沸水洗一遍，再漂洗，最后拧干。如果衣服需要上蓝，还要再加一道漂洗，以避免留下黄色的污迹。然后再拧干，上浆，最后挂起晾干。伊路米娜塔修女绝不允许庭院里的晾衣绳受天气的蹂躏。每个阳光灿烂的清晨绑好晾衣绳，到了傍晚就要收回来。每个月她会亲自清洗一次晒衣夹。伊路米娜塔修女带着朝圣一般的庄重，向安妮演示正确抖动和悬挂衣物的要领（内衣和衬衫需要握住下摆，枕套要将内里翻出来，手握住接缝处，不能迎着风，要顺着风）。伊路米娜塔修女一丝不苟，一板一眼向安妮展示如何摊开和卷起刚晾干的衣物，如何拍平卷起的织物以挥发水分。伊路米娜塔修女还拥有一项特殊技能——熨烫。她有四把大小各异的熨斗，时不时会用肥皂和水清洗，再用砂岩打磨，爱怜地用蜂蜡给熨斗上光。

在洗衣这件事上，伊路米娜塔修女严格苛刻，对洗衣程序绝不含糊。刚开始洗衣的前几周，安妮所洗的衣物获得的评价都是"马马虎虎"。伊路米娜塔修女可从没要谁给她派个助手。

伊路米娜塔修女身体结实，衣着朴素，下身宽大，脸颊、额头和下巴上苍白的皮肤像薄薄的绉纱耷拉在白色头巾四周。她的一双手总破皮,看着鲜红,右手食指因试探熨斗温度留下一个醒目的椭圆形伤疤。除了在教堂时,伊路米娜塔修女总会撸着袖子,面纱系在头后,忙得一刻也不停:不是在洗衣盆前弯腰洗衣服,就是将湿衣服送进转动的拧干机里,要不就是在熨烫。熨烫可是她最擅长的活计,熨烫衣物时她的整个身子,从手肘到背部,再到臀部都在发力。

伊路米娜塔修女用手指沾上水,再将水洒到布料上,像在给罪人施洗。黑色的熨斗砰的一声,熨在木板上,每熨一下,就抬一下,再熨一下,晃一晃,水汽随即蒸腾而起,她的每一下都蕴含着决心和力量,仿佛正在与敌人进行一场不共戴天的战斗。她的双肘在宽大袖子里上下翻飞,鹰钩鼻的鼻孔也在一开一合。她尖声喊安妮:"过来,学着点。这是我母亲的绝招……"熨斗的尖头随着她的动作完美划过线缝,"瞧,就像这样。""我母亲,"伊路米娜塔修女道,"可是个了不起的人。"

"我母亲,"伊路米娜塔修女说,"一直在都柏林做洗衣工。"那是年轻的母亲刚到这个城市时,慈悲修女会帮她找的一份工作。伊路米娜塔修女刚到二十岁,母亲就因癌症撒手人寰。在离世前备受折磨的几个月里,一直是教区的修女们负责照顾和安慰母亲。一年后,伊路米娜塔修女自己也成了修女,并在三十岁时移民美国。可她的护理生涯因为一场结核病而宣告终结。在纽约州北部乡下的疗养院休养了八个月、返回修道院之后,她就跟"地下室"结下了不解之缘。

在地下,在修道院的地下室里,在潮湿和不断蒸腾的水汽中,宝宝在婴儿床上酣睡,床单或长内衣裤在绳上荡漾。伊路米娜塔修女喊安妮,快来学着点,她说,我母亲在这方面可是个了不起的……或者,我母亲有个绝招。她告诉安妮,我母亲是这样转衣领、修补袖口,给织物上浆、改尺寸、摊开、漂白……我母亲是这样做……这都是我母亲教的。

随着时间的流逝,这些话又变成了故事:我母亲离开农场,去了城市,在那儿,慈善修女会收留了她……后来,主教本人的裤子需要补,他找了我母亲……

接下来,我母亲发现自己成了一个带小孩的寡妇,就像你一样……然后她把我带进了这一行,就像现在我教你一样。

在地下,安妮知道,聊天是一种违禁行为。在伊路米娜塔修女的那个年代,修女在修道院不谈论自己的生活,不谈论被她们鄙夷地称为世界的凡世。她们发誓要把世间的一切抛在脑后:少女的心事,家人和朋友,仅属于个人的所有的爱,过往的全部生活。修女所戴的白色帽子不只挡住了她们看周边的视线,还在提醒她们,只关注手上当前的工作。

安妮想象着伊路米娜塔修女这些年所过的生活：在修道院的地下室里孤身一人洗衣服，身边没有一个帮手；想象着她所度过的那些寂寞悠长的岁月，在每个无人交谈，疲倦夜晚的孤独。一想到这儿，安妮就将她对伊路米娜塔修女的刻薄要求和侮辱所感到的愤愤不平咽到了肚子里。伊路米娜塔修女总说她洗衣服像猫洗脸一样马马虎虎。每当伊路米娜塔修女发脾气，即便性格温顺的圣人都会忍不住低声嘀咕一句"臭婆娘"时，安妮则都头一缩，忍了。

伊路米娜塔修女又开始讲母亲如何给主教补裤子，如何在晒场遇到运货马车的马，如何救了其他洗衣工孩子的性命，那孩子吞下了一大把明矾的故事——这些虽是四五十年前的陈年往事，可伊路米娜塔修女的每次重述都令人感到耳目一新，仿佛一切就发生在今天早上，就发生在楼上，她们地下室上面的世界里。安妮会撒谎，装作第一次才听到，说："不，从没听你说过这事。"

初夏的一个下午，莎莉当时还不到两岁，安妮和伊路米娜塔修女默不出声地坐在一起，宝宝坐在两人之间的地毯上。她们正在挑拣捐赠的衣物，分类、检查，以确定哪些需要洗一下，哪些需要修补，然后再送给衣衫褴褛的穷人。如果发现衣服上有蛀虫或虱子,就扔到炉子里烧掉。安妮得到修女的允许,对这些衣服拥有第一选择权,毕竟她也是个穷人,不是吗?所以她女儿穿的衣服大多来自捐赠篮,她自己也挑了几件上衣和裙子。

这或许就是当我们父亲回忆起她那件白色羊毛大衣、紧身裤和帽子时,为何会那么动情。穿上这么一套漂亮的过冬装束对抗寒冷,简直再完美不过了,任谁也难以抗拒。

这时,莎莉突然发出一声尖叫,小拳头按在眼睛上,放声号哭。安妮正对着灯光检查披肩的虫蛀情况,她一把丢下披肩,走过去蹲在孩子身旁。伊路米娜塔修女也将身子凑了过去。小女孩满脸通红。"她眼睛里进东西了。"伊路米娜塔修女说。安妮想把孩子的小拳头挪开,可莎莉挣着不让,手紧紧攥着什么东西,鼓得像球一样。"亲爱的,给我看看。"安妮哄道。可小女孩丝毫也不让步,挣着胳膊想摆脱母亲。小女孩虽然力气不支,可一直将握得跟球一样的拳头抵在脸上。原来她手里攥的是一块白色肥皂。安妮这时才发现,摆在孩子旁边地毯上、修女给莎莉雕刻的那只最小的鸭子的头不见了。是肥皂进了小姑娘眼里。"给我,亲爱的,"安妮说,"你把自己弄疼了。"她着实费了一番力气才把女孩的手从脸上挪开,可无论她怎么哄,孩子就是不肯把手张开。与此同时,伊路米娜塔修女拿来一块湿布递给安妮。孩子坐在母亲的大腿上,还在哭个不停,手里依然紧紧抓住那块令人讨厌的肥皂。安妮将湿毛巾放在孩子被肥皂刺激了的眼睛上。伊路米娜塔修女试图轻轻把女孩拳头里的肥皂取出来,可孩子一把推开她的手,一副决不放弃的样子。

"哦,她可倔了,"安妮小声道,"不会给的。"然后,又补充了一句,"她这点像吉姆。"

伊路米娜塔修女身穿长袍,围着有点湿的围裙,凑到这对母女身前,咧嘴一笑,红肿的手抚摸着孩子纤细的头发。"如果她像她父亲,"修女肯定地说道,"肯定是不会轻易屈服的。"

当天晚些时候,当修女们晚餐的香味顺着楼梯钻进地下室时,安妮听到自己自言自语:"吉姆从不吃萝卜。"之后,当热浪袭击这座城市时,她说:"吉姆从不喝酒,感谢上帝,但像今天这么热,他会喝一杯啤酒。"当莎莉渐渐长大,在陌生人面前不爱出声时,她又说:"吉姆也很害羞。我们第一次见面时,我都不知道他是否会开口。"

在修道院昏暗潮湿的地下洗衣房里,安妮说:"吉姆的嗓子不错,可他不喜欢民谣,只喜欢一些蠢歌,真要把我逼疯了。"她说:"吉姆有一个穿着那款鞋子的朋友。"她说:"吉姆受不了衣领紧。"她常说吉姆这个吉姆那个,还有这是吉姆告诉她的。

关于自己那令人恼火的丈夫,蒂尔尼太太有一肚子有趣故事,但两人清晨散步时,出于礼貌和迷信,她们都绝口不提安妮的悲剧。曾见过安妮丈夫吉姆的邻居和朋友,每次在街上或走廊上碰到安妮时,也都是一低头擦身而过。圣萨维尔修女已经去见上帝了。知道这件事的珍妮修女选择将秘密留在心里,对谁也不说。

吉姆的名字依然像一种忌讳。但在修道院的地下洗衣房里,吉姆这个吉姆那个,吉姆告诉过我……安妮可以随意提起吉姆,就好像吉姆依然在楼上的那个世界里活蹦乱跳,她还是有个令人恼火丈夫的女人,而非独自抚养孩子的寡妇。伊路米娜塔修女则像任何一个已婚女士的闺中好友会做的那样,充满同情地在一旁倾听。

六岁的莎莉瞧着捐赠篮里的一套纸娃娃,突然抬头问:"吉姆是谁?"

九岁的莎莉想知道父亲埋在哪儿。母亲将手放在胸口上说:"在这里。"

马上十一岁的莎莉放学回家,谈起同学去给父亲扫墓的有趣故事——坐电车,在绿油油的草地上野餐。她母亲头向后一仰,大笑道:"那就让父亲来找我们好了。"

母亲的笑声经常会吓女儿一大跳,却也让她激动不已。女儿也笑了,手抚摸着母亲宽宽的脸颊,把母亲的玩笑话当成了对自己的承诺。

第九小时①

依照修道院的生活作息,下午三点为午后祷告时间。但凡没有安排社会工作或去筹款的修女此时都会返回修道院祈祷。

很久之后,当伊路米娜塔修女败给膝盖关节炎,整天只得靠坐在椅子上继续与熨衣板战斗时,她只能抬眼对着天花板为自己祈福,默默祈祷。但在莎莉童年的岁月里,她一听到修道院钟声响起,便停下手上的工作,擦干双手,放下撸起的袖子,一路咚咚作响爬上木头楼梯。安妮一边叠衣服或缝缝补补,一边听着修女们祈祷、唱赞美诗和圣歌,然后留意听着伊路米娜塔修女从教堂回来的动静:急促的呼吸,伴着噼里啪啦的念珠声。

---

① 天主教规定一天要做八段祷告,第九小时是指从日出之后算起的第九个小时,大约在下午三点左右,正是下午祷告的时间。

等伊路米娜塔修女重新回到地下室里的战斗岗位,安妮会继续心怀喜悦留意听另一个轻踩楼梯的声音。如果幸运的话,一抬头便会看到珍妮修女趴在栏杆上,正看着下面的她们,哈哈笑得像个孩子。

"救命的来了!"一瞧见珍妮修女,伊路米娜塔修女就会这样大声宣布,毫不掩饰她对此心中的不满。"宵禁钟今晚不会响了①。"她会噘着嘴,嫉妒地加一句,但转念一想就宽恕了两位年轻女孩见到彼此时藏不住的开心。毕竟,伊路米娜塔修女也年轻过,也曾和一个小心眼、脏兮兮却有趣的女孩玛丽·帕特·谢伊手挽手一起玩。她又想起玛丽·帕特紧紧挎着自己的胳膊,一身土味,还有她的雀斑、脏指甲和闪闪发亮的绿眼睛,那个靠着她的浑身是劲、柔软又瘦小的身子。在另一世里,伊路米娜塔修女也曾体会过同样的快乐。

"要不要出去透透气?"珍妮修女会这样问,或者,"你想出去喝瓶汽水吗?""你想去买点东西吗?"

---

① 修女此处的说法源自美国诗人罗丝·哈特威克·索普(Rose Hartwick Thorpe, 1850—1939)1867年所写的叙事诗《今夜宵禁忌》("Curfew Must Not Ring Tonight"),这首诗是其16岁所写,首次发表在《底特律商业广告》上。诗的背景设定在17世纪,讲的是年轻女子的情人被清教徒逮捕,当晚宵禁钟声响起时,他就会被处死。年轻女子恳求教堂司事当晚不要敲宵禁钟。被拒后,她冒着生命危险爬上钟楼的顶部,勇敢地阻止钟声响起。当时的护国主克伦威尔听到了女子的事迹,非常感动,赦免了女子情人的死罪。

这也是因露西修女的坚持形成的习惯。在安妮刚开始到修道院工作时,莎莉还是个婴儿。露西修女做完第九小时的祈祷离开小礼拜堂时,她看着珍妮修女说:"如果今天下午有空,你去地下室照看一下那个孩子,"然后不依不饶又加了一句,"让孩子母亲喘口气。"

"又要麻烦你了?"安妮总会抬头看着小个子修女,嘴里这样问,而那个小个子修女还在哈哈大笑,伊路米娜塔修女则又嫉又恨地噘着嘴,突然将落下的袖子卷起,或用嘴吸着因为分心被针扎到的指尖,她的指尖早已伤痕累累。

珍妮修女一跃跳下楼梯。"这有什么麻烦的!"就像这真是再荒诞不过的问题了。

珍妮修女双手紧握放在心口,挡住胸前垂下的十字架,眼睛盯着柳条编织的洗衣篮,莎莉正在里面呼呼大睡。等莎莉大了,她会像出门远足一样,爬到珍妮修女的裙子上,坐到地上和珍妮一起玩用肥皂雕刻的动物、碎布和空线轴发明的游戏。

珍妮看见这个小女孩就开心。事实上,珍妮修女只要看见孩子就高兴。她是一个有实践经验,但没接受过正规培训的护士。她所掌握的技能有时会受身材和体力的限制,但她却拥有带孩子的神奇能力。这也许是因为她即使穿上修女长袍,看起来也还像个孩子——她说起话来低声细语,动不动就放声大笑或簌簌落泪,每当她仰头听着高大的成年人讲话时,眼神里总会闪现出孩子气的不相信。这种半信半疑的感觉似乎只有孩子们才能感同身受。面对一脸严肃、唠唠叨叨的大人,如父母、神父、医生,甚至是其他修女时,珍妮修女只要一转脸,和孩子们彼此一望,相互间就犹如心有灵犀,马上心领神会。那应该是只需通过目光就可以传递的傻傻的孩子气,对不对?但千万别告诉珍妮修女和孩子们,我们已经知道了他们的秘密。

珍妮修女做了那么多,不也是为了帮助大人吗?

由于珍妮修女身材矮小,且拥有照看孩子的天赋,分配给她的往往是一些令人悲伤的工作:照顾生病的孩子,夭折的新生儿,无人照顾、被虐待或被遗弃的幼儿。她的专长是根除疥癣和虱子,抹蓖麻油和药膏,清洗耳朵和擦干眼泪。珍妮修女比所有人都更清楚去布鲁克林各个孤儿院或曼哈顿弃儿养育院要怎么走,因为工作的原因,她经常要陪孩子们一起去。出发的地点有时是墓地门口,有时是法院或警局,有时则是充斥着浓烈死亡气息的不通风的房间,房间里可怜的母亲刚变成冰冷的尸体。

如果上街时兜里刚好有零钱,珍妮修女会让瑟瑟发抖的小孩觉得这是一次惊喜之旅。她会从口袋深处掏出方糖,或者俯身指给他们看让人发笑的东西或人。她会将熟睡的新生儿抱在臂弯,在地铁楼梯和拥挤的街道上穿梭。跟珍妮修女一起工作的修女经常会对别人说:珍妮修女总是一路哭着回修道院的。

人总能如奇迹一般茁壮成长,珍妮修女一直努力用这个理由,抚慰自己因照顾苦痛病人而感到的悲伤。从刚出生时八斤重的新生儿,到躺在襁褓里的宝宝,再到四肢强壮、脸色红润、蹒跚学步的小孩,莎莉从小到大一直都健健康康。如果当天的工作中碰到夭折的儿童或悲痛的母亲,珍妮修女就会盼着去地下洗衣房见莎莉,哪怕仅仅只是为了确认,上帝在给予一些人苦痛的同时,也会赐福其他人,保佑其他人身体健康。

珍妮修女会提起裙子,跟莎莉一起坐在小波斯地毯上,欣慰地瞧着她那肉乎乎的小手和明亮的眼睛。莎莉很聪明,四岁就已经知道修道院里所有修女的名字了。瞧着莎莉的快速成长,珍妮修女心中也得到了慰藉。她相信自己照顾的那个因肺病而去世的女孩已经返回了天堂,在天堂里变得像莎莉一样健康美丽。她劝慰自己,那位痛哭流涕、悲痛欲绝的母亲终有一天会与孩子重逢,就像此刻的安妮,在水汽蒸腾的下午,在地下室里开心地抱着自己健康的女儿,告诉她说:"我马上就回来。"这个愿望虽然不会马上实现,但应该很快,因为一辈子就如眨眼一般,转瞬即逝。

"不用急着回来。"珍妮修女会这样对安妮说,或者模仿露西修女的口气,"去喘口气吧!"两人听到此话都会哈哈大笑。

等安妮走了,珍妮修女和莎莉一起爬上楼梯。("我不去了,"伊路米娜塔修女可能会在后面对着两人喊,"我还有很多衣服要洗。你们记得给我送晚餐下来。")她们会去漂亮的小礼拜堂,一起跪着祈祷;去厨房吃点饼干,喝杯牛奶;或者,如果离吃晚餐时间还早,就做个布丁或奶油果蓉。天气好的话,她们会去修道院的院子里,用铁锹和旧勺子在花园里挖土玩。碰到下雨天,就坐在修道院雅致的休息室里,念《玫瑰经》。珍妮修女可以把所有神迹都编成童话故事,莎莉会数修女念珠的珠子,数着数着就开始神游,躺在珍妮修女身旁进入了梦乡。

正是在这样潮湿的下午,在偷得片刻清闲的短暂时光里,珍妮修女想到了那个吉姆。

作为人间疾苦的见证者,珍妮修女坚信人类的失去都会有所补偿:在天堂里,痛失母亲的孩子会重拾母爱;夭折的婴儿会成长得生龙活虎;一切苦难、悲伤、不幸和失去都将消散。珍妮修女对此坚信不疑,因为这正是公平的意义。但她只知道该如何跟孩子解释这个道理。面对愤怒、悲伤或痛苦的成年人,她却张口结舌,说不出话来。

珍妮修女觉得公平是最起码的要求,而遍及世界的苦难简直不合情理,还有什么比这更不公平吗?时运不济,疾病缠身,生不逢时。无辜的孩子往往遭受坏人该受的苦,老人尚能苟延残喘,年轻的母亲却被疾病夺去生命。美好的生活最终以混乱、绝望或彻底的毁灭告终。原本的幸福随着一记敲门声,一声咳嗽,刀光一闪或一个疏忽,突然就陷入了绝望。父母期盼已久的婴儿甫一降生,就在母亲怀中浑身发紫,失去了生气。还有一些孩子一来到世上就是瘸子、畸形,或者因为母亲虚弱、不堪重负的身体,没有奶吃而嗷嗷待哺。邻近教区有个孩子天生头骨畸形,合不上嘴,每一次呼吸,每说一句话,甚至连发出稚嫩的笑声,都因肿胀干枯的嘴唇而呼呼作响。另一个孩子生下来头部就有紫色胎膜一样的胎记。失明、殴打、骨折或骨变形;意外、腐烂;大自然与恶人的残忍;人类极度的愚蠢与疯狂。

这都让人看不到公平的影子。

总的来说,人世间到底公平与否,根本无人知晓。

但珍妮修女坚信,世间的混乱最终会因公平拨乱反正。公平要求苦难者应该获得帮助,伤口应会愈合,羞辱应该得到弥补,杂乱无章应该变得井然有序。每个人都是上帝创造的,不管上帝喜欢或不喜欢,最终都应该获得幸福圆满。

"你知道什么是公平和不公平,对不对?"珍妮修女会这样问生病的孩子、伤心的孤儿和大到足以理解这个问题的莎莉,还有我们。

"你是怎么知道公平的呢?"

珍妮修女用指头点着孩子的额头或心口。"因为上帝在你出生之前就把这个知识教给你了。这样一来,当你看见公平,你就会知道那是公平。上帝之所以这么做,是因为他想要公平。"

"你们班上最笨的男孩是谁?"珍妮修女曾这样问过我们。那时我们还住在亨普斯特德,年纪都还小。"如果老师分糖果,给了他一颗糖,却给其他人每人两颗糖,他会怎么说?他会说这不公平,对不对?如果打棒球时,所有人都看到他安全回垒,你却判他出局,即使他在学校是个大笨蛋,他会说什么?他会说这不公平,是不是?他怎么知道这不公平呢?是从书本上学到的吗?是因为考过试吗?不,都不是。"

在给吉姆守灵的那天晚上,珍妮修女把餐桌旁的两把椅子移到棺材旁。疲惫不堪的圣萨维尔修女已经回修道院了,她和安妮负责守夜。珍妮修女拿出念珠,但没祈祷。当安妮伸手抓住她的手时,珍妮修女发现自己根本无法安慰安妮,让她释怀。她想到在雨中凄惨的灯光下,西恩先生给她们看的报纸上的那则新闻。

人若想得到救赎是有前提条件的,而吉姆并没做到。

吉姆并没有因命运不济而丧失尊严。他没有感冒,没崴脚,也没饱受岁月摧残,炉子也没出问题。没有忍辱负重,却要上帝补偿。没发生意外之灾,也没有罹患疾病,天生没有残疾。上帝赐予了吉姆生命,却被他弃之如敝屣。

根据珍妮修女朴素的逻辑,以她所坚信的上帝的公平来看,吉姆的死与公平无关。吉姆的死是自身的一时冲动,是他自己的选择。公平地说,这怎么能要求上帝补偿呢?珍妮修女坚信,对于自杀这种任性和傲慢的行为,上帝肯定不会遵守救赎、永生和天堂极乐的承诺。如果人人都能进天堂,那进天堂也就不足为奇了。

在那个漫漫长夜,珍妮修女的手一直握着安妮的手,没动念珠。她端详着吉姆那张看着依然还像个男孩的脸,此刻这张脸已经一动不动,冰冷如石头。她心里,或者说在她的想象中,她并不确定吉姆能否得到救赎,再重新来过。

现在,吉姆的孩子,他在世的骨肉,正躺在修道院休息室的沙发上,身子舒展,双臂摊在身体两侧,两只小手的手掌向上张开,手指随着梦境会突然抽动一下。这孩子长得可真快。珍妮修女必须努力回忆,才能想起那个浅色眉毛,双眼紧闭,小嘴轻轻嚅动,睡得沉静的小宝宝的样子。爱莎莉让她感到快乐,每天只要在修道院看到这个孩子,她心底的悲伤就如同被一股暖流浸润,让她的心再次恢复如初,重新充满喜悦。

她想着吉姆和他所抛弃的一切。

外面此刻飘着雨,静谧的修道院休息室因为时辰、雨天、沙发的棕色天鹅绒和房间深色壁板的缘故,散发着泛黄怀旧的气息。厨房里的奥黛特太太正喃喃自语,念念有词。肉桂和苹果的味道与修道院的焚香和旧木头散发的气味混在一起。天地笼罩在雨中,耳边只隐约听到修道院外喧杂的车流声。

这时,砰的一声,好像有小鸟撞在窗户上,这动静吓了珍妮修女一跳。珍妮修女抬头看到那个男人。他身穿棕色西装,站在修道院昏暗的走廊上看着她。她认识那件西装。她曾用马毛衣刷从上到下刷过那件衣服,还从西服的两个肩膀上掸掉了棉绒,然后才把它送去西恩先生的殡仪馆。她认识那个男人。她认得那张倔强、阴沉、毫无生气的脸。此刻,仍然看不出一丝生气。

珍妮修女已给很多人,都是刚过世的人守过灵,对此刻房间中这股野蛮骇人的味道她再熟悉不过了。

但不等珍妮修女抬手捂住胸口,也没想好是该保护莎莉,还是将莎莉交给这个男人,也许他更需要的是慰藉,她的耳边突然响起露西修女的声音。露西修女人已经在修道院门外,似乎正在抱怨什么,然后又传来另一个修女——尤金妮亚修女低沉耐心的回答声。接着,又是砰的一声,可能是修女的脚踢在沉重的大门上。修道院的大门应声而开,随之进来的是雨声和射入漂亮门厅的蓝灰色薄暮天光。两名修女一边进门,一边忙不迭抖着手里的雨伞和斗篷,嘴上依然在争执不休。珍妮修女站起身,感觉两腿发软。她迎向两位修女,一只手抵住嘴唇,另外一只手指着熟睡的孩子。她看见自己的手指正在瑟瑟发抖。

两位修女停了嘴,但显然都还没消气。尤金妮亚修女一把从露西修女手里夺过黑色背包,走进走廊,一边摇着脑袋,一边喃喃念叨着汉尼根医生的名字。露西修女将空着的手缩进湿漉漉的斗篷里,扬起一边眉毛看着珍妮修女。修道院里的人都对这表情再熟悉不过了。这表情是在说,我比你们都聪明,我更优秀。你们这些女人就是我的炼狱。对此我可以忍,但别误会,我这么做可不是为了你们。

修道院里众所周知,露西修女喜欢没事出神,喜欢一个人与上帝交谈。

露西修女那不耐烦的目光转到躺在沙发上的孩子身上。"她妈妈回家了?"修女语气严厉。

"没回家,"珍妮修女答道,"去商店了。出去喘口气。"

露西修女似乎没注意珍妮修女引用了她的话。她的两只眼睛如往常一般随着思绪来回转动。然后,她突然冒出一句:"她在这儿待的时间太久了。"

"你是说安妮?"珍妮修女不解道。

露西修女晃晃下巴。"不是,当然不是。我是说这孩子。"她的眼睛又开始转。"修道院的孩子,"她说道,"跟修道院的猫不一样。她不是宠物。"露西修女低头盯着珍妮修女。"她需要一个适合她的家。"

珍妮修女还因为刚见到的情景浑身发抖。那也许是幻象,也许是她的想象。她感到后舌根处泛着一股苦涩的味道:说恐惧并不确切,应该说是绝望和挫败感。

珍妮修女知道自己其实是个异教徒——迷信,而且喜欢胡思乱想。这是她最应该向上帝坦白的罪过。然而,此刻最令她恐惧的不是想象,而是她的信仰。她的信仰告诉她,她刚看到的是一个得不到安息的灵魂。

珍妮修女心怀内疚和恐惧,碰了碰露西修女的斗篷,就好像如此严肃明智、如此不屑一顾的露西修女可以纠正她错误的想法。

"她母亲也需要一个合适的家,"露西修女说道,"一个合适的丈夫。"

珍妮修女说:"我会为此祈祷的。"

露西修女哼了一声,黄色眼中闪过一丝怜悯,尽管那是冷冰冰、如翘起的花岗岩形成的一小片凉爽阴影般微不足道的怜悯,此外,还掺杂着一丝痛苦。

露西修女一直在斗篷下紧紧握着自己的手。珍妮修女后来才知道,那天下午,一个精神错乱的男子弄伤了露西修女的手腕,她与尤金妮亚修女进门时其实一直在争论要不要直接去医院。此时,露西修女斗篷下的手腕已经肿了。

这也是为什么露西修女这次说记得时,没像平常那样举起冻得通红的手指。珍妮修女仰头看着露西修女,以示她会把露西修女的旨意牢记心底。"再在厨房见到科斯特洛先生和我们的安妮时,"露西修女道,"记得观察他们两人的神色。"

形单影只

科斯特洛先生性格沉默寡言，脑袋上的头发已开始脱落，脸上总是一副笑呵呵的模样。他与修女们讲话时总低声而彬彬有礼，但跟街上的人打起招呼则是个幽默的大嗓门。他喜欢多给修女一点儿奶油，或给她们打个低折扣，至于打几折，似乎全凭临时现想。对修女们返回的"如神迹一般"干净的空牛奶瓶，科斯特洛先生总是赞不绝口。在修女们的邀请之下，每个月的第一个星期五，他都出现在修道院的小礼拜堂里，低头坐在最后一排，双手捧着帽子，参加弥撒。

三十六岁那年，科斯特洛先生娶了个有着漂亮蓝眼睛的女孩。女孩小时候得过风湿热，心脏不太好，之后又患上了舞蹈症①,从此与人疏远,行为举止也愈发奇怪。结婚还没满一年,科斯特洛夫人就被流浪狗咬伤了。那只狗当时正在租户混住的后院里觅食。科斯特洛夫人因伤口感染而截肢,失去了一条腿,随后精神崩溃,神经失常,生活无法自理。修女们称之为一场悲剧。

因为常去科斯特洛先生家,修女们知道科斯特洛先生不是在装可怜,他确实需要有人帮忙。科斯特洛先生的家一看就是男人在操持——几乎看不到女人喜欢的小玩意,只有卧室梳妆台上摆着妻子的一对瓷面洋娃娃,壁炉架上还有一座圣约瑟夫的雕像。科斯特洛先生虽已竭尽所能,但男人打扫的卫生可想而知:桌上一尘不染,却不能看桌下;灯座擦过,灯罩却一点没动。修女们知道,他家壁橱里的东西摆得像军队一样整整齐齐,厨房的橱柜里却几乎空空如也——有一瓶非法购买的威士忌,只用来对付牙痛或感冒(来访的修女每天会检查)。如果说科斯特洛先生的家像挑剔的单身汉的家,修女们都不会反对,因为他家里看不出有女主人的任何迹象。科斯特洛先生确实如他看起来那样,是个惨遭不幸的好男人。

科斯特洛先生把给妻子洗澡和做女性卫生这些活留给修

---

① 舞蹈症,一种罕见的常染色体显性遗传病。症状表现为短暂不能控制的装鬼脸、点头、手指跳动。

女,但自己每晚都给妻子做晚饭。修女每天早晨到他家时,洗碗池里的盘子或桌布都已收拾得干干净净。修女们会叫醒科斯特洛先生的妻子,喂她吃早餐。科斯特洛太太像个孩子,有时会发脾气,但因为瘦得像根火柴杆,身子也像羽毛一样轻,所以照顾起来很容易。科斯特洛先生每天不等天亮就必须出门,修女们会在需要帮忙时一早就到,在他家里忙活一小时,让可怜的女人穿暖吃好,服侍她在前窗的椅子上坐好,再把一个小三明治、一杯牛奶和便壶放在她伸手就够得到的地方,然后才离开。如果科斯特洛先生当天有事,比如他有时在一早送给修女们的牛奶中留下一张便条,说下午要开车去奶厂或参加市里举行的工会会议,那么,修女就会在午饭时去家里看一下,或提早给科斯特洛太太送去晚饭,安顿她上床睡觉。修女们觉得,当科斯特洛先生辛苦工作一天,回到家里看到床单干干净净,妻子睡得正香时,就知道这是修女们在用她们的方式告诉他,她们赞赏科斯特洛先生的所作所为。

安妮和科斯特洛先生第一次讲话是在某个深灰色的早晨,在修道院的厨房里。那天冰冷的雨一直下个不停,科斯特洛先生因此耽误了送奶。他在各家门道里避了很多次雨,只能趁雨停的间隙送奶。避雨时,他不得不和平常总躲着的那位爱发牢骚的老妇人聊天；一大早只能坐在车上看着自己那匹毫不着急的马，看着马侧腹蒸腾而起的水汽，他一反常态地抽了一支烟，颇不情愿地将衣领又竖高一点，带着奶箱再次冲进暴风雨中。

那天，修女们要去做晨祷，所以安妮到修道院比往常早。天还没亮，雨就把她吵醒了——看样子今早没法和蒂尔尼太太散步了。既然这样，她不禁犹豫着是否要起床。莎莉当时三岁，正躺在她身边睡着。安妮听着雨打窗户的动静，一直等到屋里渐渐亮到足以视物时，才小心翼翼地起床，怕一不小心吵醒孩子。她走进厨房，本打算烧壶水，给自己和房间取暖，但当她鼻子抵在窗户上，想看看外面的雨是否小点时，突然又闻到那场灾难的烟味。湿漉漉的玻璃、潮乎乎的窗台、重新刷过两次的厨房墙上都散发着那种味道，就好像那场火灾和悲伤的气味一直藏匿在房子被雨水浸湿的砖块中。

她向下瞥了一眼后院，夜色依然浓稠，除了玻璃里自己的倒影，什么也看不到。但在她的想象中，她已经打开窗户，将身子探出到雨中。如果想象可以成真的话，这时应该会感到吉姆的手紧紧搂住她的腰，将她救回去，在她耳边像鬼魂一般无声低语。他会对她说什么？向她道歉？给她承诺？结结巴巴找个借口或面带微笑，再说些过去在这张厨房桌子旁，在温暖的床上对她说的甜蜜的亲热话："哦，就让我在家多待一会儿吧。"

吉姆下葬的那天，他们坐着西恩先生的灵车去墓地。车上有安妮、殡葬承办者和圣萨维尔修女。修女裹着她那件黑色的斗篷，两眼深陷，活像一尊巨大的石像，也像一位打了败仗的将军。

车子穿过黑暗的街道，像败逃的军队行走在清晨静谧缓落的雨中。长长的灵车后拉着吉姆那已经失去灵魂的空荡荡的躯壳。

在那悲痛的清晨之前，上帝对安妮意味着什么？天父，守护人，圣灵和君主。当车子行驶在路上，安妮突然意识到在此之前，她的所有祈祷一直都与吉姆有关。为了吉姆她恳求上帝，或跟上帝讨价还价：希望吉姆对她微笑，希望吉姆接电话。求上帝保佑：吉姆能安全到达纽约。拜托上帝：当她也去纽约时，吉姆会在纽约接她。

保佑吉姆起床。

在他们的婚姻生活中，这似乎成了她唯一的心愿：祈祷吉姆起床，去上班，回家；回家时，不要一脸愁容，能稍微开心一些。求你了，上帝。拜托上帝，让吉姆别再唉声叹气，别再自顾自不理她，别再一个人紧握双拳，默默自说自话。让吉姆在跟她说起他的一天时，不再觉得自己受到侮辱和冒犯。让吉姆丢掉心里的不屑。让吉姆保住他的工作。让他起床，准时去接班。

在那个寒冷的早晨,公墓的树木像蚀刻在窗户霜花上的一条条黑线,结冰的草根根直立,如同矛头,车碾过地面发出碎裂的声音。他们把棺材拉出灵车。碰到可用的墓地时,他们就会把吉姆下葬。安妮没问吉姆的尸体在下葬前会放在哪儿。在修女的帮助之下,她所有的钱只能接受这样的安排。加略山教堂那块墓地只能留给自己,将来一个人形单影只葬在那里。

安妮手抚棺材,大片的雪花落在棺材上融化,变成一摊摊雪水。圣萨维尔修女拿着一小瓶圣水一边挥动,一边念祈祷词。安妮、西恩先生和修女,三人都为自己祈了福,爬回车里时全身衣服都已经湿了。

悲惨的早晨,冒着天寒地冻只能葬在不圣洁的土地里,不能举办葬礼弥撒,在加略山教堂购买双人墓地损失的钱,所有这一切安妮都不怪教会。她很清楚没有规矩不成方圆这个道理,如果教会不惩罚那些不守教规的信徒,也就再没规矩可言了。教会像所有好母亲一样,如果孩子不听话,就要打一顿,让孩子知道做错会受到相应的惩罚。

吉姆杀死了自己,安妮心中的某些东西随之一同死去。

谁有资格祈求宽大处理?谁可以期望得到赦免?

圣萨维尔修女可以,这点毋庸置疑。但这个没有孩子、已走到生命尽头的固执女人有一颗狂热的心。她渴望得到救赎,或许还渴望在所有事上能行使权威——安妮已经开始喜欢和钦佩这点了。但不管怎样,这仍是一种狂热。从墓地回去的路上,圣萨维尔修女说:"要是换我管那个教堂,肯定会是另外一个样子。"

大家的笑声让那个可怕早晨的气氛变得不再那么沉重。

安妮不怪教会。

恰恰相反,正是通过回忆自己曾经许下的那些简单却没能应验的祈祷,安妮开始对信念和信仰变得更小心谨慎。

她曾多少次祈祷上帝让吉姆按时起床,她会给吉姆煮好鸡蛋,沏好茶,然后再急匆匆回到悄无声息的卧室喊他起床。她讨厌自己的绝望,讨厌自己的无助,讨厌吉姆阴郁的心情和暴烈的怒气,正是它们让吉姆变成横亘在她和幸福简单生活之间的阻碍,他们好不容易摆脱困窘贫穷,过上像进入天堂的生活:来到这座繁忙的城市,吉姆找到了一份好工作,也有了自己整洁干净的家,这个夏天还会迎来自己的孩子。

当吉姆拉起毯子盖住头,手从毯子下伸出来抓她,她会一边避开他的手,一边祈祷:上帝啊,请让他起床出门工作吧。有时,她也会屈服,顺着吉姆,相信吉姆所坚持的遥不可及的信念:他们的时间只属于他们自己,他们可以随心所欲支配自己的时间。

此时,安妮站在厨房的窗户旁,看着窗外乱七八糟、湿漉漉的院子,看着那些杂乱无章的东西在倾盆大雨中挣扎。她又像过去一样不耐烦地跺着脚,婚姻生活中最鲜活的回忆再次扑面而来。吉姆,快起床。

可灰色的玻璃里只有安妮自己苍白的脸回望着她。

吉姆连个鬼影也没出现。

一切只不过是冷冰冰的希望而已。

正因为这冰冷的希望,安妮选择继续留在这间公寓,她本可以搬到更小、更便宜的地方去。但这儿是吉姆曾经生活又死去的地方。

安妮叫醒莎莉,两人穿好衣服,各自蹬上一双雨靴。去修道院,安妮要抱女儿走五条街,手中的那把大伞在风中几乎挡不住雨水的袭击。到修道院时安妮虽然累得气喘吁吁,却开心得哈哈大笑。修女们此时正默默排队步入小礼拜堂,睡眼惺忪的她们原本素净的脸庞此刻显得更加朴实无华。在明亮的修道院厨房里,安妮摇头甩掉头发上的雨水。厨师奥黛特太太还没来。安妮拿了一块茶巾给莎莉擦头发,两人一起轻轻哼唱:"天下雨了,下着倾盆大雨……"这时,耳边传来小礼拜堂里吟唱清晨赞美诗的歌声。突然,安妮瞧见一个黑乎乎、弯着腰的身影从后门玻璃上晃过,耳中听到奶瓶乒乓碰撞发出的动静。她下意识地一把拉开门。科斯特洛先生被安妮吓了一跳,猛地抬起头。雨水从他那闪闪发光的帽顶和鼻子上滴下。"可怜的人,"安妮说,"进来避避雨吧!"

科斯特洛先生什么也没想就进了屋,他确实需要避雨。他站在那里,手里握着两瓶新鲜的牛奶,腋下夹着两个闪闪发光的空奶瓶,外套上的雨水滴答滴答落在门口的垫子上。他对厨房并不陌生,但从未见过眼前打理得井井有条、火烧得暖暖的厨房,还有一个漂亮的孩子坐在修女放在厨台旁的高脚凳上,那孩子睁着一双好奇的大眼睛。修道院帮忙洗衣的女人手里拿着茶巾,正微笑着欢迎他。这个女人或许并不漂亮,但有一头美丽的黑发,被雨水打湿的头发丝丝缕缕贴在白皙的额头和脖子上,像黑色的丝带。虽然外面的雨正噼里啪啦作响,可他仍能听到小礼拜堂里修女们甜美的歌声。她们正在唱那首他从小就熟悉的赞美诗《赎世羔羊曲》①。

安妮迎上前,接过科斯特洛先生手里拿着的两瓶牛奶。他看到安妮通红的脸颊上贴着一缕弯曲的发丝,几乎碰到她的嘴巴。

出于常年照顾生病妻子的习惯,科斯特洛先生伸出仍然还

---

① 《赎世羔羊曲》,拉丁文圣体歌之一,为13世纪圣托马斯·阿奎那所作。歌名来自经文首句,直译为《吁,使人得救之牺牲》。

滴着水的手,将那一缕头发拂去。

这时,他听到《赎世羔羊曲》的尾声,回想起他上学时学的拉丁语,想到那句曾触动他这个外乡漂泊者的歌词。哦,将永不止息的生命,赐予我们的家乡吧。

想到这儿,他突然灵机一动,问道:"你老家是哪儿的?"

当天下午,科斯特洛先生在街角又碰到了安妮,她正好出来透口气。这之后在某个晴天,安妮离开肉店时也碰见了科斯特洛先生。科斯特洛先生时不时会在安妮经过的门口休息,跟安妮打招呼,陪她一起随意走走。科斯特洛先生和安妮一样高,就男人的标准来说,这个子不算高,但两人从没并肩一起走过。他没有主动帮她提过包。在某个天气晴朗的日子,两人走进公园,彼此保持着路人信步而行的距离,然后隔开一段,坐在公园的同一张长椅上。即便如此,安妮也能闻到科斯特洛先生衣服上的马厩味。

两人无所不谈。正因如此,安妮觉得他们在一起时很快乐。科斯特洛先生会给她讲当天早上的事,或者见面前几分钟刚发生的事。他告诉她上周日做完弥撒别人跟他讲的故事。安妮则会讲蒂尔尼太太说的事:有关酒店或蒂尔尼太太孩子的故事。自从那天下午,科斯特洛先生在街上第一次遇到安妮(多亏珍妮修女,安妮才能离开修道院一小时,出来透口气),两人好像心有灵犀,都觉得在安妮繁忙工作的休息间隙,在科斯特洛先生结束送奶疲惫不堪之时,只有让他们开怀大笑的事才值得说。

他们从不讲那些让人沮丧的话。不说孤儿寡母、脆弱妻子的悲惨故事,不讲洗衣房里无休止的劳作,不讲对伊路米娜塔修女要求的愤愤不平。科斯特洛先生也不会抱怨寒冷的天气,运奶车、顾客和老板讲不清道不明、无休无止的要求。他们像陌生人一样坐在公园同一张长椅上,聊聊今天见面前后发生的那些事。

时光荏苒,一年之后,安妮把自己家楼下的门钥匙塞进科斯特洛先生手里,只说了句"过来吧",就一个人先走上了大街。在街道拐角处,她瞥了一眼身后,看见科斯特洛先生已经穿过街道,走到街的另一边。她心中暗喜,觉得他是一个懂分寸、知道要给彼此留点时间的人。

家中的房门半开:她可不想让邻居听到他敲门。安妮半敞着门,坐在客厅里唯一的椅子上,这样可以听到他来的脚步声,或者看见他走近时的影子。

安妮不知道科斯特洛先生会让她等多久,也不知道自己要像个哨兵一样坚守多长时间。

她两手相叠放在膝盖上。这不是一双光滑细嫩的手,但她确定,科斯特洛先生也不会那么期望。

安妮由此想到科斯特洛先生那双白皙的手,那是属于比较粗壮的大块头农夫的手。还有他那双厚鞋,鞋口或已经磨得不成样的鞋带中有时会夹杂着稻草。

房门半开。门上方的玻璃气窗紧闭。这是隆冬时节寒冷明亮的下午。房间此时看起来好像有点惨兮兮。盖住烧焦沙发的沙发套是安妮自己做的,并不贴合,晦暗的布料看着像褪了色。与宽宽的沙发墙相比,挂在墙上的画实在太小了。那是一幅镶了框的圣心大教堂的油画,画中的图像已经因为时间久远而发黑。这是安妮在捐赠篮里发现的画,油画镶的框有缺口,画布也破了。"谁捐的这没用的东西。"伊路米娜塔修女抱怨道,小莎莉却喜欢得不得了。当安妮光脚站在沙发上,对着墙敲钉子,把画挂起来时,莎莉站在地上瞧着她,当时她心中还不禁涌出了些许虔诚。此刻,她却感觉自己其实是在自欺欺人。在修道院工作的这些日子里,她见识到了什么才是真正的高雅,那所修道院原本是为有钱人建的:光亮的木材,简洁的枝形吊灯,高高的石膏天花板和优美的托梁。相比之下,眼前这间空荡荡的屋子不用说,肯定是一个移民,一个可怜女人的房间。屋子的整洁干净恰恰说明这位移民囊中羞涩。自从吉姆去世,她已经给墙糊了两次壁纸。此刻正在等人的她突然发现,最远处角落的壁纸又开始不争气地卷边了。厨房和卧室的墙她已经重新刷过两遍了。

等科斯特洛先生来了,他应该会觉得这地方既干净又整洁。

有那么一瞬间,安妮怀疑或许科斯特洛先生不会来了。她担心自己把钥匙塞进科斯特洛先生手中时,他会误解她,或者不喜欢她那么做,但随后她又打消了自己的怀疑。

修女们说过,科斯特洛先生的家也一尘不染。安妮怀疑那跟她想掩饰一个移民的贫穷一样,也是一种自欺欺人。以整洁有序的表象,隐藏照顾卧床不起妻子的种种辛苦,隐藏一个丈夫的心如枯槁以及无穷无尽的孤独和忧愁。

房门半开着。门外有动静传来,安妮听出那是科斯特洛先生的脚步声,但也可能是别人。随后,她看到一个犹犹豫豫的身影。安妮站起身。是科斯特洛先生,他来了。安妮把门打开一条缝,刚好能让他进屋。她的鼻子嗅到他衣服上的马厩味,还有酒和松皂的气味,好像他在上楼前曾喝过酒,还洗过手。

科斯特洛先生摘下帽子,手向后捋了捋所剩无几的头发。看见科斯特洛先生可怜的裸露的头皮,安妮心中一动,充满了怜悯。这让她想到刚出生的婴儿纤弱的头骨,同时这也是证明科斯特洛先生已不年轻的标志。

在此刻的灯光之下,科斯特洛先生的两只眼睛看起来只有棕色,而有时在阳光下还会有绿色、黑色和金色。

科斯特洛先生一只手抬起安妮的下巴。尽管安妮知道自己指尖粗糙,但还是抚摸着他的脸庞。这时,杂乱狼藉的后院突然传出一个声音,厨房的窗户也嘎吱作响。那是城市的沙粒或风卷起的树叶,再或者是鸽子翅膀撞在玻璃上的声音。这声音也曾让她幻想吉姆在她耳边呼吸,手放在她的臀部上以及曾经的种种过往。

两人都扭头向发出动静的地方望去,安妮看见科斯特洛先生的目光落在墙上的画上,那熟悉的、面露悲哀、满脸怜悯的上帝隐在变黑的油画中,几不可见,只见到上帝苍白的手,正指着荆棘环绕的圣心。

两人回过头,互相望着彼此。

"只有我们两人吗?"科斯特洛先生小声问道。

安妮说:"是的。"

萝　　丝

打父亲这边论,我们有一位身材矮小、已步入耄耋之年的萝丝曾姑奶。一想到这位曾姑奶,眼前就会出现一顶天鹅绒帽和一套淡色、也可能是玫瑰色的细平布套装,仿佛又嗅到她走进屋时,身上散发着的玫瑰水香味。她那戴着手套的手扶着曾属于祖母的长托盘,稳住身形,同时另外那只手拂过餐桌旁成排椅子的靠背,拂过欢迎她的我们每个人的脸颊。父亲跟在曾姑奶身后,拎着行李,喊:"让一让!"同时教育我们,"要说'下午好!'""要说'请再说一遍。'"身为一名门卫的后裔,父亲竟将两个手提箱撞上椅子腿,震得餐具柜子里的瓷器叮当作响。

那时我们还在亨普斯特德市生活,住在我们从小长大的老房子里。房子通风良好,红瓦白边,可隐患重重,总感觉好像房子要塌。人到中年的父亲也因此化身成讽刺漫画里在城市里长大却在郊区有房的倒霉蛋。我们还记得他肩上扛着梯子,手中拎着锤子或套筒扳手,在房间里到处巡视,可什么用也没有。我们的母亲在身体好时,一双眼睛会跟着父亲到处晃,脸上笑意盈盈。

噢,亨普斯特德的那所老房子!还记得房子侧门的玻璃把手已破烂不堪,还有跟肩膀一般高的斑驳脱落的墙漆。不论春夏秋冬,靴子和鞋子永远堆在屋里,破旧的碎布地毯令人想起黑乎乎的地下室的燃油味、煤渣块以及冰冷的煤灰。上三个台阶,就是家里局促的厨房:深绿色的厨房台面,黑色油毡地板,几个红色橱柜,搪瓷和钢制厨具,丁香与肉桂的香气混合着阳光和灰尘的味道。走过一条狭窄通道就是饭厅。蕾丝桌布,蕾丝网眼垫,蕾丝窗帘,就连窗户上方也爬满了蕾丝。当萝丝曾姑奶稳住身形,挪步进屋,戴着手套的手扶着祖母的长托盘,另外一只手拂过我们的脸颊时,苹果树正在风中繁花似锦,但也可能不是花朵,而是骤雪堆积的雪花。

至于萝丝曾姑奶打哪儿来,为何而来,一直是个谜。"从北边来,"大人们只告诉我们这个,"因为她老了。"萝丝曾姑奶住我们家客房,父亲在前面给曾姑奶开路,我们则跟在曾姑奶后面,搀着她的胳膊,或扶着屁股,走走停停。还记得当时曾姑奶身子在颤抖,也许年龄太大了,但也许因为我们的礼貌周到而激动万分。

客房在亨普斯特德老房子的三楼,正位于屋檐下,是个逼仄狭窄的房间,屋里漆成黄色,有白色的窗帘。

回到楼下,父亲跟我们讲起萝丝曾姑奶和雷德·惠兰的事。他说,那是在波基普西市。内战刚刚结束。一家人正在吃晚饭,突然听到有人敲门。萝丝曾姑奶当时只是个小孩。门外进来一个男人:红色头发,红色皮肤,一条红色伤疤从脖子直到耳朵,像犁从脸上划过。雷德·惠兰只有一条腿和一只胳膊,上楼也是走走停停,每爬一级楼梯,拐杖的头咚地敲在阁楼裸露的木板上。当时还年轻的曾祖父帕特里克是个教师,当惠兰看着全家人给他准备的房间,瞧着房间里的床、洗脸台、小书桌和宽背椅子时,帕特里克默默站在狭窄的房间门口。雷德·惠兰在那个房间里一直住到去世。

萝丝曾姑奶当时还是个小孩子,手里端着给雷德·惠兰准备的晚餐,晚餐扣在盘子里。

十几岁时,每当我们在卧室里充满忧思和烦恼,早上不想醒,或者像母亲过去那样,睡一个下午,父亲就会冲着我们抱怨,语气里透着恼火,好像要大发雷霆,但也会被我们逗乐,因为他也曾是一个喜欢读书、喜欢沉思的人,抱怨时说的也是爷爷常说的那句话:"窝在里面像雷德·惠兰一样冬眠。"

但凡长着一头红发,脸上有雀斑的爱尔兰胖子就是雷德·惠兰。

但凡在客房里住得太久,都有变成雷德·惠兰的危险。

每次讲起萝丝曾姑奶漫长孤独的岁月,必然要提到她与雷德·惠兰在一起生活的四十多年。雷德·惠兰在内战时顶替萝丝的哥哥上了战场。守寡的老处女,嫁出去的修女,我们的父亲这样称呼萝丝曾姑奶。

我们会把茶和其他东西,还有少得可怜的晚餐端到楼上去,萝丝曾姑奶只吃一小碗糊状的东西:汤,苹果酱,再加上掺了奶油的谷粉。她躺在三楼房间里的床上,或坐在椅子上向我们眨眼。虽然在我们看来,她已老得动动身子都会落灰,可还总在脸上涂粉。

萝丝曾姑奶身旁站着贫病关怀小姐妹会的修女。"真是乖孩子!"给曾姑奶送饭或取走盘子时,修女会这样表扬我们。其中包括我们最喜欢的修女——珍妮。

至于贫病关怀小姐妹会的修女,我们再熟悉不过了。我们的母亲也曾想过当修女,但用父亲喜欢的话说:经过再三斟酌,母亲最终打消了当修女的念头。

我们与修女的熟识是在发烧的早晨：醒来时，发现她们白皙的手贴在我们的额头和脸颊上，或者有人把温度计放进我们嘴里，我们睁开糊着眼眵的眼睛，瞧见白色系带帽中不怒自威的脸，命令我们不要咬坏温度计。我们瞧着她们忙碌的身影绕着病床四周转，夜里缠成一团的毯子和床单，在她们干净双手的拉扯之下又恢复了平整，而且变得凉爽。

我们与修女的熟识是在放学回家后漫长的下午，当我们的手握住破烂侧门的玻璃把手时，发现厨房里多了一位护理修女，站在那里如同黑白相间的信号塔。修女用手指抵住嘴唇，示意我们噤声，因为母亲又被带回自己阴凉的房间去休息，以消解忧愁。

在修女长袍经过改革，终于可以看见两侧、可以开车之前，她们总打出租车来我们家，父亲会冲到马路边，抢着付车费。

多年以来，我们一直以为大家的生活都是如此，还以为但凡出现危机或有人生病，但凡需要圣母显灵时，贫病关怀小姐妹会，圣母玛利亚十字会的修女便会出现。

珍妮修女是我们的最爱。

那时，她已经上了年纪，个子比我们还矮，像穿着修女长袍的孩子。若是她给我们泡茶,她会加热牛奶,并用她的黑色挎包给我们带一小条饼干。从那之后我们再没见过那样的饼干,还记得饼干外包裹着一层巧克力,还有一层散发着夏天味道的薄草莓果酱。

并不是所有贫病关怀小姐妹会的修女都这么好沟通。当珍妮修女跟我们讲话时,她的声音总让人猜不透:"这真太傻了,是不是?"我们永远不知道这时是该害怕,马上停止胡闹,还是会听到她的声音突然变得轻快,这时你就发现珍妮修女其实躲在白色系带帽和黑色面纱后面,正笑得发抖。

珍妮修女说:"你们母亲还没出生,我就认识她了。就像我认识'妮们'一样。"

一听到"妮们"这个词,我们就想乐。她把看法说成"砍法",石油说成"室油"。那时,她已经离开布鲁克林好几年,去修女们在长岛开的老年之家了。她没生病,只是过去帮忙。而很多受珍妮修女照顾的女人其实跟她年纪差不多。

珍妮修女问我们:"谁是你们班上最笨的男孩?"

珍妮修女把手伸到帽子下,拍打着长着雀斑的额头。她抚摸着十字架链子中间的白色围兜,就好像那是心脏的位置。她说:"因为在你们出生之前,上帝就教给你们了,明白?那样你们就明白上帝想要公平。"

珍妮修女讲话时喜欢在句子结尾加一句"明白?",听着像好莱坞影片恶棍的口头语,我们会被这句话逗乐。

珍妮修女告诉我们,她原本打算加入另一个修女组织,那个修会的名字里也有小姐妹会,可她去错了地方。圣萨维尔修女对此只是耸耸肩,说:"这是上帝的旨意。"

珍妮修女说:"你们母亲还没出生我就认识她了,是圣萨维尔修女介绍我们认识的。"

她说:"没有人去找圣萨维尔修女,可她却出现了。这真是个奇迹,明白?上帝看到有人需要帮助,看到发生煤气泄漏事故。上帝看到你们母亲和姥姥需要有人帮助,于是圣萨维尔修女就出现了。"

在那些寂静漫长的下午,当母亲悲伤地睡着,或者萝丝曾姑奶待在楼上房间里时,我们就和珍妮修女坐在餐厅桌旁。那可能会是任何季节:珍妮修女身后窗户旁的苹果树开满鲜花,或窗外正狂风呼啸,卷起大片雪花。

珍妮修女告诉我们:"在圣萨维尔修女过世时,有一阵很浓的玫瑰花香。圣萨维尔修女本来已经很多天没睁过眼了,但那时却睁了一小会儿,然后又闭上,同时叹了一口气。一声深深的叹息,但不是疲惫不堪的叹息,明白?要我说,那是心满意足的叹息。随后,房间里突然香得像有人送来了一千朵玫瑰。那是圣萨维尔修女灵魂离去一瞬间的香气,仿佛有一扇门为了让圣萨维尔修女进去,只开一下就又关上了,而我们仍然被留在尘世,只是在那一刻恰好瞥到一眼。活着的人无福承受天堂之美,只能瞥一眼而已。"

珍妮修女盯着天花板说:"那种美,不是为我准备的。但不要紧。你们会看到的,真的。你们的曾姑奶也会看到的。"

萝丝曾姑奶在我们家住了多久?几个星期,一个月,或许是两个月?在一个暖洋洋的下午,等我们放学回到家,发现客房已经空了。母亲那天还起床走动,开了窗户透气。白色的窗帘在空中飘荡,床上却空空如也。

父亲后来告诉我们,由于母亲身体虚弱,怕她伤心,所以最好让萝丝曾姑奶在疗养院度过最后的时光。父亲说会有专人护理她。那家疗养院也是修女开的,但不是我们熟悉的贫病关怀小姐妹会的修女,那时她们的人数已经开始减少。主教正不怀好意地惦记着她们那座漂亮优雅的修道院。

据说,萝丝曾姑奶去的老年之家正是珍妮修女最初本想加入的那个修女组织开的。该修会专门负责照料来此度过生命最后时光的老人。那个老年之家在名为瓦尔哈拉[①]的

[①] 瓦尔哈拉,北欧神话主神兼死亡之神奥丁接待英灵的殿堂。

小镇。

"别的暂且不说。"我们的父亲说。

"听听这名字,如果这都不算她肯定会上天堂的预兆,"父亲很满意自己履行了照顾曾姑奶的义务,"那我真不知该说什么了。"

修道院之子

　　一件捐赠的断了钩扣的狐皮披肩,一顶天鹅绒女帽,再加上一副接缝已经开线、长度到手肘的小孩手套。这几件衣物一上身,莎莉一下子变成了气质优雅、盛气凌人的麦克沙恩夫人(安妮称其为布鲁克林草根)。麦克沙恩夫人负责为妇女会组织年度茶话会和圣诞节集市,并为修道院筹集资金。莎莉将披肩撩到下巴,伸出胳膊对着伊路米娜塔修女摆手,模仿着麦克沙恩夫人慵懒的腔调:"我们善良无比的贫病关怀小姐妹会的修女来了。"戴着手套的手指划过脸颊,五指张开,她问母亲:"可是,亲爱的安妮,花式小蛋糕怎么还没上?"

　　莎莉晃着身子,套上没人要的家居服,把带围兜的修女围裙蒙在脑袋上,像演哑剧一般,模仿奥黛特太太的厨房舞——

揭开想象中的锅盖,将想象中的苹果举到眯着的眼前,一边给苹果削皮,一边哑着嗓子用挪威语低声念叨"噢,我的上帝"。莎莉的母亲和伊路米娜塔修女则在一旁乐不可支地"嘘"她,求她别再演了。

一块头巾,一件被虫蛀过的带小羊皮领的外套,好奇窥探的眼神,再加上渐渐露出不悦的神色,莎莉简直跟每晚趴在客厅窗户上看着下面街道的房东格特勒夫人本人丝毫不差。

有一次,安妮出门去商店了,街头手风琴师在修道院外的街上,吱吱作响拉着手风琴,唱起根本不在调上的意大利歌曲。那是个大热天,修道院栏杆后的地下室开着窗户。"看在上帝的分上,"伊路米娜塔修女喃喃自语,"他就不能唱首爱尔兰的歌吗?"小莎莉的动作快得简直如精灵,她把煤炭箱飞快地挪到窗户下,一下子跳到箱子上,手抓着铁栏杆,用伊路米娜塔修女的爱尔兰口音喊道:"看在上帝的分上,给我们来首爱尔兰的歌。"

可怜的手风琴师抬头茫然张望,搞不清这是打哪儿出来的声音,嘴里大声应承道:"好的,修女!"然后,硬撑着马马虎虎唱了一首胡拼乱凑的爱尔兰民谣《身着绿衣》[①]。

[①] 1790年,绿色成为爱尔兰的象征色。在1798年抵抗英国的起义中,爱尔兰人穿上绿色衣服,并打出标语"身着绿衣",这句标语来自一首爱尔兰歌曲。

"真是个好人!"当手风琴师卡壳唱不下去时,莎莉大喊道。伊路米娜塔修女说,这孩子真是天生学什么像什么。

等莎莉上了学,两个女人在地下洗衣房的日子仿佛一下子变得漫长了,但等莎莉放学回来,她会给母亲和伊路米娜塔修女讲她们所谓的更广阔天地的故事。她会活灵活现模仿同学结结巴巴的英语,根深蒂固的布鲁克林口音,还可以模仿牧师带有鼻音的低沉浓重的拉丁语。在教室里,她是安安静静的好学生;在大街上,她礼貌而腼腆;可一回到修道院的地下室,她那喜欢做傻事、表演稀奇古怪哑剧的冲动,喜好手脚乱动的小孩子天性,更不用说爱调皮和撒野的性情了,一下子全都释放了出来。这主要归咎于母亲和伊路米娜塔修女对她的放纵,只要不闹得动静太大,她们就任其胡闹,但她们要一直提醒她小点声。

只要莎莉明白一回到"上面",一回到修道院洗衣房上面的世界,就必须规规矩矩,那就随她在地下洗衣房里可劲折腾。

或许正因为这种纵容,随着小女孩年岁渐长,每当母亲下午出门,无论是去购物,还是透口气,莎莉都渐渐喜欢和伊路米娜塔修女待在地下洗衣房,而不是跟着母亲或跟其他女孩在街上玩。每当珍妮修女来地下洗衣房,莎莉会给小个子修女一个吻,但慢慢不再喜欢玩她们从前的游戏了。见此情景,伊路米娜塔修女心中窃喜,她会在转身熨衣服时,长叹一口气以掩饰她嘴角露出的浅笑。像珍妮修女这样甜美可爱的修女更招小一点的天真烂漫孩子的喜爱,伊路米娜塔修女心中暗想。而像莎莉这样稍大一点的胆大无畏的孩子,就像她自己的孩子玛丽·帕特·谢伊一样,可能更喜欢有点"坏"的朋友。

她们从楼上走廊里借了一张小桌子,放在地下室,这样莎莉就可以在地下室,在伊路米娜塔修女的陪伴下(还有熨斗发出的咚咚嗞嗞声里)做作业。按道理说,做作业应该在光线充足的修道院厨房、餐厅或自己家里,之所以选在地下室,是因为如果莎莉忍不住咯咯直笑,或突发奇想要表演一下今天上午校园里发生的事,再或者只是做算数做烦了,想溜到捐赠篮旁,开始试穿各种衣服。伊路米娜塔修女只会开心地看着,并不阻止她。

某个傍晚,莎莉母亲出门购物去了。快到十三岁的莎莉当时正在帮伊路米娜塔修女叠当天最后一批衣服,其中就有珍妮修女刚熨好的短祭袍。莎莉哈哈笑着举起衣服在自己身上比量。伊路米娜塔修女扭头瞧着莎莉。莎莉说:"我们来捉弄一下我母亲吧。"

这不是她第一次穿贫病关怀小姐妹会的修女袍。她学校有举办"神职日"的传统,那一天所有学生都要打扮成神父或修女的样子,在校园里像神职人员一样游行。因为莎莉从小在修道院长大,而且是个安静的好孩子,所以每年都会被选为各修会队伍的代表,穿着伊路米娜塔修女给她制作的、每年随年纪增长而修改的修女袍走在队伍最前面。但那天下午,莎莉盯上了珍妮修女干净神圣的袍子。"怎么样,修女?"莎莉问道,"玩一下吧!"

为了帮莎莉穿好短祭袍,伊路米娜塔修女各种方法都想到了。没有腰带,就用亚麻绑带缠在女孩的细腰上,再给她抚平两肩和宽大的袖子。伊路米娜塔修女觉得自己不该做这种事,但为自己的罪过摇头的同时,她也喜欢和莎莉有这种亲密的互动。她能感受到小女孩瘦小身体里刚开始萌芽、正在散发的活力。在如此近的距离下,她瞧见莎莉鼻子上淡淡的雀斑,在如乳白色面纱般的皮肤下隐隐浮现。

伊路米娜塔修女坐在自己的熨衣椅上,将无边帽抵在莎莉低下的头上,然后将帽子拉到耳边,像忙碌的母亲一样,毛毛躁躁地把女孩的头发裹在帽子里。莎莉闭着眼,手放在修女肿胀的膝盖上。女孩的呼吸里有牛奶和饼干的味道。开始打扮时,女孩在笑。当祭袍套到头上时,她还用弯弯的牙齿咬住衣服。

但此时此刻,当修女伤痕累累的指尖沿着女孩的前额和脸颊轻轻抚平帽子并塞紧帽边时,女孩则一脸严肃,双眼紧闭。将帽子掖好后,修女的身子向后一靠,借着射进地下室的光线瞧着眼前的莎莉。

修女摇摇头,仿佛这把戏一眼就会被人看穿,而她可跟此事无关。但她摇头其实是因为她发现只要穿上这身白衣,就连相貌平常的女孩竟也有一种无法掩饰的美,天使般纯洁无瑕的面容宛如刚降生的婴儿一般天真无邪。修女将女孩的身子稍微向后拉,试图减轻女孩压在自己疼痛膝盖上的力道,然后将无边帽戴在女孩的头巾上。接下来,她拿起刚熨好的珍妮修女的黑色面纱,轻轻罩在莎莉头上,然后从自己的面纱上取下一根扣针,将它固定。

下午五点刚过,安妮一边下楼梯,一边喘着气,抱歉地说自己回来晚了,她刚跑回家放了点东西。伊路米娜塔修女坐在熨衣板旁的椅子里,漫不经心道:"哦,莎莉已经走了。"

"什么时候?"安妮问道,"我在街上没看到她。她什么时候出去的?我回来路上没碰到她。"

女孩从锅炉的阴影里现身,走到从地下室高高的窗户洒下的光线中,简直跟珍妮修女分毫不差。她两只手缩在袖子里,目光向下,边向前走,边像珍妮修女一样极其腼腆地低着头,同时也拼尽全力,用安妮的话说,就像水烧开了的水壶盖子那样,努力憋着不笑出声来。

珍妮修女的衣服散发着阳光的清香。春末夏初午后的阳光如同一支金色的箭,透过地下室高高的窗户,投射出一道金线,刚好落在莎莉的脚上。

莎莉低着头,瞧不到母亲,但可以听出母亲声音中的犹豫。"这位是?"安妮低声问道。

伊路米娜塔修女说:"让我来介绍下我们修道院的新成员。这位是圣莎莉修女。来自臭袜子修道院的圣莎莉修女。"

听到伊路米娜塔修女低沉的笑声,安妮愣了一下,随后气乐了:"原来是你们两个搞的鬼!"安妮脱下她的外套。"你们两个!那是珍妮的修女袍?你不觉得这是在亵渎神灵吗,伊路米娜塔修女?"

莎莉向前迈了一两步,春天的阳光正好洒满她全身。从地下室高处窗户射进来的金色阳光像圣卡①里画的圣光,莎莉感觉它照射着自己,就像圣光落在圣人头上。她伸出双臂,看着自己宽大袖子中那双优雅的手而惊奇不已,在黑色毛哔叽的映衬下,她的两只手腕竟如此白而纤细。莎莉全身洋溢着仿如珍妮

---

① 圣卡,一种绘有圣经中的故事或人物的卡片。

修女本人的自信和平和。此时既没有明镜,也没有人指引,只在母亲和伊路米娜塔修女的傻笑声中,莎莉突然觉得自己顿悟了。甚至连自己的声音也变了。母亲她们总提醒她要小点声,因为她的耳朵此时被帽子挡住了,她的声音听起来也闷闷的,有点听不清,但感觉不同往常了,似乎更肃穆、得体且低沉。那一刻,莎莉知道自己注定会成为一名修女。

当天晚上,当莎莉对着黑暗,对着母女依然同睡在一起的床,向母亲说出她的想法时,安妮不知道该不该告诉女儿,即使她可以惟妙惟肖地模仿骄傲自大的麦克沙恩夫人,模仿忙得一肚子火的奥黛特太太,甚至是模仿楼下爱管闲事的格特勒夫人,也不能证明她注定会成为市议员的妻子、修道院的厨娘,或拥有十几顶假发的犹太女房东。

望着枕边女儿明亮的眼睛,安妮不忍心这么说,怕女儿伤心。

她转而说:"你现在就开始想离开我了吗?"

出乎安妮的意料,这话说出来比她想象的痛苦许多。

当莎莉还小时,因为蒂尔尼太太又生了孩子,占用了莎莉的婴儿车,莎莉只好下地走。每当母亲和蒂尔尼太太推着婴儿车走在街上时,莎莉会紧紧攥住母亲的裙子在旁边跟着。

透过粗糙的布料，莎莉感受到母亲的胯部和腿动起来总是那么坚定，从不犹豫不决。即便她那时还小，莎莉已经觉得自己也迈着同样充满自信的步伐了。当街上的人越来越多，或者当夕阳西下，路灯亮起，再或者需要快速走过什么东西或人时，母亲便会伸出胳膊，握住莎莉的手。莎莉感到安心的并不是母亲这宽厚结实的一握，而是母亲的手，是那双手让她心中充满了安全感。

莎莉对母亲的手给予她一生的安全感简直再熟悉不过了。

傍晚，她看着母亲的手快速忙完一大堆计件工作，见证了原本乱七八糟的床上用品在母亲手中恢复齐整，被叠成漂亮的可以直接放进橱柜的一摞。母亲的手可以飞快设好捕鼠器，将夹死的老鼠从后窗扔进院子，然后拇指一动，点燃火柴，驱散屋里那潮乎乎的令人讨厌的死老鼠气味。

母亲的手可以轻易地扭断小鸡的脖子，给鸡拔毛清洗，抹上油，做成菜。母亲的手可以做药膏，做一桶糊墙纸的糨糊，和面做面包和蛋糕。

只要母亲那粗糙的大拇指划过莎莉的脸颊，就可以阻止她的泪如雨下。只要母亲的手指轻拍莎莉的背，就能哄她进入甜美的梦乡。

在地下室的洗衣房里，莎莉瞧着母亲用手从伊路米娜塔修女高高的架子上取下药水,即便药水瓶子上有让人做噩梦的骷髅头和两根交叉骨头——被伊路米娜塔修女称之为恶魔标记的图案,母亲也面不改色心不跳。

她瞧着母亲做针线活,手的拇指和食指灵活地上下翻飞,银针和母亲的金色婚戒在另三只修长手指间闪闪放光。母亲动作如飞,手上却毫不含糊,线脚既平整又漂亮,甚至让人心生错觉,以为是衣服自己愈合了。伊路米娜塔修女曾对此这样评价。

伊路米娜塔修女在熨衣服、手拿板刷或操作轧布机时,会抬头瞥一眼正在干活的母亲。虽然伊路米娜塔修女大多数时间都默不作声,可脸上的欣赏之情溢于言表。这莎莉瞧得出来。

她还注意到,每当母亲放声大笑,珍妮修女仰头顺着声音望过来的样子,好像在捕捉温暖的阳光。还有每次在街上碰到做完弥撒的修女时,所有修女一脸的钦佩显而易见。丁普娜、尤金妮亚等修女会赞赏地打量着母亲身上的二手衣服或莎莉从捐赠篮里淘到的衣服,它们经过母亲的修改或缝补都变得漂漂亮亮。

听母亲说起碰到肉店的人对秤动手脚、家里的热水半冷不热,或者保险员没把她的话好好记下来,她挺身而出和那帮人勇敢理论时,平常天不怕地不怕的蒂尔尼太太惊讶得一屁股坐到凳子上。"你站出来了?"蒂尔尼太太的惊讶中透着钦佩和自豪,母亲则坚定而大声地回答:"我当然要抗议了!"

自莎莉出生,母女俩就一直睡在一张床上。早上一起醒来,天刚蒙蒙亮一起走下公寓的楼梯。等蒂尔尼太太家的孩子都上学后,母亲与蒂尔尼太太每天的清晨散步就停了,但安妮每天早上还是忍不住想走走,于是多数早上会去看望蒂尔尼太太,不过现在去的是另一间稍微大一点的公寓。蒂尔尼太太的六个孩子长大得实在太快了,以至于刚换的新家也很快就觉得小了。新家也和从前一样,一片凌乱。然后,蒂尔尼太太的孩子们就一窝蜂地步行去上学。每天下午三点钟一过,莎莉一边走下洗衣房的楼梯,一边手里晃着书,又有故事可以听了。在结束一天工作之后,母女俩在黄昏时分回家,在房东格特勒夫人的注视下,在餐桌旁吃点简单的晚餐。接下来打扫房间,在沙发上坐一小时,安妮边听收音机边做计件工作,莎莉则读书或读报。如果报纸上登了坏消息或天黑了,两人就交替念《玫瑰经》。

母女俩你一段我一段重复背诵经文,声音总是清晰又响亮,就好像要念给隔壁房间里的人听似的。

然后,她们熄灯,检查炉子。冬天,安妮会站在椅子上,关上门上的气窗。夏天，莎莉则站在椅子上打开窗户。母女俩一起脱衣，这已经成了习惯，根本没意识到为了端庄应互相回避，然后两人爬上床，安妮睡在吉姆曾经睡的那一侧。她们在被窝里手握手，或勾着手指，或仅将手放在对方的肩膀或手臂上。两人在黑暗中低声聊天：记得交租金，捐赠箱里的那些衣服肯定很适合蒂尔尼太太的双胞胎，给布道所捐十分硬币，给修女补长筒袜。记得明天是周五守斋日——不吃早餐①。

房东格特勒夫人在大厅看到她们，忍不住说："看着越来越像姐妹，不像母女。"两人听到这话脸红了，搞不清是像姐妹好，还是像母女更好。

圣诞和复活节，当然是去蒂尔尼太太家和他们一家人共进晚餐，但在两个节日之间的每个星期天也是如此。莎莉发现工作日早上散步时，蒂尔尼太太经常讲的那个蒂尔尼先生留着浓密的大胡子，脸上总是笑呵呵的模样，但蒂尔尼先生往往一会儿人就不见了，莎莉对他的了解仅限于蒂尔尼太太的描述。蒂尔尼先生坐在长桌首位，负责切火鸡和火腿，每当提起他的女儿，莎莉和她母亲都觉得他和蔼可亲，可一旦晚餐结束，他要不

---

① 天主教守斋是一种补赎的行为，借由禁食、捐献及爱德来赔补自己的罪过。大斋是在一天内只准吃一顿饱饭，或在中午或在晚间。其他两餐，早餐要节食少吃，另一餐可吃半饱。

撤退到报纸后面,要不就是站在安全出口抽雪茄,再不就是彻底消失,跑进卧室待很久,搞得每次再出现都吓莎莉一跳。蒂尔尼先生有时会穿上自己那身气派的门卫制服,像舞台上的演员,戴着肩章和流苏,帽子夹在胳膊下。"真是一刻也不得闲。"说完这话他便扬长而去,而这个拥挤的家并不会因为他的离去有任何变化。

小时候,莎莉坚信自己会嫁给一个身穿制服的男人,她会像蒂尔尼太太一样操持一大家人的生活。这想法跟她从小没有父亲毫无关系,她并不觉得自己缺少父爱。之所以有这样的念头只因为她发现,在蒂尔尼太太这个放着音乐谈天谈地、拌嘴打闹、闹哄哄的有趣的家里,母亲是如此快乐。她母亲抱着蒂尔尼太太的孩子,尤其是小宝宝,如同己出。她用嘴亲他们的头发,或让他们像骑马一样坐在她膝盖上。在莎莉的印象中,母亲只有在蒂尔尼太太家才允许自己喝上一杯酒,她会笑得满脸通红。当莎莉还是小孩子时,她喜欢幻想某天自己也成为像蒂尔尼太太这样的家庭女主人,不为别的,只觉得过上如此热闹惬意的生活,肯定会是送给亲爱的母亲的一份好礼物。

"你已经开始想要离开我了吗?"在夜色笼罩下的熟悉的房

间里,总和她睡在同一张床上的母亲这样问莎莉。

母亲声音哽咽,莎莉听了也难过得想落泪。当仿佛圣卡上画的圣光一般的阳光照在她头上的那一刻,以及在此之后,她其实完全没想过自己的母亲。

"这儿的修道院不能收见习修女,"母亲道,"她们会把你送去芝加哥的修道院。"

"我知道。"莎莉说。

"那儿可是个脏兮兮的镇,我觉得。"安妮说。

"我想去看看。"莎莉道。

"你必须学习护理。你想学?"

"我想。"女孩小声说。

"然后,你必须去她们派你去的地方。你可能回不来了。"

"我知道。"莎莉道。

"从此与这个俗世断绝关系。"母亲道。

"我知道。"女孩的声音没有一丝波澜。

"抛下我一个人。"

在由漆黑转为青色的房间里,躺在枕头上的安妮转身对着女儿。街灯的光穿透渐薄的夜色,她刚好可以瞧清女儿眼中滚动的泪水,两只眼睛里泛着亮灰色的波光。那一刻她突然意识到一点,自己刚才的这番话其实会起反作用,反倒让并不那么坚定的女儿下了决心。

当年,她不顾所有好心人的反对,执意离家跟着吉姆时,她那守寡的母亲就犯了这样的错误。吉姆当时没有工作,没有前途,也还没向她求婚。吉姆当时,用安妮母亲的话说,性格有点古怪:前一分钟还光彩照人,兴高采烈,后一分钟突然就变得郁郁寡欢,闷头不语。吉姆的母亲也是个奇怪的人。

安妮的母亲说得在理,一点也没错,可在母亲每个合情合理的反对中,安妮听出母亲心中的恐惧。母亲需要她。安妮的两个姐姐住在伦敦,弟弟在利物浦。她哥哥家倒是与母亲只隔一条街,可哥哥有一大帮小孩子要照顾。她母亲希望将还没出嫁的女儿留在身边,在最后孤独的日子里有人陪她。

母亲出于好意每警告安妮一次,安妮就变得更胆大。她最终打定了主意,不只因为母亲的弄巧成拙,还因为她对女性缺点的厌恶——母亲的自私。但直到眼前这一刻,安妮才突然意识到自己误会母亲了,母亲其实比她想象中的更坚强,母亲会为自己女儿的幸福做出更大的牺牲。

安妮脑中突然闪过一幅画面:一只像从墓地里伸出的老太婆的手,正试图去抓女孩的裙子,可女孩已经兴高采烈,蹦蹦跳跳走远了。

"哦,我们还会再见的,"莎莉对着黑暗平静地说道,"人生一眨眼就过去了。"

这绝对是珍妮修女说过的话,肯定错不了。

没过多久,莎莉就开始在所谓的外面世界散发出神圣的光芒。

安妮发现只要有莎莉在,蒂尔尼太太家那些惯常举止粗野、满脑子只想着调皮捣蛋的孩子就会有所收敛,他们会放低声音,赔着小心对莎莉笑脸相迎。很快,在一起上下学时,蒂尔尼太太家的女孩们就开始围着莎莉,就好像她是宗教游行队伍里圣母玛利亚的石膏像。她还注意到,蒂尔尼太太家的男孩们,汤姆和帕特里克虽然现在还会用胳膊肘推搡姐姐妹妹,可已经变得畏手畏脚,犹犹豫豫,有了敬畏心。

莎莉的老师告诉安妮,她女儿课间休息时不在操场玩,开始去教堂。莎莉《玫瑰经》课的成绩虽然是八年级第一名,她却委婉拒绝了给圣母戴花冠的荣誉,将花冠送给低年级一位腼腆的没有朋友的失聪孩子。

"她做得有点太过了。"安妮对蒂尔尼太太说。

那年秋天,莎莉上了高中,蒂尔尼太太家的女孩告诉安妮,学校里有些讨厌的男孩叫莎莉"修女",莎莉只说了一句就让他们傻了眼:"没错,臭袜子修道院的圣莎莉修女。"

那时候,莎莉用温和平静的解释劝退了一些追求她的男孩,他们大多是对感情认真的男孩,或者是些讨厌鬼,不知道莎莉立志要当修女。当其他女孩沉湎于对爱情的浪漫想象时,如蒂尔尼太太家年轻的玛蒂尔达十六岁时经历了一次如梦幻歌剧一般的凄美爱情,莎莉给予了她安慰。莎莉当时如修女一般,双手插在袖子里。

"把自己许给基督。"站在熨衣板旁的伊路米娜塔修女一脸敬佩。安妮默默打开轧布机,湿漉漉的双手掐着腰,"这么小的姑娘说的话谁会当真?"

修道院里来了一位漂亮的新修女——奥古斯丁修女。她优雅而瘦弱,皮肤是橄榄色的,眼窝凹陷。可惜她只在修道院待了短短三周,就因为肺部出了毛病回家了。安妮发现,这个悲剧很快在莎莉心中变得凄美动人,并在女儿的脑瓜里升华成浪漫的神话故事。在这个故事里,受上帝召唤的女孩与对她横加阻拦、丧偶的自私母亲斗争。故事直接脱胎于圣人的生平——年轻的女圣徒虽遭到父母或求婚者的百般阻挠,却依然坚定不移地听从上帝的召唤,高昂着头颅,从容就义。故事中最美丽的一幕由耶稣本人亲自出演,整个故事充满危险,让人困惑,却又如此诱人。安妮突然想到了吉姆。

安妮反对女儿做修女,伊路米娜塔修女对此完全理解。她理解安妮所说的,即使模仿得像也不代表可以成为现实。在所有修女中,还有谁比她更清楚莎莉天性喜欢做傻事和爱笑?但伊路米娜塔修女也亲眼目睹了透过地下室窗户的那道圣光,也看见莎莉的神色当时发生了变化。她对安妮说:"我母亲经常说,当局者迷,旁观者清。"

现在,每当安妮下午出去购物,剩下她和莎莉在一起时,伊路米娜塔修女就会悄悄鼓励莎莉。她告诉女孩,她之所以立志成为修女并不是为了牺牲,牺牲自己的生活、放弃家庭和自己的世界——修女的原话充满不屑:"并不是放弃这个、那个和其他什么东西。"她之所以想成为修女是因为她受上帝的感召,要在这个坏得透顶的世界中,用自身的纯洁去清除污秽,安抚痛苦。

伊路米娜塔修女说人天性就会堕落。天色渐暗,地下室里只有她们两个人。因为人的原罪,修女告诉女孩,我们会变得龌龊、衰老、道德败坏和招人厌恶。她指着地下室高处的窗户:"只要你能看到的话,就要向往光明。"

一切尘世的东西都难逃被摧毁的命运,修女说,一切都会变成痛苦,成为苦难。魔鬼一直试图想要证明人只不过是动物而已,绝不是什么天使。所以没什么比痛苦更能让人变成号叫的野兽,没什么比疾病更能让人失去信仰。我们因恶臭而却步,为了欲望堕入魔道。

但修女关爱他人的行为和纯洁无瑕的一生却让魔鬼的如意算盘落了空。

修女选择终身不嫁,伊路米娜塔修女说,保持纯洁无瑕,并非是要通过牺牲自己来换取个人灵魂的解脱,而是为了整个世界才放弃了自我,但要想做到这一点必须经受苦难和痛苦的考验。

"你不会用脏布包扎伤口,对不对?"伊路米娜塔修女道。

伊路米娜塔修女坐在熨衣板旁的椅子上,黑色袍子下的膝盖因关节炎而发肿,她对着一大堆刚熨好的叠得整齐如扑克牌的白色手帕扬了扬头,就好像它们能证明她说得没错似的。莎莉早已对洗衣房的所有工作轻车熟路,她会意地从熨衣板末端抱起那一大摞手帕,将它们小心翼翼地放进母亲缝衣桌上的柳条篮里。等母亲回来,母亲会把手帕拿到楼上,塞进修女狭小房间的窄柜子里。

莎莉提起母亲出门前从晾衣绳上取下来、装在篮子里的亚麻桌布和餐巾。依照伊路米娜塔修女的工作程序,熨烫总留在每天快结束时做,以防万一她体力不支。精力最充沛的上午用来洗修女们的长袍和要送还给病人的衣物,或缝补为穷人准备的捐赠衣物。她很少洗熨自己的长袍。当她洗熨自己的长袍时,她会说:"那在后的将要在前。"

"我已经很久没出去照顾别人了。"当莎莉帮着伊路米娜塔修女把宽宽的桌布摊在熨衣板上时,伊路米娜塔修女说。桌布原本是平常用的普通粗纺棉布,现在看起来却很像亚麻布。"但在这里也一样,不是吗?也是在帮助别人。"她咯咯笑着自己的想法,然后摇摇头,像为了打消自己的虚荣心。她指示莎莉把火炉炉格上的老式宽熨斗拿给她,"在这个地下室里,我们尽最大努力改变那些丑陋的被弄脏的东西,不是吗?它们像在我们手里复活,又回到原来的世界。我们就像忏悔室里的神父,是不是?"伊路米娜塔修女又因自己丰富的想象力而咯咯发笑。莎莉想做修女这事激发了她漫无边际的想象力。

修女给布洒上水。这些天,她用橡胶塞打孔的可口可乐旧瓶子当洒水器。她舔了下伤痕累累的指尖,用指头试了试熨斗的温度,然后开始熨桌布,动作大开大合,肘部像打气泵一样前后活动。"每天早上派出去的修女都穿得干干净净,不是吗?受苦的世界需要干干净净的衣服。"

莎莉站在熨衣板对面,轻声道:"说的对。"

两人默默合作,一起挪动熨衣板上的桌布,把它小心翼翼折起来,热熨斗在伊路米娜塔修女手中沿着折线游走。等终于熨完桌布，伊路米娜塔修女说："我给你想了一个名字。"她把还冒着热气、需要拿到楼上餐厅、铺在上菜用具最底层抽屉里的布搭在莎莉的前臂上。"玛丽·无瑕。"因为刚才的工作，伊路米娜塔修女还有点气短，"女人要有个美丽的名字。修女则需要伟大的名字。"

修　会①

安贫小姐妹会、圣母升天小姐妹会、圣婴耶稣会贫病关怀修女会、圣方济各贫苦修女会、圣灵感孕贫病多明我修女会、贫穷佳兰隐修会和圣母修女会，还有天主怜悯修女会、天主恩赐修女会和圣心修女会，还有圣母玛利亚十字会贫病关怀小姐妹会，也就是她们自己的修女会。

但还有智慧之女、慈悲之女、慈善修女会、本笃会修女会、圣约瑟夫修女会、圣母会慈善修女会，还有圣心灰衣修女会和显圣探访修女会、圣母再现修女会、圣子女仆会和服侍圣灵修女会。

---

① 修会，天主教的修士、修女组织。一般须经罗马教皇批准后成立。有男女各种修会，各有自己的"会规"（组织章程）。

尤金妮亚修女很欣赏慈悲修女会。她们的创始人"像我们修道院的创始人一样",她告诉安妮,语气像在说自己的事一样骄傲。那是个爱尔兰女人,富裕人家的姑娘,受上帝感召为贫困疾苦人献身服务,先是在都柏林,然后又去了爱尔兰、英国和美国各地。"一个了不起的修会!"尤金妮亚修女说,并列举了她们开设的医院、学校以及位于州北部的疗养院,伊路米娜塔修女就曾在那里治过病。

修道院小图书馆的管理员约瑟夫·玛丽修女提到了位于河对岸,圣罗撒多明我修女会开设的圣罗撒癌症病人免费之家。约瑟夫·玛丽修女自豪地说,他们的创始人是纳撒尼尔·霍桑[①]的女儿。霍桑本人不是天主教徒,她向安妮解释道,但他是一位伟大的作家。

锡拉丘兹市的圣方济各会修女给予夏威夷麻风病人的帮助难道不是伟大的善举吗?丁普娜修女有一本保存着各种感人事迹的剪贴簿。安妮看到的那份叠起来的剪报中提到了玛丽安·科普修女。但文中讲的大多是达米安神父,对那些麻风

[①] 纳撒尼尔·霍桑(Nathaniel Hawthorne, 1804—1864),美国心理分析小说开创者,美国文学史上首位写作短篇小说的作家,被称为美国19世纪最伟大的浪漫主义小说家。代表作有长篇小说《红字》《七角楼房》,短篇小说集《重讲一遍的故事》等。

病人来说,达米安是第一个邀请修女们去莫洛凯岛①的神父,但丁普娜修女用黑色墨水把文章中赞美修女的话都标了出来。文中还随附刊登了一张患麻风病少女的照片——少女的脸因为麻风病而畸形,但身上穿着第五大道所见的那种漂亮裙子和外套。文章说这要归功于玛丽安修女,这位修女很有时尚眼光。

如果看到自己的孩子为这些受苦的灵魂带去美丽,安妮难道不会感到骄傲吗?

莎莉很会和老人相处,这是修道院修女达成的共识,这或许是因为她们看到莎莉上上下下,进出地下室给伊路米娜塔修女帮忙。法国安爹小姐妹会,也就是珍妮修女曾希望加入的修会,在这方面做得非常出色。慈善修女会也有一个老年工人之家,所照顾的大多是移民,那些因为上了年纪失去价值而惨遭雇主解雇的男男女女,他们曾经是这个城市毫无信仰的大人物的忠实仆人。让莎莉去照顾他们岂不是很好?

再或者那些贫困的寡妇。有人提到加尔默罗会②,加尔默罗会在史坦顿岛有这样的地方。

---

① 莫洛凯岛,位于太平洋中北部,属夏威夷群岛,是美国当时麻风病人的隔离地。
② 加尔默罗会,又称"圣衣会""迦密会"。天主教托钵修会之一。会士须持"听命""神贫""贞洁""静默""斋戒"等会规。

还可以考虑传教修女会：圣多明我外国传教修女会、圣母无垢之心传教修女会、胜利圣母传教修女会、宝血传教修女会。还有一些做慈善的修女会，她们似乎无处不在，无所不能。还有负责教育的修女会，沉思和隐居类的修女会。但修道院的修女们觉得这些都不适合莎莉，因为她们发现莎莉在礼拜堂依然坐不住，在主日弥撒时还会玩自己的头发。即使是现在，尽管蒙上帝召唤，可当莎莉的笑声顺着地下室楼梯飘上来时，她母亲还必须得提醒她小点声。

或许可以去像她们修道院这种需要到处行善的修会。那样她们会派莎莉出门帮助穷人。她可以帮助照顾像她一样的单亲儿童。慈善修女会在曼哈顿有一个育婴堂。（"那地方会不会很忙？"安妮问蒂尔尼太太。）考虑到莎莉年纪尚小，还在天真无邪的年纪，再加上时不时的调皮，作为一名修女，莎莉或许可以去激励和鼓舞那些误入歧途的女性。那样的话，可以考虑去善牧修女会。

"让她去帮助妓女，"安妮对蒂尔尼太太说，"派她去中国或非洲，或者去夏威夷照顾麻风病人。这就是修女们提出的建议。我这么拼死拼活不让她进孤儿院，可现在她们却说，要派她去孤儿院工作。"

当莎莉高中即将毕业时，露西修女那双黄色的眼睛上下打量了一下女孩,然后对安妮说:"让她跟着我一星期。了解一下我们的工作。"

在六月的那个清晨,母女俩从前门,而非后门进了修道院。她们在寂静的走廊里等了一会儿,感觉自己像访客,直到露西修女的身影掠过厨房的走廊,向她们走来。露西修女身披斗篷,背着她那黑色的包。她拿出一条白色面纱。"把这个戴上,"露西修女说,"你可不想看起来像个游客。"这个笑话勾起她的一丝浅笑。"跟我走吧!"她说。

安妮帮女儿系好面纱,吻了一下莎莉裹着面纱的头顶,目送她离开。莎莉迈着碎步,急匆匆跟在露西修女身后,感觉长长的裙摆让她迈不开步,一点儿不像她平常走路的姿态。莎莉的母亲怀疑她这是在模仿哪位修女。待安妮转过身,一下子瞧见站在走廊里的伊路米娜塔修女,她正拄着手杖站在地下室楼梯口前。

"去经受火的洗礼吧!"伊路米娜塔修女如是道。

露 西 修 女

莎莉跟在露西修女身后，摸着自己的新面纱，一下、两下、三下。等上了大街，她还边走边飞快撇头，想从商店橱窗的倒影里瞧一瞧自己现在的样子。橱窗在晨光的照耀下如同波光粼粼的水面，在崭新一天跃动的光线中，她几乎瞧不见自己的脸。莎莉今天只穿着样式最简单的校裙和朴素实用的牛津鞋，她想看看自己戴面纱的样子，研究下自己神圣的转变。走到拐角处，她四处张望，期望碰到一个熟人，碰到一个能见证自己转变的人。"别东张西望的！"待信号灯变绿，露西修女迈步向前时说道。莎莉听了马上一低头，紧跟上修女。

两人转过弯，来到一栋灰色的四层公寓楼前。砖砌的台阶已磨出了缺口，前门开裂的木板仅用棕色胶带一缠权作修理。

大门没有锁。前厅里停着一辆脏兮兮的婴儿车,车底满是铁锈,车头上搭着一块带节疤的胶合板。楼里有股猫和石灰受潮的味道。露西修女走上光秃秃的楼梯,莎莉紧随其后。

公寓门钥匙系在露西修女腰带挂着的钥匙环上,环上的那一大串钥匙放在修女外衣深深的口袋里。修女几乎没怎么翻找,就直接找出了正确的钥匙。她打开门,眼前出现一间整齐得几乎空荡荡的房间:只有两把软垫椅、一张桌子和透过拉开的窗帘照进来的黄色阳光。修女微微一转身,伸手脱下斗篷,放在椅子上,嘴里喊道:"早上好,科斯特洛太太。"

隔壁房间传来一个细小的声音:"早上好,修女。我已经醒了。"

修女从包里掏出围裙系在腰上,穿过客厅,卷起袖子。莎莉紧随其后,跟着走进一间小卧室。卧室的窗帘和帷帘都还没拉开,房间里还是一片昏暗,空气中飘荡着樟脑的味道。刚才答话的那个女人在床上动了起来。那一瞬间,莎莉发现被子下面的女人一只膝盖以下没有腿,她不禁浑身打了个寒战。

"我知道你醒着,科斯特洛太太,"露西修女纠正那个女人,"如果你还在睡,我是不会喊的。"

女人费力地用手肘撑着坐起来。一头长发扎成别扭不对称的辫子,白色的心形小脸因为睡觉变了形,没有眉毛,脸上到处是细小皱纹。"我知道你知道。"女人的声音细小稚嫩,孩子气地撒着娇,"但我不明白你怎么总知道。这是谁?"莎莉模仿着珍妮修女的举止,对女人微微一笑,可科斯特洛太太完全不为这笑容所动。她脸色苍白,透着一股喷薄欲出的不屑。"为什么总让别人进我的房间?"女人下嘴唇一噘,问道,"来一个修女就够了。"

露西修女没搭茬,抓紧忙活起来。她一挥手,拉开窗帘,再打开帷帘,然后把摆在房间角落里的藤背轮椅推到床边。"昨晚睡得还好吧?"她问道。

"不好,"女人依然一脸不高兴地看着莎莉,"一点也不好。肚子疼得厉害,一晚上都没睡好。"

露西修女说:"这么说科斯特洛先生出门时,你醒着。"

"天啊,没有。"科斯特洛太太没好气道。露西修女想去拉被子,那女人拽着被子不放。双方展开了一场短暂的拔河比赛,最后以露西修女获胜告终。女人尖叫道:"你知道我丈夫每天早上几点就必须走吗,修女?谁那个时间会醒着呢!"

露西修女干净利落地从科斯特洛太太手中夺过毯子的一角,把毯子整整齐齐叠好。女人的睡衣撩在膝盖上,露出惨白的腿和白色的绒毛。那条好腿和已经截肢的腿看着都丝毫没有生气。女人似乎打定主意赖在床上,一动也不动。露西修女毫无征兆地突然弯下腰,一把抱起科斯特洛太太,把她抬起,先把那条好腿移到床边,又把另外那条腿也挪过来。蓝色睡衣下那只残肢让人不忍直视,残肢上的伤痕在光线的照射之下仿佛在剧烈摆动,令人触目惊心。莎莉发现自己竟情不自禁转过身去。

"难怪你会肚子痛。"露西修女说。听到这话,莎莉又转回身,看见白色的床单上,女人睡衣的下摆处血迹斑斑。

"哦,麻烦了。"科斯特洛太太说。

露西修女转身指示莎莉。"需要冲个澡,"她说,"在炉子上烧些水。"

这间小公寓整洁得堪称简陋。浴缸在厨房里,上面搭着干净的白色桌布,看起来像一个祭坛。浴缸旁放着木头做的奶箱,莎莉在箱子里找到了香皂和刷子,还有一盒浴盐。厨房里有口铸铁锅,她给锅里装满水,然后在锅下生了火。刚要给浴盆加水时,露西修女已推着女人来到了门口。

科斯特洛太太依然穿着睡衣,辫子松散地披在肩上,腿上放着两条薄毛巾。露西修女动作熟练地左右挪动,将轮椅推过门槛,停在爪状脚浴缸旁合适的位置。她把炉子上的热水加进浴盆,先试了试水温,又加了一瓢热水。然后,她从科斯特洛太太腿上拿起毛巾,递给莎莉,随后一下子把女人的睡衣从头上脱了下来。莎莉见状立马转过身,却听见修女对她说:"拿冷水冲一下衣服上面的血。"莎莉把手里的毛巾丢在地上,拿起睡衣走到厨房水槽前,开始用冷水冲刷睡衣上斑斑点点的血迹。这时,耳边听到科斯特洛太太的哭声,她转过头,看到女人正赤身裸体在露西修女怀里挣扎。修女穿着黑袍,看不出身形,但很结实。她宽阔的黑色背影与瘦弱不堪、光着身子、肤色诡异发白、四肢乱挥的女人形成鲜明的对比,眼前这一幕让人心惊肉跳。她们像两个截然不同的物种:就好像鸵鸟在雄壮的黑熊怀里挣扎,或者蚂蚱落在巨大的乌鸦口中。科斯特洛太太的嘴搭在修女肩膀上,一开一合,身体挣扎的同时,嘴里还发出尖锐的嘶喊,而那双无助、惊慌失措的眼睛则一直盯着莎莉。女人不停扭动身体,似乎决意要打掉修女的帽子,然后爬到修女头上。在她伸出的手臂下,瘦弱的两腿之间有几缕苍白如烟的毛发。"我怕!我怕!"女人哭喊着,低头瞥了一眼身下的浴盆,仿佛那是一道火墙。露西修女虽厉声厉色:"别动。别再闹了。"手上却极其温柔。她将女人小心翼翼放进水里,几乎没溅起一丝水花。她的袖子虽然在浴盆边上刮了一下,但面纱已用黑丝带巧妙地系在脑后——她这是什么时候做的?

一浸到水中,科斯特洛太太立刻就安静了,只剩下一抽一抽地低声啜泣。露西修女打量了一下四周,喊道:"把毛巾从脏兮兮的地上拿起来!"

莎莉乖乖照做了,心里却不服气,木地板虽破旧,可一点也不脏,她手里攥着两条粗毛巾站在原地。女人赤裸地躺在水里,简直难以直视,可莎莉却无法移开目光。在母亲洗澡时,她曾偶尔瞥见过母亲坚实的身体,但从未见过如此彻底袒露在眼前的人。她看着女人的喉咙、手臂、微微凸起的乳房,整个人瘦骨嶙峋,肉仿佛被钝刀刮去,然后被象牙皂洗掉了。科斯特洛太太的好腿浮在水上,另一条腿随着身子无力地摆动。她忽然安静了,两手搓着肥皂,身子前倾,让露西修女给她洗背。辫尾浸了水,看着黝黑。水中的两腿间升起一缕粉颜色的细线。

"你看着她。"修女起身,离开房间。

科斯特洛太太蓝色的眼睛再次盯着莎莉。她的眼睛深陷在眼窝之中,眼窝四周有一圈黑眼圈,眼眸却透着亮光。那双眼睛在苍白躯体的映衬下亮晶晶的,更惹人注目了。莎莉对着女人笑笑,不知该说什么。女人面无表情地盯着莎莉,足足看了有一分钟,然后才把注意力转向肥皂。莎莉这时脑中突然蹦出母亲常说的那个词——不害羞——眼前这个女人似乎根本没因为自己这副样子而有丝毫掩饰、道歉或乞求别人原谅的意思。

露西修女回来了,怀里抱着科斯特洛太太的衣服:一条样式简单的裙子、羊毛丝袜和内裤。衣服最上面放着一块白布,修女嘴里还叼着四根别针。露西修女熟练地将白布别在内裤内侧,随后从莎莉手里拿过毛巾,一条放在轮椅座位上,另一条搭在肩上。然后,她把科斯特洛太太从浴盆里稳稳抱出来,放在轮椅上。女人此时像个婴儿一样完全信任修女,修女用力帮她擦干身体。露西修女又是提又是拉,给科斯特洛太太穿上衣服。突然之间,科斯特洛太太又开始抽泣起来,但修女对她嘘了一声,她就不做声了。露西修女突然抬头,让莎莉跟着她们回卧室。她把轮椅推到窗边,让科斯特洛太太可以瞧见外面,然后从梳妆台上拿起梳子,递给莎莉,只说了一句"好好梳",然后扯下床上的床单,离开了房间。

女人绕成一团的辫子里冒出长的白发。即使是莎莉也看得出来,这肯定是某个笨手笨脚男人的杰作。她尽量轻轻打开湿漉漉的辫子,科斯特洛太太在轮椅上开始不安分起来,身子突然前倾,晃着脑袋,从街道一头看到另一头。"今天外面天气是不是不错?"她问,莎莉回答"是的"。她身子又猛地向后一靠。"我丈夫今天晚上会背我下去,"科斯特洛太太说,"我们会在公园里坐一会儿。"

"那不是很好吗?"莎莉说。

科斯特洛太太手突然伸到背后挥舞。"别拉。"

"我会尽量注意的,科斯特洛太太。"莎莉低声说。她用手指将最后缠在一起的头发划开,辫子松开的瞬间,释放出她母亲所说的"冬天头皮"的味道。她小心翼翼、试探性地梳着湿漉漉的发尾,同时手攥住上面的头发,以免梳的时候拉到科斯特洛太太的头发。

莎莉问科斯特洛太太:"你想梳个辫子还是发髻?"莎莉边说边抬起头,身前的窗户里映出科斯特洛太太模糊的脸,上面则是自己亲切的面容。

科斯特洛太太若有所思道:"哦,我得想想。"她低下头。"你喜欢哪一个?"科斯特洛太太这时听起来像变了一个人,温柔而优雅。

"我先编个辫子吧,"莎莉提议道,"再把它漂亮地卷好。我有时会给我母亲这么梳。"这是假话。母亲都是自己做头发。莎莉也不明白自己这时为什么要撒谎。

越来越自信的莎莉开始用梳子从女人头顶向下梳。科斯特洛太太的脑袋很小,头发稀疏。不像我的头发有漂亮的波浪卷,莎莉心中暗想,不禁有些沾沾自喜。科斯特洛太太的头发也不像她母亲,她母亲是爱尔兰人的发质,浓密乌黑,母亲有时会说,她最满意的就是自己的头发。随着梳子浸润了头皮上的头油,科斯特洛太太的发根变得像洗澡时浸湿的发梢一样黝黑,灰白的发丝中还夹杂着金发。莎莉想起去年圣诞节,蒂尔尼先生对他妻子唱:"亲爱的,你越来越老,金发中出现了银丝。"你真醉得不轻,蒂尔尼太太当时这样说。而且在蒂尔尼先生想亲她时,她转过身,晾着他那浓密的胡须和湿润的嘴唇,所有人都因此哄堂大笑。

在莎莉给她梳头时,科斯特洛太太仰着头,喉咙似乎满意地作响,发出舒服的哼哼声。梳妆台上的盘子里放着发夹。莎莉伸手去拿发夹,借机瞥了眼镜子里自己戴着短面纱的脸。梳妆台上盖着桌布,桌布上摆着一张小小的婚纱照。照片里的科斯特洛太太坐在椅子上,蕾丝裙下露出两只脚。她腿上放着一束丝花。丈夫站在她身旁,胳膊下夹着礼帽。这位丈夫是她认识的那位送奶工,只是看上去身材更苗条,皮肤更黑。照片里的两个人都睁着大眼睛,一脸严肃认真,没准是害怕。丈夫看起来非常年轻。可庄重美貌的女人却不知何故看上去缺少生气,像梳妆台上斜靠在一起的瓷娃娃。那些娃娃们的脸已碎得不成样子。有一个娃娃的玻璃眼珠还歪了。

莎莉转头看着眼前这个女人。科斯特洛太太安静地坐着,双手放在腿上。莎莉心中突然涌起一股自豪感:自己做得真棒。莎莉将女人的细辫子盘成金黄色的发髻,用发夹小心翼翼夹好,用手拍了拍,然后绕着轮椅转了一圈,瞧着自己的杰作。莎莉弯下腰,微笑地看着科斯特洛太太。

"你看起来棒极了!"莎莉说。

科斯特洛太太缓缓地,几乎是害羞地抬起头。蓝色眼睛迎着莎莉的目光,莎莉稍微向后退,冲着眼前的女人微笑,可科斯特洛太太却移开目光,瞧着街对面的楼顶,慢慢陷入沉思,眼中泛起泪花。

"我很痛,"科斯特洛太太低声说,指指她原本该有脚的地方,"我很痛。"然后直直地看着莎莉,像再也忍不住要掉眼泪的孩子,撇着嘴,一脸苦相。莎莉也忍不住同情地噘起嘴。

"我被遗弃了,孤苦伶仃一个人。"科斯特洛太太说。

"胡说八道!"露西修女一边喊道,一边端着早餐盘子走进房间。她瞥了一眼莎莉给科斯特洛太太做的发型,只说了一句"让开",然后将托盘放在梳妆台上,打开一直靠在暖气片旁的小茶几。女人似乎被忙忙活活的露西修女又拉回了现实,她微微眯起眼睛。

"你跟这位姑娘说过我的事儿吗?"科斯特洛太太问。

露西修女在女人胸前铺上一块茶巾。"你的事儿?"修女似乎对女人的提议不感兴趣。

科斯特洛太太一下子气呼呼地指指她缺失的腿。"我的脚,"她哭喊道,"我的腿。"她的目光转向莎莉。"我被一只疯狗咬了,就在院子里。我吓到那只狗,它开始追我。它本来会咬到我的喉咙。"

露西修女在给科斯特洛太太的茶拌糖。"那已经是老皇历了。"露西修女平静地说。

但科斯特洛太太只在乎莎莉有没有听到她的话。"我抓住杆子,这样那只魔鬼就没法把我拖倒。我的脸刮伤了。"她摸摸自己的脸。"人们听到我的呼救声,街上的女人听到,跑了过来,还有一个大块头的男人。他把狗打跑了,把我抱回家。"科斯特洛太太举起两只手,"哦,我当时出了好多血。"

露西修女说:"可以吃早餐了。"接着回身走到摆在床脚边的嫁妆箱前,打开箱盖,拿出新床单。箱盖再次合上时,有股雪松的气味一闪而过,为关着门的房间带来一丝绿意。露西修女告诉莎莉:"夜壶该倒了。"她对着床边木制便盆扬扬下巴。

可科斯特洛太太抓住莎莉的手腕,不让她走。"她们用破布给我的腿缠得太紧,那些女人。那些老太婆。我的脚趾都变成黑色了,我丈夫不得不用牛奶车把我送去医院。"

莎莉被女人的愤慨所感染,瞥了一眼似乎根本没在听的露西修女,问道:"没人去叫修女吗?"

科斯特洛太太摇摇头说:"她们没叫。"

"应该去找修女的。"莎莉对她说。

露西修女转身瞧着两人,对莎莉说:"去倒夜壶。"然后,对科斯特洛太太说:"想点别的吧,科斯特洛太太。吃你的早餐,然后做祷告。"

说完这话,修女回身去整理床铺。莎莉和科斯特洛太太彼此对望了一眼,瞬间结成了抵抗露西修女同盟。科斯特洛太太松开莎莉的手,举起自己的茶。"应该让这位姑娘知道我的遭遇,"她轻轻吹着热茶,对露西修女说,"这太不应该了,修女。你应该告诉她,那条狗是怎么在院子里追我的。"

露西修女手上用力一抖,新床单在薄薄的褥子上飘扬。

"那是谁的院子?"露西修女问道,"难道不是你自家的院子吗?"

科斯特洛太太摆摆手。"我不知道那是谁的院子。"她说。

露西修女抹平床单后,身子依在床头,像游泳一样张开双臂。"那你就该管好你自己。"她说。然后她又对莎莉道:"倒夜壶。如果你愿意的话,倒了之后,洗干净。"

莎莉屏住呼吸,从地上端起夜壶,目光尽量避开里面黄色的液体和一串串凝固的血迹。把秽物倒进马桶并拉下冲水的铁链后,她在卫生间洗手池里冲干净夜壶,但不知道该用卫生间挂杆上的干净毛巾还是找别的东西擦干水。她拿着湿瓷壶进了厨房,想用科斯特洛太太洗澡时用过的毛巾擦干,但那些毛巾、床单和睡衣已经整整齐齐装进帆布袋,准备送给修道院洗衣房去洗。厨房已收拾得干干净净。她挥了挥夜壶,把仍然湿漉漉的夜壶拿回卧室,暗暗希望露西修女不会注意。

等科斯特洛太太吃完早餐,撤掉托盘,洗干净碗盘,擦干放好之后,露西修女让莎莉拿着拖把和扫帚把三个房间打扫一遍。她又把女人推到洗脸台前,给她换了衣服。然后,她把一杯牛奶和一盘加了黄油和糖的面包放在茶盘里,并把盘子放在科斯特洛太太触手可及的地方。

莎莉听到露西修女的声音从几乎空空如也的客厅传来:"今天会有修女给你送午饭。科斯特洛先生去城里办事了。他给我们留了言,说晚饭前回来。"

随后,客厅里再没了动静,接着慢慢又传出那女人的哭声。"他不在的时候,我很害怕,"女人哭着,"我自己一个人,我很害怕。"她像个孩子一样伤心地轻声哭了一会儿,突然怒气冲冲道:"你听到了吗,修女?"她叫道:"我说我害怕。"

"没什么好怕的,科斯特洛太太,"露西修女的声音听上去心平气和,"做祷告打发时间。"

砰的一声,像有什么东西掉了或被扔了出去。"我很痛,"科斯特洛太太大喊道,"你听到了吗?"

室内传来露西修女如打雷一般的声音。"老实点,女人,"

她说,"不许你再这么做。"随后,她压低声音厉声道:"做你的祈祷,感谢上帝赐予你生命。感谢他给了你一个好丈夫,这么好的人再也找不到了。"

房间又陷入令人提心吊胆的沉寂。接着,露西修女的喃喃自语打破了沉默:"这盏灯可能被你打碎了。"

待科斯特洛太太的声音再次响起时,她好像在偷偷摸摸低声说。"看见那个发髻了吗,修女?"她说,"那是个老鼠窝,把它弄走,好吗?在你走之前。"

莎莉虽然站在客厅里,可依然听到发夹被扔回盘子的声音。

莎莉走进厨房,收好簸箕和扫帚,泪水刺痛了双眼。

当她返回客厅时,她听到露西修女说:"我相信你丈夫肯定说话算话。他会像往常一样,回来吃晚饭。"然后,她走出卧室,卷起袖子。她的围裙上有一抹褐色的血迹。看到莎莉,她一下子愣住了,好像之前早把莎莉忘得一干二净,此刻脸上神色一变。修女眯着眼睛盯着莎莉瞧了一会儿,像在看一个骗子或小偷,冷冰冰的脸慢慢变红。她低下头,脱下围裙,将围裙叠好塞进自己的包里,一边伸手去拿她的斗篷,一边让莎莉去取那袋要洗的衣物。

刚要出门,科斯特洛太太又大喊:"我害怕!请不要离开我。"

"做祈祷!"露西修女回叫道。

"我很疼。"科斯特洛太太说,可语气听起来似乎已不再有所指望了。

"你会没事的。"露西修女说完,关上门,用钥匙把门反锁了。

"我害怕!"科斯特洛太太又大叫了一声。

莎莉跟在露西修女身后下了楼,问道:"她这样行吗?"

修女头也不回地说:"当然行。"

隐隐约约间,莎莉依然听到科斯特洛太太仍在抱怨。"她说她疼,是因为她的腿吗?那条截肢的腿?"

"那是想出来的痛苦,"露西修女说,"并不是真疼。"

莎莉说:"可如果是真疼呢?"

露西修女说:"她只想有人陪她,仅此而已。她不喜欢一个人。"

"也许我们应该留下来。"

两人这时已经走到门厅,露西修女刚要出门。

露西修女没回身,说道:"还有更需要我们的其他人。"

两人出了门,上了人行道,走进充满生气的阳光中。莎莉停下脚步,突然想起自己正戴着白色面纱,她感觉到路人向她投来的目光。露西修女依然自顾自地向前走。莎莉不得不喊了两声"修女"才叫住她。露西修女转过身,一手拿着包,另一只手上戴着一块黑色表带的男表。她扬起头,在白色修女头巾的映衬下,那个白皙的下巴更加令人生畏。露西修女不明白莎莉喊她做什么,阳刚的脸上闪过一丝不耐烦。莎莉慢慢走到修女面前,她有话要说。

路过的两个女人跟她们打招呼:"修女,早上好。"一个男人手扶帽子向她们致意:"修女好。"露西修女点头回礼。

"关于那个可怜的女人,"莎莉说,"想象的痛苦也是痛苦,不是吗,修女?"

"别太自以为是。"露西修女的话犹如一记突如其来的痛击。

她举起自己那只扭曲的手。"苦难,"她说,"不会掩盖一个人的真实本性,只会把它暴露出来。"她的眼睛在帽子里微微眯起。"女人只要想找借口躺着,肯定能找到借口。"她停了一下,似乎在琢磨是否应该继续说下去,随后微微一耸肩,身子一歪靠近莎莉,贴得很近,帽子边缘几乎碰到女孩的脸颊。"有些女人根本不知道婚姻意味着什么就结婚了,"她说,"有些人会为此而痛苦。孩子一年一年地生。而有些女人会折磨她们的男人。"她退后一步,似乎想看看莎莉是否听懂了。"即使咬她的那条狗还没长大就淹死了,科斯特洛太太还是会找其他借口的。波罗的海有一个年轻女人虽然手臂萎缩,却生了六个孩子。"修女扬起灰白的眉毛,"女人就是两只脚都没了也能给丈夫生孩子。"她说。

露西修女转过身,把手表塞进口袋。"我要去那儿,"她对着另一幢台阶同样也已磨损、门破破烂烂的房子示意,"我会和格雷梅利太太在前厅。她需要换衣服。你到那儿找我。"

莎莉站在原地,不知道自己要做什么。露西修女咯咯笑了,粗糙的手指转而指着女孩手中的洗衣袋。

"把这些脏床单拿去给你母亲,"她强压火气,耐心道,"然后赶紧回来。"等女孩转身离开,她又在身后加了一句:"如果可以的话,别光顾着瞧自己。"

在接下来的一周里,莎莉逐渐意识到,露西修女的胸中好像总憋着一股怨气,郁结不散。

这股怨气源于露西修女的母亲,她母亲因阑尾破裂引发的腹膜炎不幸过世。

莎莉还发现一件事,喜欢回忆自己的尘世生活的人不只有伊路米娜塔修女。

母亲因阑尾炎引发的腹膜炎而过世时,露西修女才七岁。阑尾炎的症状是右下腹剧烈疼痛,露西修女说,还有发烧和呕吐。她告诉莎莉:这时必须马上看医生。

露西修女说,盲肠本身没什么用。修女此时正和莎莉在等电车,她不想浪费等车的时间。"至于上帝为什么要让人长盲肠是个谜。"

腹膜是一层膜,露西修女说,它像一块精致的丝绸覆盖在腹部的器官表面。"也许我们的造物主喜欢花里胡哨的东西。"说这话时露西修女并没有笑。

整整三天,七岁的露西修女奔波于厨房和病室之间,不眠不休,惶惶不可终日,端着一个大宽碗,先是空的,然后装满,装满再倒空。装的是一种苦涩的液体,随着时间推移,这种液体越来越稀,也越来越黑,散发着咸咸的胆汁味,然后有血的味道。最后是可怕的干呕……母亲的皮肤也变黑了。

她当时感到前所未有的迷茫,露西修女说。

对于失去母亲的孩子来说,她只感到今后生活的凄凉。

她当时才七岁。

讲着讲着,露西修女又强调了一遍:"你听到我刚说的了吗?"——如果肚子疼、发烧、呕吐,千万别犹豫,马上去找医生。"圣萨维尔修女,上帝保佑她安息,你受洗的名字就是她的名字,"露西修女说,"圣萨维尔修女知道怎么让根本不在乎穷人的医生对上帝心生敬畏。这点我必须得夸她。"露西修女不情愿地说道,说话时有点气喘,因为她们刚设法穿过另一栋廉租公寓里臭气熏天的走廊。

露西修女说,母亲去世时,她的哥哥们都已离开了家。父亲是县税务局的局长,所以家里人都过上了舒适的生活。父亲是个好人,但像那个年代的男人一样,严肃认真,感情内敛。父亲把自己的母亲从德国接过来,抚养自己唯一的女儿。露西修女说,她在学校成绩很好,可自从母亲去世之后,她在家大多时候沉默寡言:心生怨气。

德国祖母告诉年轻的露西修女,一个税吏要想躲过下地狱,比让骆驼穿过针眼还难。但只要她为父亲的灵魂祈祷,就能做到。

"所以我出门,"露西修女说,"去拯救我父亲的灵魂。那时我才七岁。"

露西修女始终紧绷的嘴难得露出一丝微笑。她正和莎莉坐在公园的长椅上,一起吃着她从修道院带来的面包和黄油做的三明治。

露西修女和祖母几乎走遍了芝加哥每一座教堂,决意拯救父亲的灵魂。她耐心地跪在祖母身边,对着祭坛冷冰冰的栏杆一遍又一遍祈祷,一小时又一小时,跪得膝盖发麻。在昏暗的教堂里,露西修女的目光飘过油灯和烛光,看着祭坛后或头顶上耸立的神圣雕像和壁画,两眼闪闪发光。

小时候,露西修女说,她就知道画里那座名为"各各他山"①的山。山后的米黄色山丘,仿佛她亲自去过一样。对那杂草丛生的远方,以及更远处那座坟墓,她都再熟悉不过了。还有十字架底下的黄色骷髅头,自己的手指仿佛曾从上面拂过。她好像嗅得到百夫长粗糙双脚下扬起的尘土的味道。她看到,在耶稣基督咽下最后一口气的那一刻,整个世界如同被吞噬一般,一片惨白。

年轻的露西修女跪在虔诚的祖母身旁,端详着圣母玛利亚归天的神圣景象,她关注的并不是画中湛蓝的天空、上扬的双眼和手,而是圣母玛利亚腰上衣服褶皱的纹理,触及云朵的纤细脚趾,以及六翼天使棕色和金色的卷发。

她熟悉《耶稣受难记》那幅画中描绘的街道、凹凸不平的石板、黑暗的拱门以及哭泣的妇女迎接耶稣时互相搂着肩膀的样子。

在全城的每一座教堂里,年轻的露西修女都跪在祖母身边,膝盖和脚虽然已麻木,手脸冰冷,可她整个人都沉浸在神圣

---

① 各各他山,罗马统治以色列时期一座比较偏远的山。据《圣经·新约全书》中的四福音书记载,神的儿子耶稣基督被钉在十字架上,这座十字架就位于各各他山上。"各各他山"这个名称和十字架一直是耶稣基督受难的标志。

的画面中(她能感受到刺穿圣母心脏的钢剑的锋利①,看到上帝张嘴时喉咙露出的柔软血肉)。当她和祖母离开教堂,继续她们的生活时,她发现自己迫不及待想再回教堂。只要一离开教堂,不得不面对世间琐事的羁绊时,露西修女就会感到恼火,因为这一切耽误了她去看她最想看的景象:那些在眼前栩栩展现的重要神圣时刻,那是时间和永恒在战斗,就连可怖的死亡也被战胜,石头从坟墓的封口处移开,死者又重新开始呼吸,肉体再次变得温暖。

可是,露西修女说,那双热切的眼睛,那双让她实实在在感受到基督一生的眼睛,却不能对某些事视而不见。结束祷告回到街上,光脚孩子的脚后跟,肺结核病人苍白的面容,同样也栩栩如生地展现在那双眼睛面前。无助,万念俱灰,为穷人的生活涂上如污秽煤灰一般绝望的底色。

露西修女找到了她的人生目标,感悟到了上帝对她的期许。

露西修女告诉莎莉,她宁愿从此保持沉默,只通过冥想感悟与神同在的美好。

上帝对她的期许让她心悸,但她没有拒绝。

---

① 此处指七苦圣母,圣像画中描绘了圣母玛利亚被七把剑刺穿心脏的画面,每把剑代表一种痛苦。

露西修女的手托着格雷梅利太太肿胀得看不出形状的腿。"这是水肿,"她告诉莎莉,"里面有太多像这样的积液,"她的拇指轻轻按进肉里。"看到这个感觉了吗?里面的水太多了。"

那条腿伤痕斑驳,有些伤口正在渗水。露西修女跪在老太太面前,仔细观察着每处伤痕。"挫伤,"露西修女说,"用拉丁语说是 laesio。"格雷梅利太太矮小粗壮,正对着莎莉和露西修女咧嘴笑,嘴里已经没了牙齿,她双手毕恭毕敬叠放在黑色连衣裙下层层叠叠的肚子上。她几乎不会说英语,住的小房间里满满当当挤着两张床、一张沙发、一张小桌和椅子、一堆箱子和报纸。桌子角洛的神龛里供着一尊圣母像,四周摆满已烧得短粗的祈福蜡烛。屋里充斥着大蒜、垃圾和蜡烛燃烧的气味。跟她住在一起的儿子整天都在外面工作。

露西修女细心轻柔地清理好伤口,用伊路米娜塔修女和莎莉母亲卷好的干净绷带给她包扎好。

修女将干净的黑色丝袜向上拉,盖住格雷梅利太太腿上包扎好的绷带,再向上一直拉,直到盖住老人肌肉松弛的大腿,又细心整理好格雷梅利太太的裙子。露西修女站起身,一只手放在这个女人的头上。格雷梅利太太仰头瞧着修女,她的两只眼都得了白内障,嘴里也没了牙齿。她举起斑斑点点的双臂,做出感谢和祈求状,感谢圣母玛利亚的怜悯。

另一天早晨,当她们离开科斯特洛太太家时,科斯特洛太太又在她们身后轻声哭泣。露西修女说,女人的一生就是流血牺牲。她提醒莎莉,这是夏娃留给我们的遗产。

生为女人,露西修女说,我们的生活会因贫穷和男人而雪上加霜。

露西修女在人行道上停下,跟一位热情打招呼的年轻漂亮女人说了几句话,莎莉跟在修女身后。没几分钟,露西修女就发现这女孩初来乍到,正在找工作。修女给女孩写下妇女救助会一个人的名字和地址,这位富有的女人正想找人帮忙做家务。随后,露西修女一边走一边告诉莎莉,这是份安全的好工作,可以避免女孩过早结婚。

两人来到另外一栋廉租公寓,上楼梯时,刚好碰到一位孕妇下楼,女人挺着大肚子,除了身前有两个小孩,怀里还抱着一个婴儿。露西修女停下瞧着这几个孩子,不满地咂咂嘴,小拇指画圈,比画着孩子头皮上的秃斑和母亲怀里婴儿身上的圆形红疹子。"这是癣,"她告诉莎莉,"正确的说法是癣菌病。拉丁语的意思是长虫子了。"听到这话,莎莉打了个冷战。修女查看了发炎的皮肉和缺失的头发,然后移开目光。"我会给发炎的地方涂上醋和盐,"露西修女说,"珍妮修女还会再加一根从圣诞马槽①中拿的稻草。那根本是在胡闹。"随后她颇不情愿道："但那方法效果还不错。"

露西修女记下女人家的门牌号,答应之后会有修女来看她。"我们会处理好的。"她说。

此时,露西修女将目光转向这位母亲,见她衣服上沾满泥土和油污,头发胡乱扎在一顶脏兮兮的帽子下。"你丈夫对你好吗?"露西修女问。

露西修女告诉过莎莉,能有个好丈夫是福气,好丈夫每天上班,不把工资全花在喝酒上,不会丢给赛马场,不打孩子,不把妻子当奴隶,这是可遇不可求的福气。

但即使一个好丈夫,露西修女说,也会让妻子不停生孩子。而好妻子可能需要把自己变成女巫或酒鬼,或者更糟糕的,变成婴儿或残废,才能阻止她的好丈夫爬上她的床。

她们此时正在吃另一顿午餐,这次是在刚打扫过的老鳏夫的厨房里,露西修女刚刚给他喂过饭、洗过澡。等莎莉脸上的红晕消退,露西修女继续说,有些女人,不管是有钱人还是穷人,可能会选择装病,甚至不惜装疯,或找一个更为精致的借口,以逃避婚姻生活的粗暴跌宕、不堪的争吵和致命的风险。

---

① 圣诞马槽,由于耶稣是在马房的马槽中出生的,所以这在信徒的眼中非常神圣。

露西修女目光灼灼地盯着女孩:"我绝不鼓励刚目睹自己姐妹或母亲难产而死的年轻女子来我们这儿当修女。女人不应该因为恐惧选择当修女。"

露西修女说,当一个好男人的妻子得了这种病,她脑中一下子闪过科斯特洛先生,他会向修女求助。当修女到床边查看身体绵软无力的女人时,男人则站在门口,一脸茫然,忧心忡忡。

"通常你会发现是女人得了贫血病,"露西修女说,"脸色苍白,虚弱无力。贫血病这个词出自希腊语,意思是缺血。"

你可以给她涂点蓖麻油,露西修女说,然后派她丈夫或孩子去屠夫那儿买一块肝。你可以乘隙把家里好好打扫一下,把脏兮兮的衣服交给伊路米娜塔修女处理,给孩子们洗澡,把他们头发上的虱子梳掉,打开窗户,拍拍清理地毯,给全家人做一顿像样的饭菜。之后,那位生病的母亲也许可以起床,坐到饭桌前,吃几小块肝。

当肝脏里的铁进入女人的血液,她也许可以恢复生机,但也可能不会。

露西修女告诉莎莉,因为莎莉自己的母亲一直勤勤恳恳,所以她可能分辨不出女人的懒到底是因为大病初愈,还是身体虽然已恢复健康,可依然在装病躲清闲。

"千万别浪费你的同情心,"当两人再一次走进科斯特洛太太的房间时,露西修女说,"别以为只凭你一个人就可以消除世上所有的痛苦。"

"穷人会永远与我们同在。"在莎莉跟着露西修女的这一周里,这话露西修女说了不止一次。说这话时,露西修女并非带着善意,也没有丝毫的不情愿。她似乎只是生气。"要是我们不受苦,"露西修女说,"进了天堂也不会安心。"

此时,她们已经结束了这天漫长的工作,正在回修道院的路上。走在莎莉前面的露西修女突然停了下来。一个身材娇小的女孩儿坐在门廊上,身上穿的看起来像是她姐姐的睡衣。小女孩光着腿,脚上穿着一双破鞋。等莎莉赶上露西修女,刚好听到露西修女正严厉地问那个小女孩,她今天怎么没去上学。露西修女管那女孩叫洛蕾塔。小洛蕾塔说,她今天没上学是因为姐姐不能带她去。当露西修女问为什么时,女孩低下头,将头靠在抬起的膝盖上。修女不得不说:"孩子,大点儿声。"

小女孩不情愿地提高声音,着急忙慌地一股脑儿说道:"今天早上我们笑得太厉害,查理对我们发火了。"小女孩说:"他把玛格丽特和蒂莉都锁了起来,不让她们出来。"

露西修女望着女孩身后的大楼。"她们现在还锁在里面?"

大眼睛、头发乱作一团的女孩缓缓点点头。

露西修女袖子向后一甩,二话不说上了楼梯。莎莉和小女孩也跟在修女身后默默上了楼。

这是一栋不错的公寓楼。楼梯上铺着地毯,收音机不知在哪儿播放着轻柔的音乐,空气中有一股地板油的味道。来到小女孩的家门口,露西修女举起拳头敲了几下,几乎不等有人应门,一伸手握住门把手,径自进了门。进去是一条近乎漆黑、闷热不透风的长走廊。走廊尽头有一间漂亮的房间,屋里摆着用流苏结装饰的深色家具,桌上铺着天鹅绒的桌布,房间里还有一面镀金的大镜子。一小堆学校课本散放在椅子的毛绒椅垫上。

露西修女站住,喊了一声:"姑娘们?"然后转身走进另外一条较短的走廊,一直走到紧闭的门前。她再次敲门,依然不等有人应答,伸手握住门把手,打开门说:"上帝保佑。"

莎莉站在露西修女身后,抬眼望向那个昏暗的房间,屋里有两个和她年纪差不多大的女孩,分别坐在乱糟糟的床的两端。年纪稍大一点的女孩穿着裙子和缎面衬裙;另外那个瘦一些,岁数稍小的女孩穿着像洛蕾塔一样的白色睡衣。两人都被人用深色皮带绑在铁床的床柱上,皮带在手腕上交叉缠绕了好几道。看到修女,女孩们挣扎着坐起来。当修女冲向她们时,两人都可怜兮兮地哭出了声:"哦,修女。"从两人脸上看得出来,她们已经哭了一整天。密不透气的房间里弥漫着尿和汗水的味道。

露西修女给绑在床头那个岁数大一点的女孩松绑。莎莉也慌手慌脚撕扯着另一个女孩手上缠着的皮带,事实上是两条皮带:一条是带实心扣子的男人的长腰带,另一条应该是绑客厅里散放着的学校课本的细皮带。两条皮带紧紧缠在掉漆的铁栏杆和女孩纤细的手腕上。女孩们的手腕上被皮带勒出了道道红印,指尖的颜色也变紫了。

女孩们流着泪告诉露西修女,今天早上上学时,她们笑得太厉害,惹得哥哥大发雷霆。两人揉着自己的手腕。岁数小的那个女孩的睡衣已经湿透,她因此羞得满脸通红。年纪稍大的女孩穿着华达呢布料的校裙,没穿上衣,只穿着绸缎衬裙,她用手托着自己的脖子。莎莉注意到女孩是想试图挡着脖子上的淤青,那看起来像一朵玫瑰花蕾,或一枚小硬币。莎莉发现露西修女也正眯着双眼,打量着女孩脖子上的淤青。莎莉搞不清楚,不知道是不是女孩的喉咙上长了一丁点癣。

女孩们下了床,嘴里仍在呜咽,莎莉顺着修女犀利的目光,瞧见女孩的小腿和大腿上有一连串凸起的红色伤痕。那是腰带抽过留下的痕迹。

露西修女问:"你们的母亲去哪儿了?"

"她去工作了。"女孩们异口同声答道。母亲跟着她负责做饭的那家人一起,女孩们说,周末去避暑了。家里现在由查理做主。

莎莉看见怒气正在露西修女的嘴唇和眼角集结。在她的想象中,有一股可怕的无法消解的愤怒正从露西修女胸口,从修女的喉咙中,升腾而起。

露西修女告诉莎莉:"带洛蕾塔去厨房。找点东西给她吃。顺便给她洗洗手和脸。"

莎莉伸手去拉洛蕾塔,小女孩向后一缩。"照我说的做,孩子。"露西修女语气冰冷,不容拒绝。

等莎莉和小女孩离开,露西修女关上门。莎莉听到修女在屋子里说:"让我看看你的脖子。"

宽敞而整洁的厨房看着让人喜欢。桌上还摆着早餐的残羹剩饭:煮蛋器里有只吃了一半的鸡蛋,还有剩下的牛奶和冷吐司的面包皮。女孩们一定是在这儿大笑惹怒了哥哥。

桌子上铺着干净的亚麻布,布上有蓝线绣的十字花纹装饰。窗户上挂着崭新洁净的蓝色窗帘。漂亮的陶瓷水壶放在炉子上。这间公寓比她家好很多,但她推断这也是一个寡妇,另一个需要外出工作的母亲的家。冰箱里放着牛奶和奶酪,还有一条小火腿。在莎莉给女孩做三明治时,洛蕾塔再次解释说,查理是她哥哥,每当母亲不在家,就由查理说了算。她母亲给纽约一户人家做厨师。洛蕾塔说,每当她姐姐不乖,查理就会打她们的屁股,但从来不打她,因为查理最喜欢她,她高兴地说。

说到这儿,小女孩突然停住嘴,跪在椅子上,扬着头。小脸上闪过一丝疑惑,也许是恐惧。莎莉听到长走廊里传来脚步声,随后那个男孩——查理出现在厨房门口。他是个身材高大的黑发男孩,年纪不比她大,穿着学校的白色衬衫,卷着袖子,领带松开。男孩瞧见莎莉,只微微一愣,便打起招呼:"你好,修女。"洛蕾塔扑进男孩怀里,光着脚围着他打转。"嗨,小鬼头。"男孩说。男孩袖子卷起,露出棕色、肌肉发达的手臂。查理像大人一样又高又壮。

查理低头瞧着洛蕾塔,问道:"你怎么了?"

洛蕾塔低声悄悄说:"露西修女又来了。她正在和姐姐们说话。"

查理说:"是吗?"他把小女孩放到地上,看着莎莉。他离莎莉很近,莎莉甚至可以闻到他身上的汗味。这让她想起那些辛苦了一天,很晚才上地铁或电车,手里提着午餐桶的工人。查理的一双眼睛是深蓝色的。一缕浓密的黑发落在额头上,他伸手把头发理顺。下巴上深深的酒窝,还有刚长出来的胡茬,让年轻的男孩看上去很帅。"你是见习修女?"他问莎莉。莎莉回答说今天只是跟着露西修女学习。

查理听了点点头。他双手插兜,人倚在门口,一只脚踢着另一只脚的脚尖,眼睛依然看着莎莉。男孩白衬衫下的肩膀看起来很宽阔。他个子很高,莎莉估计足有一米八。查理微微一笑,露出一口白牙。他四处打量着房间,一双眼睛如同深邃的潭水,像电影明星一样帅气。"露西修女是个暴脾气,对吧?"查理说,"我管她叫暴脾气露西。"

莎莉看到露西修女从查理身后的房间走出来,身上背着她的黑色袋子。那两个女孩跟在她身后,拉开一段距离,在短走廊入口处畏畏缩缩。女孩们都已穿好衣服,也梳了头发。

当露西修女站在查理面前,举起弯曲的手指,指着查理的脸的那一刹那,莎莉才意识到露西修女竟如此矮小,即使穿着深色长袍,也矮得可怜。查理低头看着露西修女。

"你再敢打这些女孩,我就叫警察。"露西修女说。

男孩听了只是一笑,既亲切又宽容。"她们不听话,"他耐心解释道,"我母亲告诉过我,如果她们不乖,就要收拾她们。这个家我说了算。"然后又加了一句:"必须让她们学会听话。"

"你母亲告诉过你。"露西修女嘲讽地学着男孩的话,厉声道,"我了解你母亲。她才不会这么说。"露西修女气得手指发抖,连衣帽和面纱似乎都在跟着抖;两个胳膊肘在深色长袍里挥动,像在拉动风箱,向外喷射愤怒之火。"把她们锁起来一整天,"修女的语调越升越高,"不让她们上学。"她的声音气得打抖,"还打伤她们。"此刻,就连紧紧包裹在亚麻布里的下巴也开始发抖了。修女将张开的手合拢成拳头,对着查理的脸晃了晃。"我知道你还对这些姑娘做过什么,"她几乎要喊出声来,"作孽啊。"

英俊的查理耸耸肩,双腿并拢,双臂交叉抱在胸前,看起来更高了。"我母亲不在,"他继续道,"这儿我说了算。"

查理面露冷笑,歪着的嘴带着孩子气,显得更加潇洒。他露出的前臂上覆盖着一层黑色汗毛。袖子随意卷起,白衬衫下肌肉分明。双腿修长,窄臀。他说:"是这样,修女。"他停了一下,瞥了一眼莎莉,朝莎莉的方向挥了一下手。查理的眼睛是深蓝色的。"这些女孩可不像这位圣女,她们不听话,需要被管教。"他难过地摇了摇头,一脸和蔼可亲,又耸耸肩,继续道:"很抱歉让你们知道了真相。"

莎莉感觉自己脸颊发烫。

"你这个厚颜无耻的家伙。"露西修女又重拾冷静,语气恢复了平静。小洛蕾塔站在哥哥身边,仰着头,眼睛睁得大大地看着修女。

露西修女瞥了一眼洛蕾塔。"你要是再敢动这些女孩子,我就叫警察。"她说,"我会直接去找大神父。"

露西修女身穿黑色长袍,戴着傻气的白帽,浑身颤抖,哆哆嗦嗦对着查理举着拳头,看起来是如此的无助和荒诞。

查理伸手握住小洛蕾塔的手。"好了,修女,"他的语气轻松,"冷静一下。我必须得给她们一个教训,所以才收拾了她们。"他微微眯起闪闪发亮的眼睛,依旧面带微笑,"你们现在可以去忙你们自己的事了。"

"畜生。"露西修女转身低声道,然后召唤莎莉,"我们走。"莎莉快步走过查理,两人出了房间。查理此刻可能心底正在暗自窃笑。洛蕾塔在身后对她们说:"再见。"

客厅里,两个女孩像刚经历过暴风雨的受害者一样靠在一起。露西修女告诉她们:"如果他再打你们,就马上去圣安街的修道院。"

姑娘们说会的,但莎莉心想,如果被人用皮带绑在床头,又怎么去修道院呢?"别犹豫。"修女似乎也想到了这点,无力地补充道。她瞧着那个岁数大一些的女孩,女孩此时又把手盖在脖子的伤痕上。"别再让他碰你。"修女说。

走下打扫得干干净净、没有一丝蛛网和灰尘的楼梯,露西修女说:"如果我是男的,我会拿皮带亲手抽他。"

两人来到街上,露西修女又说了一声"走",转身走向与回修道院的电车站相反的方向。莎莉快步跟在修女后面。"晚上好,修女。"人们低声跟她们打着招呼。走了四条街,六条街,两人来到一座矮墩墩的红色教堂前,教堂边上是一所宽敞的学校。她们走过教堂和学校,走过空荡荡的操场,踏上教区神父家棕色的楼梯。露西修女咚咚咚地敲门,不耐烦地跺着脚,低头守在门口。开门的女人长相朴实温柔,花白的头发紧紧卷在头上,裙子外套着带花纹的围裙。

修女打了个招呼:"你好,特鲁迪,他在吗?"女人点点头。"正在楼上,"然后提醒道,"他刚坐下吃晚饭。七点要去圣名会开会。"

"就耽误一会儿。"露西修女说,开门的女人不情愿地请她们进了屋。

尽管现已六月,前厅里依然很冷,光线暗淡得还像冬日。前厅里挂着一幅圣徒像,像中男子一双黑眼目光炯炯;圣徒像两侧各摆着一张皮椅,椅背单薄。铺了瓷砖的地板上有一块带有浓郁波斯风情的地毯。尽管有阵阵烤肉的味道从厨房里飘来,可前厅好像还能闻到教堂石头的味道。露西修女让莎莉坐下,自己依然站着,踱着步,空着的那只手来回翻动,像在发牌,又好像在拨弄念珠。

莎莉从未见过露西修女这副神经兮兮的样子。

莎莉的目光掠过露西修女,在女管家消失的门里面,看到一间感觉更温暖的房间。狭窄的通道里摆着一张桌子,桌上放着蒂芙尼的台灯,还有一张高背沙发和一扇窗户。莎莉还瞥见了楼梯的转角,等了足有几分钟后,终于看到神父下楼时的黑鞋和摆动的袍子下摆。

神父也是一个大块头,感觉比查理还高。他一出现,连前厅好像都变小了。神父胸膛宽阔,头很大,一头浓密的黑色头发;肚子在黑色的长袍下突起,似乎抢在神父本人之前先进了前厅。他看着像刚刮完胡子:面色白皙,下巴处有刮胡子造成的一处破口或两道血痕。他直呼露西修女的名字,跟修女打了招呼,对着莎莉微微一笑以示致意。他一双大手的手背上长着黑色的绒毛,一张大脸衬得眼睛更小了。露西修女说:"聊一下吧。"然后示意两人去身后的走廊。

神父伸手示意这边请,露西修女走了几步,转身仰头看着神父的脸。莎莉看到神父弯下腰,把耳朵凑到修女的帽檐下。在修女说话时,神父向莎莉的方向瞥了一眼,可能还眨了眼。莎莉移开目光。露西修女这么做似乎有点愚蠢,莎莉当时也在场,已经亲眼目睹了女孩们被绑着的手腕和身上皮带的抽痕。

莎莉听到露西修女提起那人的名字,查理。修女说:"把她们的手绑了起来。"

莎莉觉得自己根本不敢想象,那个英俊的男孩竟会做出那种事,那个亲切称呼妹妹"小鬼头"的人竟像黑奴贩子一样挥舞着他的腰带,她怀疑这其中是不是有误会,有没有可能女孩们确实非常调皮。

修女对着神父的大耳朵,一开始还窃窃私语,说到后来声音越来越高。"就今晚,神父,"修女语气坚决,"我不想等明天。他们的母亲要到星期天才回来。"

神父说:"好的,修女。"神父一只手搭在露西修女的胳膊肘上,引着她往门口走去。"我今晚就过去,"他说,"等我一吃完饭就去,让他知道要敬畏上帝。"

露西修女说:"谢谢你,神父。"不过莎莉听得出来,修女的怒气还没平复。

当她们返回电车站,天色已晚。天空虽然依然还是淡蓝色,可人们匆匆的脚步声已经预示夜晚即将来临。"晚上好,修女。"夜色悄悄爬上铺着鹅卵石的街道,爬上银色的电车轨道,爬上每个路边石和每条小巷。"一个残忍邪恶的男孩,"两人在等候电车时,露西修女抖着袖子说,"竟然跟没事人一样。真是太厚颜无耻了。"修女似乎依然气得浑身发抖,而莎莉站在修女身边,突然意识到她们此时是并肩而立。一直以来她熟悉的那位总腰杆挺直的修女,今天身子好像缩短了。

后来,说起这件事,我们的母亲说:"从那之后,我就不怎么再害怕露西修女了。"

"如果我是个男的,"露西修女再一次喃喃自语,"我会让他笑不出来。"当两人上电车时,露西修女又补充了一句:"你当时站在那儿大眼瞪小眼,可一点忙也没帮上。"

当莎莉结束了跟露西修女的学习,一周后的某天早上,母亲让莎莉躺在床上休息。露西修女来了地下室,楼梯下到一半时,她停下脚步,伊路米娜塔修女和安妮抬头看着她。"我确定,"露西修女说,"莎莉不适合当修女。"她甩甩黑色的衣袖,摸着自己的后背。胳膊下露出破棕榈叶编织的施舍篮。今天轮到露西修女去祈求施舍。她心底暗暗不屑这个工作。"我爱莎莉,就像爱自己的女儿。"露西修女的语气依旧如往常一般严厉,就像爱也是她不喜欢的工作。"成家也许更适合她,而不是去修道院。"

安妮听了这话笑了,但当她转头看着伊路米娜塔修女,老修女正弯腰在熨衣服。

"修女,你觉得呢?"等露西修女上楼走远了,安妮问道。

伊路米娜塔修女摇摇头,晃着抵在熨烫板的熨斗。"要我说,这事得看上帝怎么说。"

赎　　罪

　　珍妮修女在修道院晾衣场找到安妮，挥手示意安妮坐下聊一下。安妮把剩下的衣服挂到晾衣绳上，然后和珍妮修女坐在铸铁的长椅上。自修道院当年成为某位富人雅致的新家之后，这张铸铁长椅就被塞进院子的角落里。附近的人都说这修道院是房主五十年前遗赠给贫病关怀小姐妹会的，房主在此度过人生最后的时光时，已因酗酒和堕落败光了家产。据说房主是在小姐妹会修女的照顾之下过世的，临终前，他要求修女收下位于布鲁克林的这间房子，以弥补他的罪过。

　　当安妮问起此事，伊路米娜塔修女却说根本没这回事。修道院的房子是想帮助穷人的好心人赠给修女的。

　　长椅位于一座细窄的藤架之下，架上已爬满金银花和弯弯曲曲的常春藤,最顶上有一尊圣方济各的雕像。圣人长袍的褶皱已氧化变绿,脚下雕刻的那些动物上面也爬满了常春藤。长椅上雕刻的那一串黑色叶子上也出现了蓝绿色的锈迹。安妮心中默记,一会儿回屋前要先给珍妮修女掸掸长袍。

今天天气酷热,即便躲在树荫下也几乎感觉不到凉意。安妮看着珍妮修女掏出手帕,擦掉太阳穴和嘴唇上的汗水。在如此炎热的日子里,修女们都还穿着长袍,尤其想到脖子和下巴上那浆硬的亚麻布,安妮不禁对修女充满了敬佩,同时还多少觉得骄傲,正是因为她和伊路米娜塔修女,在这闷热上午的头几个小时里,修女身上闻起来起码还是香香的。

拿着洗好的湿漉漉的衣物来到院子里,安妮破格解开自己上衣上的三颗扣子。她用嘴叼着晾衣夹,将修女们的夏衣夹在晾衣绳上,一低头,瞥见自己的胸部,不禁回想起吉姆的脸贴在她身上的快感,对此她既不觉得可笑,也没觉得不好意思。

可怜的珍妮修女脸颊有点凹陷,两只眼睛下爬着几道深深的皱纹。离开修道院好几天的修女讲起她这几天的工作:将一位双目失明的寡妇安置在法国小姐妹会的老人院;一位患有乳腺炎的年轻母亲已恢复健康,她的孩子又变得生龙活虎。经安妮漂白和修补的初领圣餐礼服受到一户意大利家庭的青睐,这家有七个女孩,其中四个是亲生的,另外三个是远亲家的遗孤。

其中一个女孩打定主意要穿红鞋。还有班尼斯特先生,一位老兵,也是个老单身汉,他在珍妮修女和阿加莎修女的陪伴下,走完了他在人世间最后痛苦的日子,这种痛苦虽然持续了四天,但起码不是一个人孤独离世。

安妮则告诉珍妮修女,她见过了新任的妇女会主席。新主席比麦克沙恩夫人还年轻,也更漂亮。新主席决定打破惯例,不在修道院举行桥牌派对,要去市内高级酒店举办晚宴舞会筹钱。说到这儿,安妮和珍妮修女都嘴角一撇,眉毛上扬,这是每当听到积极投身慈善的社交女郎的所作所为,两人便会心有灵犀所做的习惯动作。这个表情是在说:又花那些没用的钱。

安妮知道,那些女人当着她的面,称呼她为"亲爱的安妮",转过脸去,则称呼她为"那个可怜的寡妇"。

"这段时间你下午休息过吗?"珍妮修女问安妮。

安妮点点头。"你了解我的,"她说,"一有机会我就会喘口气。"说这话时她想到了露西修女。

珍妮修女点点头。从刚一认识,两人就会互相开玩笑,分享她们对露西修女的隐忍。

照在晾衣绳上的白色内衣上的明亮光线开始悠闲地移动,但她们还坐在细窄藤架的阴凉之中。修道院投下的阴影占据了整个院子,每一扇窗户都倒映着一片天空。珍妮修女洁白的双手放在膝盖上。在修女穿旧的袖子边上,安妮看到了自己的工作成果——细小齐整的黑色针脚。两个女人都戴着金色的婚戒①。安妮伸手握住珍妮修女的一只手,亲昵地拍了拍。尽管这只手长年辛苦操劳,却或多或少有一种神奇的熟悉感和光滑感。

她们已经是老朋友了。

安妮朝大楼方向点点头。"圣萨维尔修女住哪一间房?"她问,珍妮修女抬起头,面露微笑。

"一楼,"珍妮修女说,"在那个角落里。"

安妮知道,珍妮修女以前跟她说过那件事。

"她去世时,"珍妮修女轻声说,脸上露出孩子般的惊奇,"有一股奇妙的香气。像玫瑰花的香味。我以前跟你说过。"

安妮又点点头。圣萨维尔修女去世那天,她怀着莎莉,正是孕后期。那一天也像今天这样,酷热难当。那天早上,珍妮修女像往常一样来安妮家,给她带来新鲜的牛奶和干净的床单,还有可以让她保持凉爽的擦身用的酒精。当小个子修女用凉水给安妮洗因怀孕而肿胀的脚踝时,她们一直在笑,没有掉眼泪,她们认定圣萨维尔修女已经雄赳赳,气昂昂,带着一脸骄傲去

---

① 罗马天主教的修女认为自己是"基督的新娘",因此有些修女会佩戴婚戒。

了天堂，再也不用在世上遭罪了。

是珍妮修女给安妮提的建议，用圣萨维尔修女的名字给她的孩子做教名。对孩子来说，圣萨维尔修女会是一个了不起的守护神。

珍妮修女曾睁大眼睛，为安妮描述过圣萨维尔修女最后离世时的情景，当时的气氛安详平和，静穆的房间里突然冒出一股圣洁的香气。珍妮修女说，那感觉好像天堂的门随着这股香气打开了。但这只不过是凡人对应得福报的惊鸿一瞥而已，珍妮修女说，那真是太神奇了，但作为生活在世间的人，凡夫俗体最多只能瞥一眼神迹而已。

安妮并不怀疑珍妮修女的话——珍妮修女从不说假话——但她更倾向于用理智来解释这样的奇迹。圣萨维尔修女去世是在七月。当时窗户一定开着，或者说，即时当时没开，迷信的珍妮修女也会在老修女过世的那一刻打开窗户。而窗户旁边的玫瑰花当时肯定正开得如火如荼。

安妮心想，如果圣萨维尔修女还活着，对迷信从来不屑的她肯定也会这么解释。

安妮抬头望向那个房间，说："你是来劝我不要阻止莎莉当修女吧。"

珍妮修女说："就让她试一试吧。"

"你觉得我能阻止得了她吗?"

珍妮修女闻言哈哈大笑,将两人握在一起的手抬到唇边,亲了一下安妮的指节,她的嘴唇又暖又干,然后又把手放在自己的腿上。她抬起头,歪着下巴,让透过常春藤的阳光照到自己的脸上。

"我原打算去一家教课的修会,"她说,"可等我结束见习,上帝却要我去照料穷人。我的神父当时建议我去法国小姐妹会,可他把地址写错了。"珍妮修女哈哈大笑,"神父一天很忙,我不怪他。于是,我就来到了这个修道院。当我发现自己来错了地方,圣萨维尔修女对我说:'这是上帝的旨意。'于是我就留在上帝要我来的地方。"

"可你去的并不是芝加哥。"安妮说。

珍妮修女说:"也可能是任何地方。我以前从没来过布鲁克林。我是在布朗克斯区长大的。"

安妮瞥了一眼修女。珍妮修女对她的过去只说这么多。珍妮修女跟伊路米娜塔修女不同,不会老念叨自己乏味无趣的童年。安妮想知道珍妮修女认识的那些人现在在哪儿,她在布朗克斯区认识的那些人,她肯定有母亲或父亲,或许还有兄弟姐妹。他们都不在人世了,或者只是她从来不说?说与不说又有什么不同吗?

安妮看着珍妮修女的小身板，短小的双腿，孩子气的黑鞋，鞋带系得整整齐齐，袢拉下来刚好碰到脚边稀疏的草丛。她想知道，是什么让这个女人愿意承受这种孤独的苦役生活。是什么让像珍妮修女这样温柔、没受过任何训练，根本不知道自己在这里，更别说在这个城市最荒凉偏僻的房间里会面对什么的女人相信，她能一直坚忍地牺牲自己？是什么驱使这个女人，让她认为自己可以忍受这样的生活？

"你母亲对你做修女怎么看？"安妮问。

珍妮修女愣了一下，怯生生道："她在天堂应该会很开心吧，我敢肯定。"她又举起手帕，仔细抹了抹嘴唇和下巴。

"如果莎莉去了芝加哥，"安妮只说道，"我会心碎的。"

珍妮修女的白色帽子转向修道院。从街上隐隐传来叮叮当当、大呼小叫、垃圾桶掉落的动静以及齿轮的咯吱声。可突然之间，一切好像全都归于寂静，修女借此机会道："我见过他。在莎莉还小的时候。就在这里。"她低头看着修道院的窗户，窗户里倒映着湛蓝的天空和夏日的白云，蓝白相间，闪闪发光。"我说的是吉姆。他穿着那件棕色西装。看着像他，站着一动不动，跟石头一样。"

安妮点点头。珍妮修女从不说谎。"你是说吉姆？"

"是的。"珍妮修女的语气中充满惋惜。

"可他活着的时候,你从没见过他。"安妮说。

珍妮修女摇摇头。"是的,没见过。"

"但你认出是他。"

珍妮修女低声说:"是的。那个可怜的人。"紧接着,像肋部突然刺痛需要缓解一样,她猛地吸了一口气,又从牙缝中吐出。"对一个灵魂来说,还有什么比这更可怕的痛苦?"她说,"永远困在身体里。无法解脱。"

街上又传来突如其来的喧闹声,珍妮修女将手里握着的安妮的手翻过来,低下头,用一根手指抵着安妮的掌心,一边讲话,一边轻轻画出一条线,像孩子一样一边写字,一边耐心解释。

"我想告诉你的是这个,"珍妮修女谨慎地轻声道,"这是赎罪,看到了吗?这是宽恕。通过他的孩子。通过她选择的道路。让罪过得到宽恕。"

安妮抬起眼睛,望着自己这位朋友低下的头,看着她头顶上弯曲缠绕的藤蔓。突然,她好像看到了吉姆被困的身影,他的身体困在纠缠的树荫下,在一闪而过的刹那,她瞥到吉姆苍白的额头,黑漆漆的眉毛和咧嘴一笑时嘴里的那个阴影。

吉姆死之前的那几天,他掉了一颗牙,这已经是多久之前的事了?吉姆的牙总让他痛苦不已。

对于犯下终结自己生命的罪过的人来说,还有什么比永远困在他想摆脱的身体里更痛苦的事呢？

光线透过树叶正在移动。安妮感觉光照在她的头顶，她的喉咙，照到上衣扣子解开露出的白皙皮肤上。在吉姆生命最后的夜里，他甚至还把自己温暖的脸贴在她胸前，莎莉那时正在她肚子里，个头也才只有心脏那么大。

安妮从珍妮修女手中抽出手。坐直身子，望着院子对面。

"你是在告诉我……"安妮刚一开口，又停了下来。珍妮修女关注地瞧着安妮，虽然她一脸疲惫，可神色中充满了关切。她们已经是老朋友了。"你的意思是说，这十八年……"安妮又停了一下。汗水又在珍妮修女苍白的嘴唇上凝结成水珠。大小形状如同泪水的水珠在太阳穴处汇聚，然后顺着脸颊滚落下来。"我受的苦还不够多。"安妮说，"你是说十八年的痛苦还不够。我还不够孤独。你是说，我还应该失去我的女儿。失去我自己的亲生骨肉。这样，上帝才会宽恕他。"

一缕阳光透过常春藤黑色叶子的间隙，在珍妮修女白色的帽子上形成一条狭长的光斑。珍妮修女的脸在帽子里的光影间露出微笑，深陷的双眼盯着安妮，汗珠在嘴唇的绒毛上闪闪发光。这是她会对调皮捣蛋的孩子露出的微笑——慈爱的宽恕总比责骂效果持久。她再次伸手握住安妮的手。"哦，不，"她说，"不，不是吉姆。我说的不是吉姆，他的灵魂已经迷失了，那个可怜的人。"修女停了一下,"但凡他还有上天堂的希望,我绝不会在这里看到他。"珍妮修女摇摇头,对既成事实表示无奈,依然不无怜悯之情,"我想说的是,那样你就会得到宽恕,明白吗?"她咬着嘴唇,忍住不让自己因为安妮突然有这样赎罪的机会而感到惊奇和开心,忍住不笑。"我是说,这是为了你的罪过,你的灵魂。"

安妮这才明白,今天下午珍妮修女原来是为了她的救赎而来。

过 夜 火 车

九月下旬，母亲和珍妮修女到宾夕法尼亚车站送莎莉。过夜火车，硬座，因为莎莉没钱买卧铺票。但正如修女常念叨的，莎莉还年轻，受点罪没关系。

莎莉近乎崭新的旅行箱放在头顶架子上。旅行箱虽然是二手货，但相当漂亮：米黄色的藤条，焦糖色的皮革饰边，坏了的金色扣子也已修好，是给修道院修鞋的鞋匠免费修的。旅行箱里只装了圣母之家修女要求带的东西：六双丝袜、六条内裤、三条没任何装饰的薄纱睡袍、四件内衣、羊毛手套和黑鞋。

莎莉钱包里有五块钱，另有五十块钱夹在手提包的内衬里，等到了地方要交给芝加哥修女会。

莎莉坐在靠窗位置。她望向窗外，站台上母亲和珍妮修女挽着胳膊,靠在一起,修女的头只到母亲的肩膀。母亲头戴帽子,穿着最好的灰色衣服,看起来很不错。莎莉还没习惯脸上萦绕不散的味道,那是拜母亲的粉饼和口红所赐——母亲只有去曼哈顿时才用这些化妆品。母亲和珍妮修女看起来像电影里的人,衣着光鲜亮丽,干净整洁。莎莉对她们挥挥手,给了她们一个飞吻,母亲戴着手套的手摸着心口,又抬起,像把鸟儿放飞到空中。

莎莉打量着自己所在的车厢,感觉火车已默默攒足力量,就要出发了。车厢里的人纷纷安顿下来,她也是。

火车的窗台不像地铁车厢那样邋遢,座位上有绒毛座套。一切都很好。母亲给她带了三明治当晚餐,一块小面包作早餐,还有一只梨和一块巧克力。修女们告诉她,等过了晚餐时间,可以去餐车喝杯好茶。莎莉随身带了三本书:她自己的祈祷书,圣女小德兰的《灵心小史》[①],还有临行前蒂尔尼太太家的双胞胎送给她的礼物——一本小说。莎莉再次望向车外,看见母亲和珍妮修女还在站台上。这时,火车头发出一声巨大的叹息,列

[①] 《灵心小史》,一个法国小女孩在病榻上写就的自传,初版于1898年。第一版只印刷了2000册,立即销售一空,接着又很快再版,流传到世界各地。作者小德兰(Saint Thérèse)生于1873年,卒于1897年,在她离世二十八年后,罗马教廷宣布她为"圣徒",两年后又钦定她为法兰西的"第二保护者",与圣女贞德齐名。1997年,在她离世一百年之际,小德兰被教皇封为"当代最伟大的圣女"。

车员开始大喊。火车缓缓开动了,莎莉心里激动不已。再见,再见,她心中默默喊,像在祈祷。她将戴着手套的手抵在车窗上,直到两个女人从窗框里消失不见。

一位身材丰满的女士沿过道走过来,手里提着鼓鼓囊囊的两个购物袋。莎莉看出来,这女人是奔着自己旁边的座位而来。女人身穿深色大衣,扑通一下,肥硕的屁股坐到座位上,两只短小的手臂随即来回直晃。莎莉对着女人笑笑,心中有点小小的失望,这么长的路不能自己独享这排座,同时也满心期待,一路上可以有人相伴。这让她想起科尼岛①的云霄飞车,开飞车的人有时会把没伴的孩子举起,随便安排个空位。蒂尔尼太太家的双胞胎很讨厌这种安排,可当过山车开始爬高时,莎莉喜欢有个肩膀靠着,哪怕是陌生人也好。

女人花了点时间才安顿好自己。她把购物袋塞进膝盖和座位之间,身子后靠,斟酌了一下,又倾身摆弄了一番。随着女人的每次折腾,她的衣服都会先散发出人造紫罗兰香水的味道,随后便是做饭的油烟味。女人又坐回座位,嘴里呼哧直喘——这动静听着很怪,不像是追火车跑得上气不接下气的声音,倒像是动物受折磨发出的急促、深沉、激动不安的喘气声。

---

① 科尼岛,位于美国纽约市西南部的布鲁克林区,是美国早期的大型游乐场。

莎莉扫了一眼女人的袋子,看见两个棕色袋子的提手被脏兮兮的绳子绑在一起。当她瞥见女人因为气喘而使胸口无意识地上下起伏时,一股诡异的恐慌突然袭上她心头,那感觉像头上有只蝙蝠,正扑扇着翅膀打她的头。这不仅让她对这场伟大冒险原本抱持的勇气突然消失殆尽,还让她感到后脖颈发凉,如同在梦中突然失足,有种不自觉窒息到无法喘气的恐惧。

莎莉转头望向窗外。窗外明暗交错,火车正穿过隧道将她们带离这座城市。当然,她这辈子都在坐地铁。跟其他纽约人一样,她已经习惯了地铁生活。可一想到刚才蝙蝠挥舞翅膀的恐怖画面,她不禁下意识地抬手,摸摸头上的帽子,好像帽子真的被蝙蝠翅膀打歪了。那种恐惧仿佛一直深入到她的骨髓之中。在此之前,每次到地下坐地铁,她从没想过钢梁混凝土的承载能力,没想过隧道挖掘工人和工程师的聪明才智,没想过防止泥土、岩石和水将人埋葬的正是他们。

此前,莎莉从未意识到,人在掏空的地下穿梭会这样可怕,像一个荒诞的奇迹。

扑面而来的黑暗与煤烟、泥土和钢铁的味道,明亮墓地底下死人的栖息之地,莎莉此前从没将这些联系在一起。当她忙忙碌碌地生活,无忧无虑地下台阶进入地铁,走楼梯下到修道院地下洗衣房时,那些墓地——比如她父亲的墓地——一直在承受日晒雨淋。

莎莉的目光透过车窗,望向空荡荡的黑暗之中。

她告诉自己,灵魂会进天堂,这是必然的。但在此之前,人的身体难道要一直躺在黑漆漆的地下,在光明之下的黑暗里打发时间吗?她以前怎么从未想过这问题?父亲的身体在地下静静躺着,跟刚死的时候差不多:一样的衣着,一样的头发,一样的耐心,一样双手合十。只是脚上没穿鞋——这是学校里的人告诉她的。当然,肉与骨头会渐渐分离。

这时,火车突然冲出隧道,进入阳光之下。雷霆万钧一般的阳光在眼前乍现的那一刹那,莎莉差点跳起来。

坐在莎莉旁边的女人凑过来,贴着莎莉的肩膀,嘴里呼出的气吹在莎莉的脖子上,问:"你是去芝加哥?"

莎莉回头看着女人。"是的,"她答道,心里对窗户上橙色的暮光激动不已,"我是去芝加哥。"

"我也是。"女人道。女人的一张大脸皮肤粗糙,涂着厚厚的粉,毛糙的头发披散在脸上。胖墩墩的脸颊和下巴因为有汗而闪闪发亮,她现在看起来比刚出现时年轻。女人嘴上涂着鲜艳的口红,一笑就会露出粘上口红的小灰牙。

"你是在逃跑吗?"女人问。

"哦,不。"莎莉一边回答,一边极不情愿地让自己的目光迎向女人的那双小眼睛。女人的脸离得实在太近,莎莉其实很想转身去看窗外,欣赏美丽的暮光——火车总算驶出了地下。但修女们从小教育她要懂礼貌,对所有人都要友善。"我是去修道院,"莎莉说,"去见习。我想做一名护理修女。"

女人身子微微向后靠了靠,晃着短小的手臂,踢到了脚边放着的袋子。莎莉注意到,女人的那两只手很小,圆鼓鼓的,短小的手指顶端是苍白的小点。看得出来,女人是发自肺腑地开心,脸上几乎笑开了花。"上帝真是垂怜我!"女人对着两人头顶的空气哈哈大笑道,笑声短促刺耳。"上帝怜悯我。让我碰到一个修女。"说完,女人又伸手去调整她的购物袋。"好吧,"女人说,"我确定那对你来说非常好。但我只有一个目的,那就是逃跑。"

女人再次挺直身子。"逃离我的丈夫。"她补充道,头在厚实的脖子上转动,下巴和眼睛转向莎莉,那感觉像一种鸟——鸽子还是猫头鹰?"他以为我是去老家芝加哥看我妹妹,但我在芝加哥不会下车,我要一直坐到加利福尼亚。"女人点点头,脸上依然挂着微笑。"他再也找不到我了。只要他活着就别想再见到我。"女人粗硬浓密的眉毛歪斜着扬起。"小修女对这有什么要说的吗?"

莎莉踌躇了一下。"很遗憾听你这么说,"她模仿着珍妮修女同情又带有鼓励的语气,"我会为你祈祷的。"

女人又笑了起来。莎莉觉得这女人好像变得越来越年轻,快跟自己一般大了,想想这女人刚露面时给人的感觉,这真太奇怪了。"我们已经结婚六年了。"女人说,"我简直不敢相信,都六年了。"女人继续道:"六年前我还是个女孩。"她又哈哈大笑,身体在座位上左右摇晃,嘴里有股难闻的口气,可能是因为有龋齿。"我敢肯定,"女人说,"小修女肯定对这事一无所知,但我可以跟你打包票,他下面的那家伙是男人中最小的。"女人举起苍白的小指。小指的指甲看起来就像一个点,点的四周包围着一圈黑泥。女人突然把小指塞进嘴里,嘴唇噘起,含住指头。她双目圆睁,貌似一脸惊讶。当她抽出手指,指头已变得湿漉漉,指根部还染上了口红。女人将手放在自己壮硕的大腿上,其余四指缩在掌心,只剩下湿漉漉的小指在裙子深色的布料上快速上下运动。"你能想象吗,"女人毫无顾忌地说,"像我这种体格的女孩儿一辈子要骑在这么丁点儿大的东西上?"

莎莉移开目光,脸蛋发烫。女人用胳膊肘推推莎莉,低头示意莎莉再瞧下面,瞧湿漉漉的小指头在裹着大腿的深色裙子上如痉挛一般扭动,像个白花花不长眼睛的活物。

"当然了,"女人将手合成拳头,继续道,"小修女不会懂这种事,不过等你到了你要去的修道院,你可以跟人打听一下。或者下次见到你母亲时,问问她。你母亲还活着吗?"

莎莉又惊又窘,不知所措,但出于礼貌,还是低声答道:"是的,她还活着。"

"那你父亲呢?"那女人又问,"他还和你们在一起吗?"

莎莉摇摇头,再次移开视线。她看见车厢过道对面有个男人正在看报纸。那个男人好像刚一扭头,扫了她们一眼。"我还没出生,父亲就去世了。"即便像莎莉这种不谙世事的人,也下意识觉得此时应该中止谈话,换个座位,换一节车厢,或向过道对面的那个男人求救。

女人又笑起来,这次发出的是缓慢而低沉的笑声。即便如此,莎莉还是瞥见女人的胸口随着怪异的呼吸节奏快速起伏。"但我觉得,即使有个小牙签也总比没有好,你母亲应该也会这么想。"

这时,列车员来到两人身前。"女士们,晚上好。"列车员示意她们出示车票。坐在莎莉旁的女人跟列车员打招呼:"晚上好,好心的先生。"她猫着腰,伸手去掏车票——车票被她塞在塑料袋的角落里,起身时头差点碰到列车员的腰带扣。看着莎莉把车票递给列车员,女人眼睛转向列车员的蓝色裤子,然后对着莎莉点头示意,好像莎莉应该明白裤子里面藏着什么东西。

莎莉脑中突然闪过女人湿漉漉的小指在黑暗中蠕动的画

面,她感觉自己的脸又红了。她转过头,将脸对着车窗。

"你看过《小小人》①吗?"女人语气突然一变,像在开心地聊天,"好像刊登在周日版的漫画专栏里?那些可爱的小东西。椅子上的小线轴,还有栗子叶之类的东西。你看过吗?"

莎莉摇摇头说:"没看过。"

"很有意思,"女人继续道,"我是周日版的漫画迷。我喜欢《小孤儿安妮》②。我自己也是个孤儿,跟你差不多。我喜欢漫画里那个秃头大个子老爹沃巴克。我还喜欢《小阿布纳》③。你经常看电影吗?"

"有时候会看。"莎莉答道。

女人转过头,挤出一个双下巴,盯着女孩。"你真想一个人过一辈子,也没个男人保护你?"

莎莉耸耸肩,笑了笑。本能告诉她不要浪费口舌跟这个混不吝的女人探讨信仰,心中却忍不住想说:我已经将自己献给了上帝。

---

① 《小小人》,由威廉·多纳希(William Donahey)创作的系列漫画,于 1914 年在《芝加哥论坛报》上首发。这部连环漫画中的人物只有 5 厘米高,生活在玫瑰花丛中。
② 《小孤儿安妮》,一部美国每日漫画,于 1924 年 8 月 5 日在《纽约每日新闻》上首发,讲述了安妮、她的爱犬桑迪和她的捐助者"老爹"沃巴克的冒险故事。
③ 《小阿布纳》,一部美国讽刺漫画,讲述了美国贫困山村中的山地比里族人的故事。

女人端详着莎莉。"但你还只是个孩子,"她不等莎莉作出任何反应,继续道,"用不了多久你就会明白我的意思的。"

女人伸手解开帽子的扣子,让自己更舒服一点儿。她抖抖头发。"等到了加州,我打算把头发染成金色,"她继续说,"我觉得那颜色适合我。你觉得适合我吗?"

莎莉礼貌地笑笑——这是源于教养的本能反应——说:"我想是的。"心里却不想再看这个女人。她想转身看窗外,看看火车要去哪儿,想结束这次谈话。但她不知道该怎么做。

"可一看到护耳的毛就露馅了。"女人又用胳膊肘捅捅莎莉。莎莉依然面带微笑,对女人摇摇头。母亲曾在捐赠篮里发现一个用兔毛做的白色护耳,但莎莉不肯戴,那时她已经大了,大概有十或十一岁。莎莉已经察觉到,在街上,甚至在教堂里,当其他女孩儿看到莎莉身上穿着她们的旧衣服,会向她投来傲慢的目光。

但那个女人却低头示意莎莉看她的腿,声音大得就像莎莉突然聋了一般。"'护耳'的毛①,"她说,"你还不明白吗?下面那里。我可不想把那儿的毛染成金色。"女人仰头大笑,又在座位里左右摇晃屁股,让自己坐得更舒服一点儿。就她的体格来

---

① 原文为 muff,一指护耳,二指女性下体。

说,她的手臂实在太短了。她双手交叉,在宽阔的胸膛前抱住,然后又松开。"要我说,"女人继续说,"等你和男人在床上赤诚相对时,他才不不关心你是不是天生的金发呢。"

莎莉不解地摇摇头,女人又哈哈大笑,依旧伴着气喘吁吁。"哦,你这个孩子,"女人如同一切尽在其掌握之中,"总有一天,你会明白我说的是什么意思。"

莎莉脸颊滚烫,转过头不理这个女人。火车正穿行在平坦的郊区。远处依然看得到一栋栋经济公寓和长长的林荫道。太阳虽然还没落山,但外面已经出现星星点点的灯火。她隐约感到女人又在俯身整理行李,把袋子先推到过道上,再把袋子放到小脚高高的脚背上,然后又用脚把袋子拉回来。

莎莉的肩膀上又响起那女人的声音,同时一阵温热的气息拂过脖颈。"有一次,"女人说,"我从芝加哥坐火车,有个男人在过道上卖坚果。你听过这个吗?"

莎莉摇摇头,又一次无法理解女人的意思。

"那个男人在卖坚果,大声喊着,花生、烤杏仁、腰果。于是我问他,有碧根果吗,好心的先生?他说,便桶?① 那要去火车后面,女士。"

---

① 碧根果的英文是 pecans,便桶的是 pee cans。

女人哈哈大笑,嘴里喷出难闻的气味。"你听懂了吗?便桶。厕所。"她挥挥小手道,"我想说的是,我要去找便桶了。"出于骨子里的礼貌,莎莉微笑着点点头,好像两人的谈话可以因为她的笑容而得到净化。女人的目光骤然锐利起来,像要刺穿莎莉的身体。她不客气地直盯着莎莉说:"等我离开,你的手可规矩点,别动我的东西。"

女人着实费了番力气才从座位上站起来。看她曳足而行,脚步沉重的样子,又好像年纪不小了。等女人离开,坐在过道对面的男人放低报纸,饶有兴趣、一脸同情地望着莎莉。他是个上了年纪的男人,但也可能是个年轻人,只是帽檐投下的隐约阴影让他显得岁数大而已。一想到他可能听到了刚才的谈话,莎莉的脸腾的一下又红了。

这时,莎莉身旁的过道上出现了一个小孩子:小小的身板,四肢纤细,却有一张又大又脏的脸;头发剃得很不均匀,有的地方甚至露出了白色的头皮,有的地方则支棱着黑发,整个脑袋看起来乱七八糟,奇形怪状;头皮、下巴和鼻子上都有结痂的伤口。他在莎莉身边站了一会儿,身子因行驶的火车而有些摇摇晃晃。他手扶着空座位的扶手笑起来,歪斜的牙齿几乎是绿色的。莎莉笑着跟他打招呼。他也和她打了个招呼。"你是去芝加哥吗?"莎莉问。他耸了耸肩。鼻子周围有一圈白色的鼻涕痂。"要不要来块巧克力?"莎莉问。

他扬起浅浅的眉毛。莎莉注意到他的一条眉毛一侧有一道栗色的血痂,似乎在随着脸的动作撕裂。她把手伸进口袋,去拿母亲给她准备的晚餐。她的手刚抓到巧克力棒,身前的座位上方突然冒出一只手,反手在空中四处乱抓;那只手碰到男孩的手臂后,一把揪住他的衣领,男孩几乎是双脚离地被拉得不见了踪影。莎莉听到一个女人的声音说:"坐下。"随后传来啪的一声,是手打在身上的声音。她没听到孩子发出声音。坐在过道对面的男人又从报纸上抬起眼,看着莎莉看不到的情景,然后看看莎莉,无奈地摇摇头。

那个讨厌的女人不知过了多久才回来,一回来又是一番折腾,才一屁股坐下,身上除了之前的紫罗兰香水和油烟味道,还带来一股该洗澡的味道。

莎莉此时已拿出她的祈祷书——其实她更想看小说,但害怕那女人看了又会说不着四六的话。女人特意凑过来,瞧瞧莎莉正在看什么书,然后身子向后一靠。

"有过男朋友吗?"女人问道。

莎莉翻过一页书,略带歉意地轻轻点头,像正在用心读祷文,不方便大声回答;但心里已经开始排兵布阵,假如这女人继续逼问,她打算用打小就认识的帕特里克·蒂尔尼对付这个女人,用帕特里克的名字和他的性格捏造一个可爱的,却最终被她拒绝的男朋友。如果这女人刨根问底,莎莉会告诉她,这个冒牌男友要比真的帕特里克·蒂尔尼更帅气,有点像身材高大的查理,也有一双蓝色的眼睛;背景和职业也得美化一下,父亲是军人,不是门卫,本人是医学生,不是工人。她会告诉这个粗俗的女人,今天这个帕特里克·蒂尔尼在火车站送她时,强忍着才没痛哭流涕,而不像真的帕特里克,昨晚带两个妹妹过来跟她告别,只说了句:"你肯定会回来的,我敢保证。修女生活不适合你。"

可这个令人讨厌的女人并没继续追问。她只在空中挥挥手,好像识破了莎莉点头只是个谎言,然后又俯身去翻袋子。女人从袋子里拿出三明治,空气中马上出现肝脏和洋葱的味道,她一边默默地狼吞虎咽,一边依旧气喘吁吁。

当火车外的世界完全陷入黑暗之后,火车里的人纷纷拿出食物,车厢里充斥着罐头肉、奶酪和放了很久的苹果的气味。香烟的烟气像雾一样在乘客的脑袋和帽子上飘荡。车厢的一端突然传来一阵吵吵嚷嚷的声音。莎莉看到列车员停在过道上,挥着一根手指对罪魁祸首示意。先前那个头剃秃了的孩子又走了过来,似乎刚被吵醒还没完全醒过神,他摇摇晃晃地穿过座位。几分钟后,当火车开始摇晃时,孩子突然发出一声哀号,声音大到连铁轨和发动机的噪音也遮盖不住。孩子的母亲斜靠在车窗上，头上戴着一顶碎布帽子，头发又细又白，莎莉只能瞧到她的后背；她从座位上蹿起来，弯着腰、驼着背，冲进过道。一秒钟后，她拖着那个男孩走在过道上。孩子号啕大哭，双手捂着眼睛，张着小嘴，嘴上一圈脏东西。母亲把孩子扔进他所坐的那排座位，自己在后面赶着男孩。啪的一声，车厢里再次响起手打在身上的动静，这次显然奏效了：男孩愤怒的哭声又提高了一个八度。

有乘客说："闭嘴。"

那位乘客旁边的女人说："活该挨揍。"

坐在过道对面的男人收起报纸，将报纸叠得整整齐齐，夹在手臂下，然后帽子往下一拉，遮住了眼睛。

当莎莉终于鼓起勇气，离开座位去上厕所时，厕所的地板早已湿漉漉一片了。回到座位，鞋底都还没干。莎莉按照修女的建议，在晚餐时段快结束时去餐车，可必须要在摇摇晃晃的车厢走廊里等位置，其间有个浑身散发酒气的男人与她擦身而过，两人的胸都贴在了一起，她脸上都能感受到那男人呼出的热气。当她终于可以入座时，桌旁已经坐了一个和她年龄相仿的女孩——这次她确定这位是同龄人，女孩已经快吃完了。女孩身穿讲究的深色套装，戴着带面纱的帽子。一开始莎莉还担心她可能是那种父亲有钱的富家女,是那种即使在教堂,打量一下莎莉的打扮,便会对她嗤之以鼻的女孩。可她马上瞧出女孩上衣的布料已磨得发亮,袖口边缘还露出淡淡的线头。莎莉一打眼就知道这些衣服都是二手货;面纱上还有一个破口,女孩试图用帽针遮住它,可破口的线还是露出来,倔强地向外支棱着,向所有人昭示这里有一个洞,就好像帽子本身不屑与这位跟其不配的主人为伍似的。莎莉看得出来,女孩的这身打扮其实是为了努力撑门面。

莎莉点了茶,女孩也要了同样的茶,还点了一碗香草冰激凌。

然后,她隔着小桌,面带微笑和莎莉热情攀谈起来。"你是去芝加哥吗?"她问道,莎莉只战战兢兢地点点头。刚才那女人已给了人生第一次离家的她一个教训。女孩并没理会莎莉的回答,而是身子向前靠住桌子,自顾自讲了起来,感觉要是没桌子挡着,她会爬到莎莉腿上去。女孩叽里咕噜说话的样子还挺讨人喜欢。女孩说她来自布朗克斯区,要去芝加哥见她的丈夫。她丈夫在芝加哥终于找到了工作,他已经两年没工作了,女孩说,自她们结婚之后就一直没工作。

说到这儿,女孩直起身子闪开,让服务员把两人的茶和她那用银盘装着的冰激凌放在桌上。她打开腿上的皮包,一边在包里四处翻找,一边嘴上说个不停。

她很想他,女孩说,她很想自己的丈夫,想得都快发疯了。"那感觉就像心里痒痒似的。"她说。

蒂尔尼太太有时会说:"就像从来挠不到的那种痒。"这话总逗得莎莉母亲哈哈大笑。

"我简直快想疯了,"女孩说,"没他在我太寂寞了。"

说话间,女孩从包里掏出一个小香水瓶,在自己的热茶里倒了一点透明香水。然后,手没停,隔着桌子,给莎莉的杯子里也倒了一点儿。

莎莉大吃一惊,急忙伸手。

"我这是为你好。"女孩只说了这么一句安慰莎莉,便又继续絮叨起自己的故事。

刚结婚时,女孩说,他们和她母亲一同住在布朗克斯区,但她丈夫和母亲总吵架,母亲嫌她丈夫找不到工作。于是,她丈夫就去了芝加哥。女孩舔了舔勺背上的冰激凌。她甚至不知道丈夫现在住在哪儿。她母亲说,她丈夫现在肯定流落街头了。她写信问丈夫是否住在街上,可一直没收到回信。半年来,她只收到过两封信,信中说,他还没找到工作,正在找。女孩继续说:"我快疯了,实在太想他了。"

女孩呷了一口茶,噘起嘴唇。"很好喝,"她点头示意莎莉也尝尝,"比加奶油和糖的味道更好。"

莎莉勉为其难举起温热的杯子。本以为会喝到薰衣草或玫瑰花香水的味道,却感觉一股火辣直冲舌头,她心里不禁一紧,那股火辣烧灼着直冲鼻子和喉咙。她眼眶里泛起了泪花,开始咳嗽。

女孩看见这情景哈哈大笑。

"你加的是威士忌。"莎莉说。她知道威士忌的味道,每当她感冒,母亲就会用汤匙喂她喝一点儿;或者牙疼时,母亲会把威士忌擦在她的牙龈上。

女孩点点头。"没错,"她说,"对你有好处。"然后伸手去拿两人中间桌上的方糖,给莎莉茶里丢了两块糖。"现在再尝尝看。"女孩说。莎莉照做了,感觉喝起来甜甜的,味道稍好了一点儿,可依然觉得泪眼蒙眬,忍不住想咳嗽。

女孩说:"正如我之前所说的……"她丈夫最终写信告诉她,他已经找到工作和住的地方,却没说在哪儿。写信用的是芝加哥某酒店的信纸,上面印着酒店的名字和地址。对她来说,有这个就足够了。她昨天才收到信,女孩说,但她可从不是拖拖拉拉的人。她快要疯了,实在太想她的丈夫了。

透过眼中受刺激流出的泪水,莎莉看到女孩正对着她微笑。女孩一张方正的脸和颜悦色。莎莉突然想起有一次,蒂尔尼太太家孩子生病,蒂尔尼太太给学校写请假条时用的那张信纸,漂亮的白色信纸上印着圣方济各酒店的地址。"这是我顺手牵羊来的信纸。"蒂尔尼太太当时是这么说的,还教莎莉和她的伙伴"顺手牵羊"是什么意思。

莎莉喝了第三口茶。味道感觉像母亲用温暖的手蘸着一满盖的威士忌,然后在她牙龈上擦拭。

女孩说,今天早上她从母亲家溜出来,本想把结婚戒指当掉(她举起无名指),却发现戒指是镀金的,不是纯金。女孩耸耸肩。她又返回母亲家,在家里四处搜了一圈。母亲有一套从没用过的银制茶具,整天就摆在那里,一次也没用过。她把那套茶具拿到当铺卖了,凑够了火车票的钱。于是,她现在人在火车上。

"我敢打赌,你一定觉得我偷自己母亲的东西是个坏人,"女孩端着茶杯说,"但我会尽快把钱寄回去。而且我对着一摞《圣经》向你发誓,那套茶具我母亲从没用过。"

"我不觉得你是坏人。"莎莉轻声道。

女孩说卧铺睡起来很舒服,问莎莉是不是也睡卧铺。听莎莉说她买的不是卧铺票,女孩一脸同情地咂咂嘴。她是个漂亮的女孩,小脸蛋,淡褐色的头发,不说话时张着小嘴。当莎莉告诉女孩自己是去修道院见习时,她似乎不明白这是什么意思;

等莎莉解释说这意味着她要做一名修女时,女孩耸了耸肩。

"我不信天主教。"女孩说这话时两眼黯然失神,似乎突然对莎莉失去了兴趣。

等身穿白色马甲的服务员拿来账单,女孩隔着桌子,伸手抓住莎莉的手腕,身子贴近莎莉,急切地说起话来。这让莎莉怀疑自己可能又误判了陌生人的年纪。"帮帮我,"女孩说,"我已经没钱了。他们现在会把我赶下火车。"

莎莉的钱包里有五块钱,手提包内衬里还夹着五十多块钱,那是到了芝加哥后要上交给修女的钱。她像珍妮修女一样对女孩会意一笑,在小银盘里放了两块钱,付了两人的餐钱。

可女孩又一次抓住了她的手腕。

"如果你还有余钱,"女孩先停了一下,又急忙道,"我的意思是,能不能借我一点儿。如果你有的话。"女孩的手握得更紧了。"你看,我不知道该怎么去酒店。也许有地铁什么的。我不知道。如果我丈夫不在那儿,我就不知道该怎么办了。去哪儿住?如果找不到他怎么办?我会怎样?我会流落街头的。"

女孩的指尖紧紧抵在莎莉的皮肤上,指甲刺得她生疼。

"我相信你丈夫一定在那儿,"莎莉试图安抚女孩,她曾用这个语调安抚过科斯特洛太太,"他用的是那儿的信纸。"她心里想的却是蒂尔尼太太顺手牵羊来的信纸。

女孩靠得更近了,胸口抵在桌子的窄木边上。帽子上破口的面纱支起,好似哀求的乞丐伸出一只纤细的手。"可是,如果他不在,那我该怎么办?"女孩说,"你就不能借给我一点儿吗?一点点就行?"女孩瞟了一眼莎莉的钱包。"我发誓,我会马上还你的,"女孩的语气温柔亲切,然后开始变得哀怨,"如果流落街头我可怎么办啊?"

莎莉颇不情愿地意识到:上帝正在考验她的职业选择。先是那个谈吐下流的讨厌女人,现在又碰到这个女孩。这么快上帝就开始测试她,这似乎不太公平。她想到了希望过冥想生活的露西修女。她可没拒绝上帝对她的考验。

莎莉怏怏不乐地说:"那好吧。"她从女孩紧握的手里挣出手腕,打开手提包,手伸进缎面内衬后面的开口,在摸索别针时,察觉到女孩一直在盯着她。莎莉知道自己应该像基督那样,将所有钱都坦诚交给女孩。珍妮修女肯定会这么做。芝加哥的修女们也会为她的慷慨解囊鼓掌称赞。但她心里也清楚,自己并不想这么做。她不想将母亲辛苦攒下的钱给别人,更不想——甚至强烈抵触——再被讨厌的陌生人嘲笑。于是,她拽出两张十元钱,递给桌子对面的女孩,与此同时,心里一直在和后悔作斗争。"这是我所有的钱,"她虔诚而决绝地说,"我只有这些钱。"

女孩伸手接过钱。"给我写下你的地址,"她这边嘴里说着,那边伸手从银盘里拿过账单推给莎莉,"我明天就把钱还你。"

女孩把钞票塞进自己的钱包。突然,她盯着桌子对面的莎莉说:"我还以为修女不可以带钱。"她的语气听起来像在训斥莎莉。

当莎莉离开餐车,向与布朗克斯区女孩相反的方向走去时,身穿白衣的服务员抓住了她的胳膊。"请原谅,小姐,"他说,"那位女士是你的朋友吗?"

莎莉多少有点目瞪口呆,像是被服务员识破她在撒谎似的说:"是的。"

服务员摇摇头。他是个光头黑人,一双大眼睛里满是同情。"我只希望她没给你添麻烦,"他和善地说,"仅此而已。"

莎莉说:"谢谢你。"刚要继续走,但好像为了回报他的好意,她突然脱口而出。"我父亲也在列车上工作过。布鲁克林地铁公司。"她惊讶地发现自己在说这句话时舌头好像在打结。

服务员微笑着点点头,仿佛早就知道一样。"你父亲今晚也在火车上吗?"他问。

莎莉说:"是的。"把两个字说得一字一顿。她指指眼前开阔的走廊说:"他就在后面车厢。"那一瞬间莎莉想到坐在过道对面,拉下浅顶软呢帽,盖住眼睛的那个男子。

服务员说:"祝你们两人都睡一个好觉。"

莎莉回到自己的座位上,她的同伴又在气喘吁吁地咯咯直笑,但不知道在笑什么。

窗外浓厚的夜色中点缀着零星的光亮,像蛾子把黑暗咬出了一些窟窿。甜茶的味道,威士忌的余劲儿,依然在莎莉的后喉咙里不肯消散,她的眼睛因此生疼。莎莉把头靠在窗户上。

一开始,火车每次进站都让人精神一振,金灿灿的光亮下人群熙熙攘攘;可入夜之后,当莎莉从浅睡中醒来,看到的只是泛黄的、如同梦魇般的景象:孤零零举起一只手的车站站长,提着行李箱、仿佛被遗弃、形单影只的旅客,被风吹得贴在墙上的报纸。当火车继续出发,这些疲惫不堪的身影很快就消失在了广袤的夜色中。

她父亲曾是布鲁克林地铁公司的列车员。

从小到大,当莎莉走在明亮的人行道和绿草坪上时,父亲就一直躺在世上最狭窄的隧道——棺材里,这个暗无天日的隧道隔开砖石和潮湿的泥土。她以前怎么从未想到过这件事?当她无忧无虑上下台阶进出地铁时,当她满不在乎地在黑暗中穿梭时,怎么从来没想过躺在地下的父亲?那位布鲁克林地铁公司的列车员,现在早已回到他曾经工作过的地方:潮湿的地下,雕刻了名字的墓碑和泥土,冰冷的黑暗。

有一次,莎莉醒来又看到那个小男孩站在过道上。旁边那女人早已睡得人事不省。男孩随着火车摇摇晃晃。即便车厢里灯光昏暗,她还是看到男孩头上秃的地方鼓起一个鹅蛋大的包。男孩随着火车摇晃,脸颊正下方有一丝干涸的血迹。莎莉从包里翻出只剩一半的巧克力棒,隔着像山一般的同座,把巧克力棒递给孩子。男孩接过巧克力棒,幽灵一般走开了。孩子母亲的头耷拉在窗户上。

莎莉正打算以被钉在十字架上的耶稣基督和他那仁慈的圣母的名义,今生致力于帮助他人。她将加入圣母玛利亚十字会小护士修女会——圣母玛利亚和十字架,这令人想起《圣母悼歌》①——珍妮修女觉得这是名字最美的修会。因为它提醒我们所有人,珍妮修女说,在基督受难的那一刻,用爱来面对暴力,最终爱获得了胜利。爱可以抚慰苦难,正如伊路米娜塔修女所说,就像干净纱布可以包扎流血的伤口。

在修道院地下室的洗衣房里,看着伊路米娜塔修女用热熨斗熨烫洗干净的修女服,闻着晒在院子里的衣服在阳光下散发出的浆粉、肥皂和亚麻布本身的香气时,莎莉开始理解伊路米

---

① 《圣母悼歌》,创作于13世纪的诗歌,主要歌颂了为耶稣之死而哀悼的圣母。18世纪时配上素歌曲调后成为罗马天主教礼拜仪式中的一首歌。

娜塔修女这句话的含义。要用洁净、一尘不染的布包扎伤口。她好像可以闻到这么做时纱布散发出的芬芳,感受到心中升腾而起的喜悦和对此无可质疑的肯定。把污秽、被玷污的东西再放在本就已经感染、腐烂的伤口上毫无意义。我们要洁身自好,努力保持自我的纯洁,穿上干干净净的衣服,穿梭于简陋的房间里,按时祈祷,轻声细语,让游手好闲的人不致误入歧途,让人们的思想不致偏激,为悲惨的世界提供救济,抚慰世人遭受的痛苦和损失。伊路米娜塔修女曾说过,世间万物注定要受苦。

莎莉希望自己穿上漂亮的修女长袍,成为治疗人类痛苦的解药。

但她也同样,甚至更渴望不再受人嘲笑,不被人愚弄。露西修女曾对她说过,别以为只凭你一个人就可以消除世上所有的痛苦。

再次去厕所时,莎莉必须先要越过睡在她旁边如山一般坚实的身躯。正当她狼狈地跨过女人的大腿,刚要跨过脚下的棕色袋子时,她感觉到那女人抓住她的腰,还用脏兮兮的手指隔着裙子戳她的屁股。莎莉大喊了一声,差点没摔在地上。她在过道上深吸了一口气,缓了一下神。等她回头望向那个女人,女人已经闭上了眼睛。过道对面的男人伸手去扶她,尽管她不需要人扶,但还是握了一下那男人的手。那手温暖而宽大,而且很有劲。莎莉说:"谢谢你。"

厕所的味道熏得让人受不了,莎莉跌跌撞撞地冲出来,走到车厢之间狭窄的走廊里透口气。在走廊里,她听到钢铁车轮滑过铁轨的嘎嘎声在回响,声音像被黑暗反弹了回来,黑暗本身仿佛就是一整块黑色石头。火车好像又一次钻进了地下。

有人从下一节车厢的黄色灯光里向她走来,那是一节卧铺车厢。她看到在那个男人身后,卧铺车厢的列车员正在拉好每个铺位的帘子,以保证卧铺里的人能睡个好觉。那个来自布朗克斯区的女孩今晚会揣着莎莉母亲辛苦挣来的钱进入梦乡。朝莎莉走来的男人貌似在对她微笑,胆怯的莎莉在男人快走到她面前时又退回了厕所里。男人跟在她身后,手甚至伸过她的头顶扶住门,应该说是挤吧?挤到了莎莉背后。男人进了厕所,莎莉回到过道往自己的座位走。四个抽烟的男人正在打牌。莎莉经过时,他们抬起头漠然地看着她。其中一个男人手指间夹着一根黑色雪茄烟蒂,湿乎乎的雪茄尾部更黑。车里弥漫着难闻的味道。一堆堆的血肉之躯正向外散发着烟味、汗味和人体排出的气味。莎莉用手背捂住自己的鼻子,感觉自己的身体也在散发臭味。

莎莉摇摇晃晃走过自己的座位,一直走到车厢尽头——"便桶",那个讨厌的女人曾这样粗俗地说过。莎莉转过身,在昏暗氤氲的灯光下打量着自己想要为之献身的"其他人"的模样：粗俗，邋遢，忘恩负义。一张张面色苍白、睡眼惺忪、嘴巴歪张的脸，一具具四肢摊开的躯体。一个眼神空洞的士兵正望着窗外的夜色，胸前攥着卡其色背包；一个皮肤黝黄的老人猫着腰，恶狠狠盯着前方；一个戴着时髦帽子的年轻女人，一边看杂志，一边狠狠嚼着口香糖，抠了抠鼻子，然后对着过道一弹指头。

莎莉走过自己前一排的座位，看到那个头剃秃了的小男孩正躺在母亲后背上呼呼大睡，母亲背对着男孩。男孩的双手夹在膝盖中间，像是为了取暖，看着像睡在高架下的流浪汉，像蜷缩在仓库水泥墙边的无业小游民。男孩脚下的地上扔着一块脏兮兮、沾满血迹的手帕。

莎莉来到自己的座位前，对她的同伴说了声"劳驾"。可那个女人四肢摊开，躺在座位上，一动不动。过道对面的男人在一旁看着，脸上依然面带微笑。莎莉又说了一句"劳驾"，可那女人只是鼻子微微一哼，嘴里咕哝了一下，别过脸去。过道对面的男人好心提醒莎莉："你可能得推她一下。"这是莎莉第一次直视这个男人。男人比她年纪大，脸上有胡茬，秃顶，看着几乎可称为英俊，笑起来嘴里有一侧缺了几颗牙齿。当然，现在这个点儿，男人也面露疲惫，但眼里透着善意。难道她这一辈子真要过没男人保护的日子吗？男人伸手碰碰那个女人肥厚的胳膊肘。

"夫人,"然后,他提高声音,"醒醒。"车厢里有人喊了一声:"别喊了。"

疲惫不堪的莎莉最终鼓足勇气喊道:"打扰了!"然后伸出手,就连她自己也觉得自己的动作怪异,手好像突然变沉了,用手指捅捅女人的肩膀。女人大衣下的皮肉似乎根本没有任何反应。她的两条宽腿将深色短裙撑得紧紧的,只微微抽动了一下,依然挡在莎莉面前。"夫人!"坐在过道对面的男人又喊了一声。

莎莉站在过道中,努力保持着平衡。她看着如肉山一般挡着自己的女人旁边的空位,这辈子还从没对某个目的地如此充满渴望。她只想蜷缩在自己的座位上,瞧着凉爽的窗外。她只想一个人静静地坐在座位上。近乎绝望的她突然伸手将女人脚下的购物袋拽到过道上。一个袋子翻倒在地,从袋子口滚出一个橘子,一个金色小粉盒,一块鲜艳的丝绸——可能是围巾、衬裙,也可能是一件睡袍,女人终于动了。从睡梦中突然被惊醒的一瞬间,女人带着恐惧和愤怒,伸出尖利的五指向莎莉袭来;莎莉挥起一拳,正打在女人的手掌上,随后又是一拳,这一次击中女人肥嘟嘟的手腕内侧,打到了肥肉下面的骨头,她接着又挥出一拳。这看起来像一气呵成,可其实正如捶打衣服那样,只是出于习惯的瞬间连贯反应。女人抬起胳膊肘试图挡住莎莉的拳头,却没能防住。莎莉的指关节感受到女人干黑牙齿坚硬的表面、发黏的口红和潮湿的口气。

"把你该死的手放好,"莎莉一边说,一边跨过女人的脚,脚后跟踢到女人油腻的袋子,"离我远点。"

莎莉撞开女人的腿,坐回自己的座位上,心怦怦直跳。她转脸看着窗外。

女人先是惊愕得不知所措,随后大喊了一声:"上帝啊!"她喘得更猛烈了,但可能不是喘气,而是呜咽。莎莉转头瞥了一眼:那女人用她令人讨厌的手指轻轻捂着嘴,正俯身去过道里拽自己的袋子;坐在过道对面的男人弯着腰在帮她;那个秃头小男孩也出现了,把滚出去的橘子和厚厚的金色小粉盒递给女人。这两个叛徒,莎莉心中暗道。"谢谢你,亲爱的。"她听到那个女人边哭边说,"谢谢你,好心的先生。"她还对两人说:"别看有些人一脸正经,人真是不可貌相啊。"

莎莉转脸对着窗户,脖子上又感到那女人呼出的热气。"你肯定会成为一个好修女的!"女人咬牙切齿道。

莎莉迎着声音和女人呼出的热气,一抬肩膀。现在,喘息的人是她。怒火在胸口熊熊燃烧。同时,她也感到自豪,起码她勇敢地说了出来。

"你是个魔鬼!"那个女人对着莎莉的耳朵道。莎莉没转身看她，只对着窗户上自己的倒影龇牙咧嘴，低声说："你才是。"

此刻，火车的窗台已被煤烟熏得像地铁窗台一样乌黑。

车厢里飘荡着煤烟的味道。莎莉将额头抵在玻璃窗上，想看看外面有没有炼油厂，有没有房子起火，有没有熊熊燃烧的垃圾堆。对于这列如同地狱一般的火车，对于她这趟如噩梦一般的旅程来说，火与硫黄味倒是再合适不过了。这次旅程让她远离修道院干净的衣服，让她将今天下午因为蒙主召唤，对圣洁生活憧憬的喜悦抛到了脑后。

火车窗外只见漆黑一片，一切在莎莉模糊的倒影中匆匆掠过。她不知道此时火车已经走了多远，一想到这儿，一直压抑着自己的莎莉终于忍不住泪如泉涌。她这才意识到，自从珍妮修女和母亲从窗口消失，她其实一直忍着不让自己流泪。她的手指抵在窗户上，之前她正是透过这些手指瞧着母亲和珍妮修女。泪水顺着莎莉的脸颊流下来，苦涩不休。对于离开母亲的孩子来说，今后的生活一片凄凉。

莎莉听到那个讨厌的女人说："活该。"

此时，已是凌晨三点。

当火车驶入芝加哥车站，莎莉心里已经盘算好了：钱在钱包里，剩下的钞票夹在手提包的内衬里。她还听了蒂尔尼太太家双胞胎的建议，每只鞋里各放了一块钱。回家时她要给自己买一张卧铺票。

美丽的芝加哥车站里有晨雾的味道,闻到这熟悉的味道,有那么一瞬间莎莉还以为自己不是到站了,而是回家了。明亮的阳光从天窗倾泻而下,铺满了宽敞的地面,看着让人心生欢喜。

在忙碌喧嚣的人群中,莎莉看见那个讨厌女人的背影,她似乎还能闻到那女人呼出的气息。她看到前来接她的两位修女,她们身穿干净简单的衣服,双臂抱胸,空手插在袖子里。一位年轻,另外一位年长。两位修女面带微笑欢迎向她们走过去的莎莉。见识过火车上那女人厚厚的粉底之后,眼前两位修女虽然一位脸上如同桃子皮般布满了绒毛和皱纹,另一位脸上有星星点点的斑点,但莎莉仍感觉她们如同新出生的婴儿一样纯洁无瑕。她闻到修女长袍上那熟悉的阳光和浆粉的味道,还注意到年轻修女羞涩的褐色眼睛里透出想和她交朋友的友善。

在接下的生活里,她会喜欢有修女陪伴的。

"你来了,"上年纪的修女伸出洁净的双手,欢迎莎莉的到来,"很高兴你想加入我们。"

莎莉放下行李箱,眼角似乎瞥到那个布朗克斯区女孩快速经过的身影。"事实上,"她说,"我仔细想过后改主意了。"

圣 母 悼 歌

从地铁出来，上到大街，并没有护理修女的身影。也没有帕特里克·蒂尔尼看着她拖着行李回家，冲她大喊："我跟你说什么来着？"真幸运。在返程的火车上，扣上的帘子将她封在卧铺里，但她只睡了一小会儿。这趟向东旅程的可怕丝毫不亚于一路向西的那一次：离家时让她倍感煎熬的是车上那些可怕的人，而回家这一路最让她无法忍受的是黑暗和狭窄铺位上无尽的孤独。

她提着行李箱，走在自家的街上，爬上熟悉的台阶，好像还在火车上似的，背和脚上依然有火车晃动的感觉。楼大门处没有人。就连客厅窗户里也没瞧见房东格特勒夫人的身影。这也很幸运。她爬上楼梯。此时已是午后，可因为缺少睡眠和突然意外归来,她不确定现在到底是几点钟,一切都感觉很陌生。就在四十八个小时前,她刚向这里告别,在她浪漫的想象中,她要多年以后才会重新踏上这片土地。现在的她疲惫不堪,只要稍微发挥点想象力,就可以把自己想象成时隔多年重返家乡的奥德修斯①,不但年纪老了许多,人也发生了很大变化。

人这辈子转瞬即逝,她的一生好像都已经过去了。

母亲的声音从公寓门上方敞开的窗户传到她耳边。那是母亲的笑声。显然没错,这声音她再熟悉不过了,但因为还伴着一个男人的讲话声,有些听不太清。那男人低沉的声音开始升高,变得高亢,然后降低,起起伏伏,像在讲什么,应该是个笑话或故事。有男人在家里给母亲讲故事,母亲听得哈哈大笑,讲到这儿笑一下,讲到那儿又笑一下。母亲的笑声总让人心生羡慕。从小到大,莎莉一听到母亲的笑声就会飞奔过去,高举双臂,双手捧住母亲宽阔的脸颊问,笑什么呢? 在笑什么呢?

她想起珍妮修女仰着头,脸对着母亲的笑声,像朝着温暖的阳光。

---

① 奥德修斯,史诗《奥德赛》的主角,曾参加特洛伊战争,献计攻克了顽抗十年的特洛伊。战争结束后,他在海上漂流十年,部下死伤殆尽,他经历无数艰难险阻后终于返回故乡,与妻儿团聚。

莎莉缓缓推开家门，将行李箱放在沙发旁。她发现客厅的餐椅被男人拖到了厨房门口。男人正歪身坐在椅子上，背对着她。他只穿着衬衫，双手插在裤兜里。母亲在厨房里，在男人身后的灶台边，莎莉看得很清楚。母亲正在锅里煎东西，听着像煎火腿的噼啪声。母亲在笑，男人在说话。在莎莉的记忆中，从来没见过只穿衬衫的男人这样坐在厨房门口，用这种方式和母亲说话。那感觉不像客人来访，更像生活在这个家里，对这个家非常熟悉。她走得更近了一些，穿过客厅，来到长橱柜前。

在橱柜旁，莎莉看得更清楚了。那个男人黑色头发，其中夹杂着灰色，颈上的头发浓密，可到头顶就变得稀疏了。他穿的是无领条纹衬衫，肩膀很宽阔。在厨房单扇窗的玻璃里，她隐约看到那个男人的脸：额头宽大，脸色白皙，一双黑漆漆的眼睛因反射看起来朦朦胧胧。"'你是说？'"男人正在讲话，莎莉认得这个口音。"'你是说，'我问他，'过了这么久……'"

"过了这么久。"母亲头也没回，和男人一起笑着说，她的臀部、长裙的下摆都随着笑声在动，而她的声音——是什么让她的声音听起来像换了一个人？明亮、轻松而温暖。看两人聊天的样子，显然彼此非常熟悉。在这个家里，她什么时候曾听过这样的声音？见过这番情景？

后来我们的母亲告诉我们说："我当时简直不敢相信地揉

了揉眼睛。"

莎莉突然吸了一口气,惊讶地叫出声,因为她看到男人正光着白色瘦削的双脚踩在铺着油毡的地板上。

"我的上帝啊!"莎莉的母亲说道。那男人转过身,在椅子里坐直了身子。那不是吉姆,不是父亲回来了,不是父亲在她离开时复活了,而是送奶工科斯特洛先生。此刻他挣扎着站起来,彬彬有礼,长长的脚丫子却是光着的。

卧室里床单和被子摊开。空气中弥漫着香烟和身体的味道,比火车上更淡,更温暖。椅子上搭着男人破旧的外套。男人的鞋并排放在床脚。莎莉的母亲跟着莎莉走进卧室,关上门。

"你回来了?"母亲披散着头发,脸颊绯红。在莎莉离开的这短短的时间里,母亲变年轻了。"发生了什么事?你吓死我了。"母亲停下话头,母女俩一起打量着眼前这个乱糟糟的房间,打量着床单、白色外套和床脚那两只男人的鞋。

"你回来了。"母亲又说了一次,这一次不是询问,而是她明白了。

莎莉打量着眼前的卧室,这曾经一直是她的房间,属于她自己的床。

她转身看着母亲,头重脚轻,感觉像要跌倒,可身边甚至连一个可依靠的陌生人的肩膀也没有。

"你这是要去哪儿?"母亲问她。

当两个女人返回客厅,科斯特洛先生正一脸茫然地站在前门旁,光着脚,低着头,像在等电梯。他羞涩地抬头看了眼莎莉的母亲,等她们一走过,就溜进了卧室。

母亲让莎莉坐在餐桌前。莎莉发现餐椅已经规整地放回原位。过了一会儿,母亲端来两个盘子,盘子里分别装着火腿和鸡蛋。她也和女儿一样坐了下来。科斯特洛先生脚上穿好鞋,身上穿着白外套,头发梳得整整齐齐,手里拿着帽子出现了,礼貌地说:"那我先走了。"母亲只抬头看了他一眼,目光里流露出莎莉从未见过的爱意,她马上认出来,那是她一直以来都熟悉的爱的力量,真真切切的爱。

"再见,亲爱的。"母亲答道。

母女二人默默吃着饭。莎莉觉得什么东西吃起来都索然无味。她又感觉自己好像还在火车上,仿佛只要一闭眼,就又回到那列火车上,在令人窒息的黑暗中,望向这跳跃的灯光——这个房间,这一天,母亲镇定的双手,她鲜活的存在和她的幸福——也许是以深埋于地下的父亲的眼睛望向这一切,目光里充满了羡慕、孤独和失落。

替　身

蒂尔尼太太说:"那就带帕特里克去,他和他同名。"

蒂尔尼先生说:"好的。"

争论到此为止。两人脸红脖子粗,舔了舔嘴唇上刚大喊大叫喷出的唾沫,彼此都心满意足。我们的父亲说,他父母吵起来就像街上突然爆发的打架斗殴,毫无征兆,之后又会突然偃旗息鼓,恢复其乐融融的气氛。

他们的六个孩子也渐渐明白,相爱的两个人或许需要热血沸腾地对彼此咆哮一番才会获得某种满足感。

家里收到一封来自波基普西市的电报。蒂尔尼先生的父亲去世了。蒂尔尼先生说必须去参加葬礼,蒂尔尼太太问他,是不是指望她忍辱负重陪他一起去,蒂尔尼先生的回答是:不,但他想带孩子去。蒂尔尼太太说,她不允许孩子为一个素未谋面的男人翘课。蒂尔尼先生说,那就只带一个男孩去。蒂尔尼太太说,你的工作都快要不保了。

"我不会待很久的。"蒂尔尼先生解释道。

蒂尔尼太太说:"你这个蠢货,你根本就不用去。"

"我是父亲唯一的孩子。"蒂尔尼先生说。

"难道他不知道吗?"蒂尔尼太太回答道。

"我可不想他到了下面来纠缠我。"蒂尔尼先生大喊。

"他活着的时候,根本就不在乎你,"蒂尔尼太太冷冷道,"死了为什么要来纠缠你?"

"你真冷血。"蒂尔尼先生说。

"你的脑袋就是一堆糨糊。"

"他死了。"

"你母亲去世了他都没告诉你。"

"是我不知道。"

"那混蛋根本没通知你。"

"他对我很失望。"

"他那是有怨气。他恨的是我。"

"是恨我们。"

"好,那就是恨我们。"

"行行好,发发善心。他有苦衷。想想楼上房间里那个残疾人。"

"我的小提琴呢?"

"有点同情心吧。"

"我们得讲理。"

"那我就一个人去。"

说到这儿,两人突然都住了口。蒂尔尼先生说出了蒂尔尼太太最不能忍受的一个词:一个人。他这辈子,我们的父亲说,就连去街角买份报纸,他母亲都会让他带个人一起去。

"那就带帕特里克去,"蒂尔尼太太说,"他和他爷爷同名。"

"好的。"蒂尔尼先生说。

接下来,蒂尔尼太太语气中洋溢着笑意向孩子们宣告,这场战斗已经结束。交战双方都因此获得了某种程度的愉悦。"如果那个混蛋想纠缠谁,"蒂尔尼太太说,"那也会是帕特里克。"

蒂尔尼先生说:"鬼可不止那么一丁点能耐。"

于是,我们的父亲就坐上了去波基普西的火车,去参加他爷爷,一个他从未见过的人的葬礼,只因为他们同名同姓。

迈克尔·蒂尔尼先生虽然一身所谓的"文明人打扮"——浆硬的衣领,马甲,淡紫罗兰色条纹的深色羊毛西服,锃亮的皮鞋,毛绒圆顶高帽——可一路上依然摆脱不了挺拔优雅的门卫形象:一只带链的金表若隐若现横挂在修长的腰上,新刮的光滑脸颊散发着浓烈的古龙水味,栗色小胡子修剪打理得像打磨光滑的木头般闪闪发光。

帕特里克穿的西装也不错。这套衣服是前年他哥哥高中毕业时,从下东区一个犹太裁缝——他父亲那帮"狐朋狗友"中的一个——那里买的,可哥哥汤姆在海军造船厂工作,不坐办公室,所以这套衣服就一直放在亚麻布西装袋里,整日与樟脑丸和杉木块为伴。

由于通知过于仓促——两天前才收到他爷爷的未婚妹妹萝丝发来的电报——他母亲只来得及把衣服挂在窗前,趁阳光明媚晾晒了一下午,所以衣服上现在还有一股父亲所谓的"冬眠"味道。在出发之前,蒂尔尼先生拿着古龙水对着儿子,一边滑稽地画十字一边喷,同时嘴里还用拉丁文念念有词。然后,两人就开开心心去了火车站。

鉴于祖父曾坚决反对他们的婚姻,蒂尔尼先生对儿子说,他母亲拒绝参加葬礼,他完全理解。起因是蒂尔尼太太是移民,在从曼哈顿上西区到波基普西市度夏的富裕人家里做女佣。祖父自己就是移民的儿子,身为一名教师,能受到他所仰慕、嫉妒、渴望的富裕家庭的邀请,祖父受宠若惊。受邀去如此富有的城市人的避暑府邸,与其共同谈论商业、政治、哲学和学问,是对这位教师见过世面、阅历丰富的小镇圣贤地位的充分肯定。

然而,当这位教师无比荣幸地带着儿子一同前去赴宴——"这位教师口中的'鄙人犬子',"在开往波基普西的火车上,蒂尔尼先生对帕特里克说,"当时比你现在大不了多少。"——可这个儿子竟然没参加晚宴后的聊天,没努力攥住上天给的机会让曼哈顿的商人——一个很可能会对他有帮助的人——留下个好印象,却目不转睛盯着一口龅牙的女佣,而且拒绝将目光移开。这对那位教师来说,简直是不可饶恕的侮辱。

"当然,你母亲可不是龅牙,"蒂尔尼先生在火车上说,"她是无人可比的美人——可那是你爷爷在无比愤怒、无比失望、气急攻心下说的气话。他不想我在这个世界上走下坡路,希望我一直向上、向上、向上爬。"迈克尔·蒂尔尼先生在火车上猛地举起右手,好像托着很重的东西。然后,他毫不在意地放下手,耸耸肩。

那是一个晴朗的春日。火车刚一开出城,车厢里就弥漫着嫩草、肥沃的泥土和乡下甜美空气的味道。每到一站,所见皆是漂浮在明媚阳光中的可爱之物:白色的豆荚,绿色的昆虫,还有蝴蝶和大黄蜂。每个车站都摆着一坛坛的鲜花,下车的男男女女似乎都会有漂亮孩子和撒欢的狗相迎。上车时,蒂尔尼先生让帕特里克坐在靠窗的位置,自己则像国王似的,威严地坐在靠过道的座位上,对每一位刚上车的乘客扶帽致意。"今天天气真好。""女士。""先生。""早上好。""天真不错。"全是门卫那一套。

一位蒂尔尼先生已打过招呼的女人起身走到过道上,准备在下一站下车。蒂尔尼先生再次手扶帽子向她致意,女人对着两人面露微笑。女人已经不年轻,却穿着一身淡色春装,头戴夏季毛帽,戴着手套的手腕上还有一个金手镯,她的手紧紧抓着两人前面的座位靠背。"这是你儿子吗?"女人问道。蒂尔尼先生哈哈大笑:"被你看出来了。"

"他很帅。"女人说。蒂尔尼先生看看自己的儿子,佯装一愣道:"是吗?"

火车开进站台。"你们两个看着都很帅。"但女人眼睛只盯着父亲。当女人笑着离开,走向车门时,蒂尔尼先生又对着女人抬了抬帽子。父子俩懊恼地瞧了彼此一眼,然后蒂尔尼先生,这位亲爱的父亲,伸出手拍拍男孩的膝盖。他们俩都知道,任何形式的离间都无法动摇他们的感情。

波基普西站比其他车站热闹一些,但终究还是个乡下车站。蒂尔尼先生认得路。葬礼是在一座砖砌的小教堂举行的,里面已经挤满了似乎是这镇上最年长的人。男人皆头发灰白,女人都弯腰驼背,裙子拖在地上。无论男女,身上的衣物都散发着"冬眠"的樟脑味儿。葬礼中最年轻的人当属抬棺材的,但也已中年发福。当他们抬着金光闪闪的桃花心木棺材走进过道时,帕特里克听到他们费力的喘息声。棺材后面只跟着两个送葬者。一位是身材娇小的女人,黑纱后的脸笑得像个新娘;缓缓跟在女人身旁的则是一位手拄拐杖的独腿男人,缺少胳膊的那只袖子整齐地别在肩上。这男人曾经的一头红发现在已呈淡橘色,右侧有一缕纯白色的发丝,下面是一片白花花的伤疤,那是他扭曲残存的右耳。

"那是你萝丝姑奶奶,"蒂尔尼先生低声告诉身前的儿子,"你爷爷的妹妹。那个男人是雷德·惠兰。内战时他替你爷爷服了军役。"

葬礼弥撒结束之后,蒂尔尼先生年轻时的朋友,一个红脸膛的大块头男人在拥挤的人群中认出了他。男人主动提出用敞篷车送他们去公墓,帕特里克觉得新鲜,因为在布鲁克林没必要拥有一辆车。帕特里克坐在后座,在真皮座椅上伸了个懒腰。天依然很亮,也变得越来越暖和,抽枝发芽的树木生长茂盛,草坪和田野一片开阔的盎然绿意。在城市长大的帕特里克眼中,车窗外的景象简直像一幅画:简单样式的红色谷仓、有趣的黑白花奶牛和动画片里才有的筒仓。伴着引擎的呼啸和泉水的叮咚,他听到父亲说:"我看老雷德·惠兰还在我们家。"父亲的朋友头戴硬草帽,跟帕特里克的帽子很像。"身子骨硬实着呢,"那男人喊道,"但还赶不上萝丝硬实。萝丝还在照顾他。"

蒂尔尼先生转身对着后座喊:"雷德·惠兰——"刚一开口,车子紧急一转,避开路上的坑,蒂尔尼先生脸上掠过一丝不耐烦,如同突然晃过的阳光,又继续道:"雷德·惠兰替你爷爷去联军服役,让你爷爷躲过了战争。保全了他老人家的命。这才有了我。"

开车的那位朋友听了哈哈一笑,点点头,像被这一联想吓了一跳。"你还别说,"似乎为了弥补刚才的惊讶,又郑重其事地加了一句,"你这话说得绝对没错。"

迈克尔·蒂尔尼先生胳膊用力向后一甩,将手搭在车靠背上,方便他看清儿子,帕特里克此刻正懒洋洋地躺在宽大的汽车后座上。他抬起手指,指着儿子的胸口道:"也就是说,多亏雷德·惠兰,你才来到这世上。"

帕特里克坐直身子,像在聆听父亲对自己的训斥,可眼中所见与此刻庄重的气氛完全不符,眼前随处可见皆是壮阔的绿色和明亮的蓝,还有老式的农庄。汽车咯吱作响倒像马戏团的车子。此情此景和父亲对过去的回忆,就连这一天本身,都像出自报纸刊登的连环漫画。帕特里克竟有种不真实感。

蒂尔尼先生那位粗壮的朋友两眼盯着后视镜,冲着帕特里克喊:"想想,孩子。你也许根本就不会出生了。你!这个家里的长子。"帕特里克克制住想纠正他的冲动——他哥哥汤姆才是家里的长子。"你是雷德牺牲换来的最好成果,"那男人乐此不疲继续说道,"你这个曾经光着脚丫、脸蛋黑乎乎的小子,能有现在都是拜老雷德·惠兰所赐。"

蒂尔尼先生脸上再次闪过一丝不耐烦,可能回忆起自己曾经有多不喜欢这个老朋友。"也不能说得这么绝对,"蒂尔尼先生冷静中带着恼火道,"即使我父亲去参军,没准在战争中也能毫发无损活下来。即使没有雷德·惠兰替他服兵役,或许也能活下来。谁知道呢!"他转过身,脸对着车前的挡风玻璃,斟酌了片刻,又转身对着儿子。"但如果有机会的话,"蒂尔尼先生说,"你还是应该谢谢他。"

老雷德·惠兰已经在墓边就座,苍老消瘦得几乎像被衣服——他的军服吞噬了。在灿烂的阳光下,帕特里克这才注意到雷德·惠兰伸出的那条腿上有褪色的条纹。阳光还照亮了他上衣的金色扣子和胸前挂着的一枚勋章。雷德·惠兰脸庞宽阔,头发浓密,这让他狭窄肩膀上的脑袋看起来像特大号的气球。待哀悼结束,棺材放到新挖好的坑里——因为是雷德·

惠兰代替服军役,所以棺材下葬时上面并没盖国旗——雷德·惠兰起身时,感觉像借着气球一样的脑袋的浮力才从座位上站起来,但实际上是他身边的小个子女人——帕特里克的萝丝姑奶奶把他扶了起来,即使是在柔软不平的草地上,她还是帮雷德·惠兰倚在拐杖上。尽管雷德·惠兰已弯腰驼背得严重,可他的守护者也只到他肩头那么高。

开车回城的路上,蒂尔尼先生青年时代的那位朋友为这些年彼此断了联系,也为两人曾共度、现已失去的青春年华而唏嘘不已,每讲一句话都喳喳嘴。他根本没问父子二人有何打算,就径直将他们送到波基普西市准备了葬礼午餐的房子。那是一幢漂亮的建筑,又窄又高,砖红色的屋顶,白色的饰边。小小的前门廊外有一棵枝叶繁茂的橡树,低垂的水仙花在前院若隐若现,院前是一行结了花骨朵儿的丁香花,凸起的大型落地窗下还挂着一排蝴蝶兰。

当父子俩和咂舌的朋友沿着石板路往上走时,参加葬礼的其他客人正纷纷将车停在街道两边的树荫下,或走上了人行道。蒂尔尼先生他们走到刷油漆的台阶时,黑色的殡仪车驶进布满车辙的车道,然后停下了。司机下车,为萝丝打开车门,萝丝一只手伸向雷德·惠兰。两人一起慢慢穿过草坪。蒂尔尼先生的朋友跟两人打招呼:"蒂尔尼小姐,雷德。"然后退后一步,让他们能看到帕特里克。

男孩摘下头上的硬草帽,将帽子抵在胸口,等着有人把他介绍给这位曾经当过兵、如今虚弱不堪的老人,可没人说话。他父亲已经走开,上了台阶,站在门口,帽子也抵在胸口,正给两位老人开门。他的手抵着纱门,站在那里等二老进门。蒂尔尼先生年少时的那位朋友只在低声轻笑,笑得那么轻,笑声憋在喉咙最深处,感觉像树上什么东西在喋喋不休。

萝丝笑了,手搭在雷德·惠兰的胳膊上。透过黑色面纱只能看见她闪闪发光的牙齿和眼睛。帕特里克也没自我介绍,便打起招呼:"你们好。"

雷德·惠兰的全部注意力都集中在缓慢移动的拐杖上,他正抬起草丛中的拐杖,要把它放到步行道的青石板上。在如此近的距离下,帕特里克看见老人受的伤让皮肤看起来像被犁犁过,还夺走了他的耳朵,让其一侧头发发白,皮肤貌似只有一部分是正常的红色,伤痕累累的老脸、脖子和仅存的那只皮包骨的手都饱受时间的摧残。

"我叫帕特里克·蒂尔尼,"我们的父亲对老人说,把头向后一仰,"你替我爷爷服军役,替他上了战场。"他从未见过爷爷,只不过同名同姓而已,可此时不知何故竟心潮起伏。他感到脸越来越热,喉咙堵塞,泪水要向外涌,一瞬间陷入令人难忍的想象之中,切身感受到这个男人所遭受过的痛苦:血肉翻飞,泥土混着鲜血,撕心裂肺的号叫。

"我叫帕特里克·蒂尔尼,"他又鼓起勇气,大胆说道,"我是这家的孙子。"

萝丝拍拍帕特里克穿着精致西装的肩膀说:"没错。"话中透着鼓励。

雷德·惠兰却一句话也没说,宽脸上的小眼睛只向上一扬,就越过了帕特里克,随即目光又集中在他的拐杖头上。拐杖先从石板的一处移到另一处,然后他身子一颤,跟在拐杖后面。他的一只鞋又宽又破,嘴里气喘吁吁。萝丝紧紧抓住他的胳膊。从帕特里克身边一闪而过的那一瞬间,雷德·惠兰的衣服上散发出樟脑球的气味。

两位老人爬上台阶,萝丝走在雷德·惠兰一侧,胳膊扶着他的背。雷德·惠兰也没在意候在门口的蒂尔尼先生,低头弯腰,进了黑暗的屋子里,那枚挂在脏乎乎彩带上的奖章在他破旧的军大衣上晃动。那确实是如假包换的奖章——我们的父亲后来告诉我们——只是无法确定到底是不是雷德·惠兰的。

这位老人对刚才这两人,无论父亲还是儿子——他牺牲换来的优秀成果——都没有任何兴趣,似乎什么也不能干扰他进屋吃午饭的决心。

在门口，萝丝对扶着纱门的蒂尔尼先生点点头，然后跟着她要照料的人进了屋。蒂尔尼先生那位大腹便便的朋友也跟着进去了。帕特里克上了台阶，想跟着一起进去，却被父亲一把抓住袖子，让他在外等着。父子俩站在敞开的门前，直到参加葬礼的所有客人都进了屋，蒂尔尼先生跟每个人都打招呼："今天是个好天气。"有些人认出了他，向他表示哀悼；还有些人一进门，就侧身问自己的同伴，刚才打招呼那人是谁。等最后一名客人也进了屋，街上再没车缓缓开过来后，迈克尔·蒂尔尼先生轻轻放下纱门，把漂亮的高顶圆帽再戴回头上，两根手指习惯性地轻轻抹了一下帽子边。

"我们走。"他说。

父子二人刚走下台阶，一个带着浓重爱尔兰口音的女人在后面叫住他们："你们两个不进来吗？"

父子俩转过身，见纱门后站着一位黑发女佣，怀里抱着一堆女人的大衣。她头上戴着白色鸭舌帽，帽子上系着黑色丝带，尽管隔着纱门的薄纱，也能看出这女佣是个大眼睛、长相甜美的美人。

"我们不进去了。"迈克尔·蒂尔尼先生说。

沿着石板路走了一半，父子俩又转身去看那位女佣。她还站在纱门后。父亲将手塞到儿子胳膊下面，拉着儿子离开。

"不能再让你娶爱尔兰女佣了,"他苦笑道,"不能让历史重演。"

两人在当地酒店优雅的餐厅吃了午餐,一身打扮看起来很时髦。父亲拿着长颈瓶,在他们点的牛排上桌之前,先给自己倒了两杯威士忌,然后又倒了两杯,配着咖啡一起喝。

在回家的火车上,毫无疑问借着酒劲,蒂尔尼先生说:"我不知道我父亲看见雷德·惠兰比他活得还久,会不会很恼火。不知道他躺在床上奄奄一息时,是否在想,能不能再花三百多块钱,让雷德·惠兰再替他死一次。"

蒂尔尼先生跟儿子讲了雷德·惠兰从战场回来的情景。那天晚上,一家人正在吃饭,突然有人敲门。爷爷那时还是个年轻人。他还讲了雷德·惠兰,当时也是个年轻人,讲了他如何被带到楼上的阁楼,带到他将度过后半生的房间。萝丝曾姑奶当时只是个孩子,从那时起默不作声直到现在,并将继续承担照顾雷德·惠兰的责任,要到他离世为止。貌似离那一天也不会太远了。"天知道到时候她该怎么办,"蒂尔尼先生说,"一个老处女,又算是个寡妇。没有家人,除了我。"他又补充道,"还有你们这些孩子。"

当火车驶进城,蒂尔尼先生说,他最后一次见自己的父亲,就站在今天下午他们没进的那个屋子门口,父亲紧紧抓住他的胳膊。那天之后,迈克尔·蒂尔尼先生就离开了家。伊丽莎白·布林,也就是他未来的妻子蒂尔尼太太,会在火车上和他碰面。第二天早上,他们将在布鲁克林,在蒂尔尼太太家人所在的城市举行婚礼。"难道雷德·惠兰丢了一条胳膊和一条腿就是为了这个吗?"蒂尔尼先生的父亲质问他。(我们的父亲在给我们讲这个故事时,补充道:"那个说法就是从这儿来的。")"就是为了让他'牺牲换来的成果'再把我们拖回贫民窟?"

他低声怒问,好像担心住在楼上三层,已经丧失一半听力的雷德·惠兰会听到他的话。

"你要知道,我当时可没压低声音,堂堂正正大声回答他,"迈克尔·蒂尔尼先生在火车回城时说,"我当着你爷爷的面,每个字说得清清楚楚,我说:'已经有人为了保住你的命牺牲了。我不会为了你再牺牲我自己。'那是我们最后一次谈话。"

蒂尔尼先生转身看着自己的儿子,梳理得发亮的胡须下露出龇着的牙,眼中流露出的痛苦一闪而过,他转而面露微笑。"这都是过去的事了。"他又伸手碰了碰儿子的膝盖,一边深情地看着儿子,一边抚摸着自己新衣服的衣襟道,"不过,"他的脸因威士忌而发红,"我也许已经原谅他了。那个老混蛋。"

帕特里克说:"他可能也已经原谅你了。"

那天还发生了另外一件事:

当天深夜，在睡了几小时后，帕特里克突然从黑暗中醒来。他哥哥汤姆在旁边床上睡得正香。四个姐妹平常有时半夜还哈哈大笑，打打闹闹，敲打墙壁，但此时隔壁房间也鸦雀无声。没错，街上依然嘈杂，但这个时辰也消停了许多。帕特里克自己也不知为什么，他会突然醒得这么彻底，在黑漆漆的夜里醒来，睁着一双大眼睛。黑暗中，他想到了那口木棺材，在放进新挖的坑里时，棺材在阳光下熠熠生辉。他想起雷德·惠兰冷冷的态度，他没有认出他，没有认出他的牺牲换来的这个光鲜靓丽、生龙活虎的成果。他又想起母亲笑着说，如果他要纠缠谁，也会是帕特里克。

他望着一扇窗户上隐隐约约的淡蓝色的灯光，像闹鬼？是的。那玻璃里是不是有一张脸？是屋后那只号叫的猫，还是女妖？或者是迷失的灵魂？他想象着自己的灵魂：一个苍白、错愕的自己，像块蓝色薄抹布被爷爷瘦骨嶙峋的手攥着。他想象着自己被拖着走过空荡荡的街道，走过灯火和黑暗，走过黑漆漆的人行道，栅栏和消防通道，还有乱七八糟的院子——爷爷所谓的贫民窟，就这样被拖着一直走，一直走，直到消失在愈发漆黑的夜色之中。

等汤姆明天早上醒来，在床上只看到他弟弟的尸体，一具空空如也的躯壳，两眼空洞，只剩下一层皮囊，不过是尘世间的一粒尘土而已。难道雷德·惠兰失去一条胳膊和一条腿就是为了这个吗?

他突然感到从脖子到后背,一直到脚底都充满了恐惧的刺痛。他多希望父亲和爷爷断绝关系时没说过那些话,说什么以命换命,说什么有人为了你的命牺牲了自己。

正当帕特里克躺在被子里,胡思乱想,被吓得半死之时,饭厅里突然传来父亲和母亲的谈话声,他恍然大悟,刚才惊醒他的原来是父母的声音。父亲说:"晚了,太晚了。"母亲平静地回答说:"你也没什么可做的了,迈克尔,没什么可做的。"帕特里克不看也知道,他父亲正手握酒杯。他听到——当然这是不可能的,他仿佛听到——酒杯碰到父亲的嘴唇和父亲轻轻的吞咽声。然后,父亲的声音又突然响起,帕特里克听出正是这句话刚才把他从沉睡中惊醒。"我爱他,"他父亲哽咽着说,"我爱他。"

房间里又陷入沉静。父亲在哭。

帕特里克的恐惧,父亲的悲伤,远处院子里猫的号叫声,窗前那张老人的脸……幸好,母亲的声音响起,打破了魔咒,要不然这一切真是太可怕了。

"你爱他。"母亲说。这是帕特里克熟悉的腔调,音调流转且充满趣味,这语调是在宣告两人的争论到此结束。"但爱是补药,迈克尔,而不是解药。他依然还是个混蛋。"

两星期后,萝丝曾姑奶寄来一封信。信非常漂亮——笔直的字迹,黑色印度墨水,斯宾塞字体,漂亮之极——以至于蒂尔尼先生把女孩们叫来先欣赏了一番,然后才开始读。萝丝曾姑奶对他参加过葬礼之后,没能进家门深表遗憾。她没料到他依然余恨未消。她说,他恨得有道理。我哥哥这辈子活得并不快乐,她说。他一生被心怀感恩的负担压得喘不过气来。

"感恩,"他们的父亲瞥了一眼妻子,指出,"正是他这辈子的负担。"

信中说,雷德·惠兰现已撒手人寰。萝丝曾姑奶此刻正在他的阁楼里写这封信,雷德·惠兰虽然人不在了,可房间里依然充满他生活过的痕迹。她在他身边,一直陪他走完这一生。她说,她很高兴完成了自己的职责,并对此毫无怨言。这些年,她一直陪在他身边,他也在陪着她。现在,只剩下她形单影只。一代人已相继离她而去,她写道。然后,她让蒂尔尼先生去联系沃特街的一名律师。为弥补他们之间的疏远,她要把他父亲留给她的一切都留给他。她要从房子里搬出去,在镇上找一间公寓,用她和雷德·惠兰这些年的积蓄维持生活。她只要求他时不时给她写信。她说她也会给他写信。在接下来的日子里,她说,她每天早晚都会为他和他的家人祈祷。

蒂尔尼太太说:"她是想自己身体不行时,能有人照顾她。"

谁说你母亲不是预言家? 蒂尔尼先生说。

四个月后,蒂尔尼一家又搬家了。这次搬到位于第二大街的三层楼里,是他们自己的房子,他们用继承的遗产买的。那是一栋联排住宅,谈不上漂亮,但有五间卧室——整整五间。一间给两个男孩,一间给双胞胎,一间给两个小女儿。最大的卧室留给父母,所有人都有自己的房间之后,还剩下一间空着的卧室,适合出租或当作客房。

当莎莉那天傍晚从芝加哥回来,来到蒂尔尼家门口时,这房间正好可以给莎莉住。她带着她离开时的藤制行李箱,里面仍旧是走时带的那些本将与她一同迎接新生活的简朴衣服:四件内衣、六双丝袜和三条薄纱睡袍,上面既没有刺绣,也没有装饰。

莎莉身后则站着那个最会坚持的露西修女。

真　　相

当萝丝曾姑奶在我们家阁楼上安顿下来,珍妮修女抬眼望着楼上的天花板,说我给你们讲一个故事。

故事发生在上世纪法国,有一位在富人家工作的善良女人,名叫珍妮·朱冈。有一天,她在街上遇到一个眼盲的寡妇,家人把她扔到街上等死。珍妮·朱冈把老太太带回家,给她洗澡,喂她吃饭。她让老太太睡她的床,给老太太掖好被子,自己搬着草垫子睡在老人楼上的阁楼里,以便随时能听到可怜老人的动静。

不久之后,珍妮·朱冈在街上又遇到一位被遗弃等死的女人,同样也收留了她。之后又碰到一个,接着又是一个。

那年代,生活对老人来说非常艰难。尤其是可怜的寡妇,谁需要她们呢？弱小多病，年老体衰，成了健壮奔波者的生活负担，明白吗？她们成了麻烦，总是体弱生病。所以人们问自己，谁需要她们呢？

当人们听说了珍妮·朱冈的所作所为，附近的人开始把自己家的老人送到珍妮·朱冈家。世上有多少坏人，同样也有多少好人。你们最好相信这一点。很快，其他和珍妮·朱冈一样善良的女人听说了她的事迹，纷纷询问是否可以帮忙。有些好心女人还住进珍妮·朱冈家的阁楼，方便随时随地帮忙。善良的人越聚越多，受照顾的老人也越来越多。

珍妮·朱冈去找神父，问她们是否可以成立一个宗教团体，在做这件艰苦的善事的同时，可以得到上帝的指引。她们在珍妮·朱冈的阁楼召开会议，起草计划，成立了安贫小姐妹会。

珍妮·朱冈每天都挎着篮子，出门为她照顾的人祈求食物和钱。她从不接受"不"这个回答，明白吗？她的坚持不懈激怒了一个有钱人——珍妮修女模仿着那个有钱人的样子，在空中挥舞着拳头——那个有钱人一拳打在珍妮·朱冈脸上，把她打倒在地。

可当珍妮·朱冈站起来，却说："可我的那些女人们还在饿肚子。"然后，那个有钱人就把他身上的所有钱都给了珍妮。

每当碰到有人对珍妮·朱冈说："哎呀，上帝啊，大姐，我昨天已经给过你钱了。"她会说:"可我的那些女人们今天还在饿肚子。"

珍妮·朱冈出名了。法国总统因为她的善举给她颁发了一枚金质奖章,你猜怎么着?她把金奖章给熔化了,用它给她的女人们买了一幢更大的房子。

珍妮修女说,当我还是个年轻修女时,我的精神导师跟我讲过一个故事:有一天,查尔斯·狄更斯来见珍妮·朱冈。什么原因我不知道,也许他在报纸上看到了她的事迹。你们觉得她会对狄更斯说什么?

我们无法回答。

珍妮·朱冈说,他应该拿出实际行动。于是,狄更斯给了她一大笔钱。

然后,狄更斯在某个地方写道,珍妮·朱冈是他所见过的最圣洁的人。这是不是很了不起?

我们说,这确实很了不起。

但就在善良的珍妮·朱冈忙着帮助他人时,那个给过她建议的神父却搞起了阴谋诡计。他去罗马,说修会是他成立的。他说在街上发现第一个眼盲寡妇的是他,是他派珍妮·朱冈去照顾老人,也是他邀请其他女人来帮忙。罗马的神父都被他骗了。他们让他负责修会,还在珍妮·朱冈的家挂了一块牌子,上写着:"某某神父于此创建了安贫小姐妹会"。

但这还不是最糟糕的,珍妮修女说。

修会里有一个非常年轻的修女,相比珍妮·朱冈,那个说谎的神父更喜欢她。神父指定这个年轻修女做负责人,并告诉珍妮·朱冈,她不用再提着篮子到处跑,可以待在修会里,做些家务,训练新人。珍妮·朱冈对神父说:"你抢走了我的工作。"然后又说:"但我很乐意把我的工作交给你。"于是,她的后半生就一直待在修会里。

随着时间的流逝,人们已经忘了珍妮·朱冈才是修会的创始人。

但是,听着,珍妮修女说,人生一眨眼就过去了。

那个说谎的神父安排的年轻修女自己也成了老人,临死之前,她知道自己必须说出真相。人们于是对此展开了调查,最终不出所料,珍妮·朱冈家的门牌改成"珍妮·朱冈于此创立了安贫小姐妹会"。

坐在椅子上的珍妮修女身子向后一靠,后面是渐渐昏暗的午后阳光。我们也身子向后一靠,像听过善恶终有报的故事的孩子一样,对这个结局甚为满意。孩子们不需要指导和学习,天生就知道什么是公平。

但随即我们发现,老珍妮修女藏在帽子里的脸在笑。这太傻了,她说,你们难道看不出来吗?

珍妮·朱冈已经去天堂和上帝在一起了。

她怎么会在乎法国一栋老房子上的门牌?无论她在人间被夺走了什么荣耀,现在早已获得了一百倍、一百万倍,甚至更多的荣耀。

她比我们任何人所能想象的都要幸福,珍妮修女说,她生活的那个世界的美丽超过世间所有人的想象。

我永远也看不到了,珍妮修女说,但"妮们"都会看到。

重点是要记住,珍妮修女说——她把"重点"读成"中点"——真相都会水落石出。而谎言,无论大小,最终都会露馅。说到这儿,她用手掌在空中一推,这滑稽的手势是在说:至于你们——就别再说假话了。

真相自己就会显露在我们眼前。这真是相当神奇的事。

上帝希望我们知道万物的真相,珍妮修女说,无论大小,因为那样我们才能了解上帝。

就这样,老珍妮修女以她惯用的化繁为简的方法,告诉我们:"就是这么简单。"

补　药

到达州北部乡下疗养院的第一天下午，门廊前的病人已排成几排，像几卷麻布，伊路米娜塔修女离开人群，独自在小屋两翼徘徊。忍受过三等舱的拥挤、污秽和疾病折磨之后，她现在只想一个人静一静。在船上，她倾听每个可怜的天主教徒的不断哀求，从面纱和裙子下摆擦去非天主教徒对她吐的口水。在埃利斯岛①，她与摩肩接踵的人群挤在一起。这身修女袍为她赢得了一次肺部听诊待遇，但检查得很潦草。面红耳赤的医生早已不胜其烦，就连听诊器都是从胸口围兜插进去听的。之后，当

---

① 埃利斯岛，在1892年至1954年期间，曾是移民管理局所在地，许多来自欧洲的移民在踏上美国的土地之前，要在这里进行身体检查并接受移民官的询问。

汉尼根医生为她检查时,她才在修道院住了一个晚上。相比政府医生,汉尼根医生更无畏,检查得也更彻底,随后伊路米娜塔修女就被医生送到了疗养院。

当疗养院的护士——本身是慈悲修女会的一位修女——拦住伊路米娜塔修女,不让她离开人群时,伊路米娜塔修女说了谎,她说自己的修会规定午后必须一个人祈祷。她很快就回来。

正因如此,非常渴望安静的她才会走到小屋后面一处闲置角落——先前从车道上望过去,她看见的那座冬天的阳光房,如今盛夏正被用作储藏室。修女手里拿着念珠,在黑暗的大厅里转了一个弯,走进明亮的房间。房间里光影交错,朦胧的光线中满是星星点点的尘埃。这里又闷又热令人觉得窒息。床架和柳条椅四处胡乱堆放,白绿相间的地板在阳光下格外耀眼。如此沉闷的寂静正合她的心意。可突然间,有人发出的声音打破了寂静:那是一声长长的叹息,像风吹过水面,在闷热的空气中荡漾。

伊路米娜塔修女一下子就发现了他们:一男一女,半跪半蹲,在炙热房间的角落里,挤在一起,躲在铁床架的包围之中。两人的白色长袍都滑落到肩膀之下。他们以同样缓慢,时断时续的节奏在动。修女看到女人扭曲发力的颈部,白花花的乳房和褐色的乳头。她看到男人的肩胛骨,后背短小的椎骨抵着如纸一般薄的皮肤。男人在女人身上直起身,女人的身子向男人拱起。男人是个老头,不但后脑勺上的头发发白,整个肩膀上,一直到骨瘦如柴的胳膊上的汗毛也都是白色的。

那一瞬间,伊路米娜塔修女觉得这两人在暗处的挣扎有种天使的气质:扇形的肩胛骨、纠缠在一起的肉体、白色长袍的柔软褶皱,还有那尘埃飘洒的光线。但随后,两人嘴巴大张,因为发力变形,露出黑乎乎的洞——似乎瞬间出于本能,无助地张开口,要把已吸入的宝贵空气,短促而粗重地排出体外。

伊路米娜塔修女只看了一下,就转身离开了。那是一种欲望,她觉得。

那女人是位年轻母亲,来自富裕家庭,年纪跟伊路米娜塔修女差不多;她在当月就死了。而那个老头来自纽约州锡拉丘兹市,是个医生;就在伊路米娜塔修女返回修道院的同一周,他和家人也返回了纽约。修女和这个医生老头的肺部,据说都因为这次患病留下了永久伤害。

那是一种欲望。这是她当时学到,却在修道院洗衣的这些年忘记的东西。但当莎莉从芝加哥回来,这个词又重新在她的记忆中蹦了出来。露西修女只跟几位修女——伊路米娜塔修女、珍妮修女、尤金妮亚修女和老修女米丽雅姆——说了莎莉的发现。

她们在被修女谦虚地称为"食堂"的房间开了一个会。这个"食堂"其实是从前那个富人房主的会客室,现在看仍然格调优雅:天花板高高的,墙上镶着木板,还有富人花钱买的厚丝绸窗帘。修女们在这里吃简餐,也用这里来举办各种桥牌派对、女士茶会、圣诞聚会和街区穷人圣诞聚会,以及欢迎主教到访。一个可以让修女们用来向穷人和大众彰显圣威的房间。

修女们坐在光面的桌子旁,头上吊灯的小灯泡在深色木桌面上绽放着美丽的光芒,桌面看上去仿如星光闪闪的池塘。听露西修女说到她将莎莉带离莎莉母亲"不检点"的现场时,伊路米娜塔修女回想起她曾在那个偏僻疗养院里看到过同样的池塘,同样的星光点点。她又想起了那里的池塘,寒冷的夜晚,远处黑暗中高大的黑松,以及空气中飘散的松树味道。她又感到肺部留下的永久伤害的疼痛,又想起了那个医生老头。

她又想起第一天到疗养院,下午曾见到的那一幕,想起她曾学到过却又忘记的一课——那是一种欲望。

露西修女此时正在说修会收到的地产,一座位于长岛的庄园。修会计划将这座杂乱无章的建筑改成老人院,说不定哪一天还会成为医院。这是修道院的公务,伊路米娜塔修女称其为"楼上业务",这些她不感兴趣。在她看来,这种花钱的浮夸的事。跟为生病的穷人服务一样，都是工作。当然，这是好事，要感谢那个天主教家庭的慷慨，他们把土地留给了修女。但露西修女说，这块地不会无偿交给她们。不过，芝加哥圣母院会与这里的教区合作，主教也已经同意了。妇女救助会有些好心女士已经主动替她们的丈夫请缨，其中包括华尔街银行家等成功人士。

这一切都出于善意，但也掺杂着贪婪。伊路米娜塔修女从露西热情洋溢的讲话中听到以下关键词：耕地、房子、银行、抵押贷款、主教，还有红衣主教。

露西修女说，这功德将远胜修女们挨家挨户上门服务。

俗世的雄心壮志，伊路米娜塔修女心中暗道，倒很适合露西修女那张男性化的脸。接着她心中暗暗祈求上帝原谅自己的毒舌。

鉴于目前的情况，露西修女说，现在可不是给妇女救助会的女士们添加麻烦的时候，也不是把在修道院洗衣快二十年的寡妇扫地出门，惹得邻里流言蜚语的时候。

伊路米娜塔修女将目光从桌面反射出的点点灯光上抬起，又感受到肺里久违的疼痛，还有她那肿胀的膝盖。她知道，终有一天，也许就在不远的将来，下楼洗衣服，再上楼，对她来说会变成一项不可能完成的任务。即使现在，她心里也再清楚不过了，如果没安妮帮她,修道院要洗的一半衣服,不,大部分衣服,她都没法应付。如果解雇安妮,修道院肯定会给她指派一位更年轻的修女,或者安排附近需要维持生计的寡妇接替安妮。那样的话,她在安妮时不时善意的纵容之下,大多时候虽坐在熨衣板旁的椅子上,但其实是在打瞌睡的事儿就会彻底暴露。那样的话,她就不能再洗衣服,而是每天早上会被派去市政大厅、地铁口,或者是繁忙商店的前厅,把编织篮放在腿上,等好心人的施舍。你还别说,她现在用的拐杖倒可以博得一些额外的同情。

露西修女正说道:"但如果伊路米娜塔修女还愿意留着安妮的话。"

所有人都将目光投向伊路米娜塔修女。措手不及的她只好极其严肃地点点头。

"那暂且不管她是否会改正错误,"露西修女说,"我建议先把她留下来。"

然后,她们把安妮叫进房间。安妮站在修女面前,双手合十,背脊挺直。"我没错"是她的回答。

教堂里的光,如同圣卡上画的圣光,再一次从高高的窗户上倾泻而下,洒在女孩的肩膀和低下的头上。莎莉蹲在修女身边的地上,身子靠在修女腿上。第九小时的祈祷刚刚结束。现在,只有趁母亲不在时,莎莉才来修道院。她们依然说安妮是去商店了,就好像不想让安妮下午跟男人见面的事打击她们的信仰,打击她们一直所坚持的圣洁。

那是一种欲望,伊路米娜塔修女这样告诉莎莉。

我们的母亲在回忆此事时,说的是"渴望被安慰的欲望"。

伊路米娜塔修女不知道该如何讲述肉体、女人和男人之间的事,她对这种事的认识也很有限。

伊路米娜塔修女将手放在女孩的头上。在浆得硬邦邦的修女帽的允许之下,尽可能俯身靠近她所熟悉的莎莉的漂亮头发。"我们可以为你母亲的灵魂祈祷,"她说,"通过我们的工作,就像我们为深陷炼狱中的灵魂所做的那样。"她停顿了一下,感受到她所理解的话语中那古老的确据之后,又道:"也许你还可以做点其他赎罪的工作。以你母亲的名义祈求上帝宽恕。"

"我不喜欢护理别人,修女,"莎莉倔强地说,"照料别人我做不来。"

"不一定是护理,"伊路米娜塔修女说,"不一定非得跟修会有关。"莎莉靠在修女的腿上,抬头看着修女,等她给出解决办法。修女感受到这个年轻女孩骨子里的急躁。其实莎莉打小就有这个毛病。直到现在,伊路米娜塔修女才不得不承认露西修女说得有道理。露西修女曾说莎莉不适合当修女,更适合成家,现在想想,这话真说的一点没错。

"在你母亲准备自己赎罪之前,"伊路米娜塔修女说,"你可以以你母亲的名义做些好事。"

莎莉眯起眼睛,似乎听懂了修女的意思。她那朴实可爱的脸庞现在已不像小时候那样幼稚。今天,莎莉在脸上涂了一些粉,以遮住脸上若隐若现的雀斑,干裂的嘴唇上还涂了玫瑰色的口红。蒂尔尼先生给她在酒店茶室里找了一份小工,每周工作三个下午。在伊路米娜塔修女看来,化妆就意味着女孩时代的终结。

"通过补赎,"伊路米娜塔修女说,"为你母亲,为她的灵魂救赎争取机会。"

这时,头上传来修女们离开小礼拜堂的脚步声。今天只有少数修女返回了修道院,大部分修女都留在外面工作,为附近的人提供帮助。

"也许我们可以力所能及地帮助一些可怜人。老妇人也许喜欢你陪她,附近的年轻母亲或许需要你帮忙照看孩子。我们可以问一下修女,给你找一些你能做的好事。为你母亲,为她的灵魂得到救赎出一份力。"

这时,伊路米娜塔修女听到地下室楼梯上传来珍妮修女轻盈的脚步声。莎莉将脸颊贴在修女的大腿上。"她不会的。"莎莉说。伊路米娜塔修女听得出来,这女孩说起话来和安妮一样倔强。"她不会改的。她称呼那个男人'亲爱的'。"

"我们会给你找点好事做。"伊路米娜塔修女提高音调,又大声重复了一遍,暗地里希望珍妮修女听到。她知道自己这么做有点虚荣,这么久以来她一直在暗地里跟其他修女较劲,希望眼前这女孩更喜欢她,这真是有点冒傻气。"祈祷和善行一定可以感动我们的上帝,让你得偿所愿。"

莎莉又抬起头。伊路米娜塔修女惊讶地发现,莎莉的眼中并没有泪花,棕色深邃的眼睛里流露出她小时候要恶作剧时的眼神。"科斯特洛太太,"莎莉低声说,"露西修女觉得她是在装病,但我不这么想。她一个人在家时,我可以过去陪陪她。她讨厌一个人待着。"莎莉的浅色眉毛扬起,一脸孩子恶作剧的神情。"我可以趁科斯特洛先生不在,去陪科斯特洛太太。"莎莉说,"不知道我母亲知道了会怎么想?"

这孩子的想法让伊路米娜塔修女既震惊又沮丧,她刚要出言反对,可一抬头,看到珍妮修女正靠在楼梯栏杆上。站在午后明亮的阳光下,她只看得清珍妮修女的轮廓,珍妮修女一只手放在胸口上。

伊路米娜塔修女伸手搂住莎莉,抚摸着她柔软的头发。暗地里和珍妮修女争宠是罪恶的，这事绝不能说出来，也不能承认。她希望在所有修女中，这个迷茫的孩子最喜欢自己。至于为什么会有这么莫名其妙的念头，她无法解释。或许，这也是一种欲望。

于是，伊路米娜塔修女说道："这真是个好主意。"

慈　悲

圣方济各酒店的洗衣房与修道院昏暗高效的地下洗衣房大相径庭。但每天下午来到酒店和在酒店工作结束之后，莎莉依然情不自禁受其吸引，她特意从酒店洗衣房路过，就为了闻一闻蒸汽的味道，看一看洗衣工人热火朝天的工作。酒店的洗衣工大多都是中国男人，他们只在莎莉经过时抬头瞥一眼，然后就继续忙工作。

莎莉可以滑稽又惟妙惟肖地模仿那些洗衣工吵架的样子，还表演给伊路米娜塔修女看，可修女看了没乐。"离那些男人远一点，"修女对她说，"小心他们跟你动刀子。"

蒂尔尼先生在酒店茶室给莎莉找了一份工作，每周上班三天，从下午两点工作到晚上六点。这是目前蒂尔尼先生能找到的最好工作了。干净利落的灰色连衣裙配白色围裙,鸭舌帽加发网,纯黑皮鞋——这是莎莉在地下更衣室分到的工作服,酒店员工都在此换衣服。她很快就熟悉了楼上工作应该注意的事项。主管说她学得很快,是个好女孩。

每天早晨,她都等候在科斯特洛太太家公寓的台阶上。

等修女来了,她就跟着修女上楼,然后在整洁得堪称空旷的科斯特洛太太家里做家务。等修女结束工作离开之后,从接近中午直到午后,她会一直陪着孤独的科斯特洛太太。这几小时的时光让莎莉心中惴惴不安。

在此期间,科斯特洛太太会漫无目的地聊天,有时会责骂她,有时就坐在轮椅上,在窗边悄然入睡。

在这些日子里,等修女忙完离开,科斯特洛太太悄无声息地打起盹来之后,小公寓里洒满了可怕的如胆汁一般颜色的光线。不管莎莉往哪儿瞧,总能看到令她心惊的东西。梳妆台上科斯特洛先生的梳子,齿缝里夹着他暗黑色的发丝。一条出自科斯特洛太太之手,因修女督促"别让手闲着"而做的手艺不精的粗麻桌布。科斯特洛太太的婚纱照。遗忘在床头柜下,突然冒出来的深色袜子——另外那只是不是正躲在母亲床下?男人的短内裤、长内裤——她趁科斯特洛太太睡着时打开过抽屉——和手帕分别整齐地叠成排,中间放着一本翻旧了的祈祷书。桃木梳妆台颜色发暗，近乎黑色，可每个抽屉内里却是一片惨白，触目惊心的对比不禁让人联想到被开膛破肚的木头，忍不住想转头不看。抽屉里放着叠得整齐的科斯特洛太太的睡袍、丝袜和内裤。有个棕色信封装着结婚证。他们已经结婚二十年了。有一张科斯特洛太太在圣查尔斯教堂的洗礼证书。根据证书来看，她今年已经四十二岁了。有一张布鲁克林圣十字公墓的公墓地契。还有一张折过很多次的纸，上面有金色的印章，像挂在教室里的奖状，上面说科斯特洛先生是美国公民。

男人的长裤和衬衫都放在小衣柜里，旁边挂着科斯特洛太太为数不多的几件衣服。小衣柜最上面的架子上摆着科斯特洛太太的两顶毡帽，与科斯特洛先生的草船帽和浅顶软呢帽并排摆在一起，如果需要的话，这可以进一步证明这两人是夫妻。

科斯特洛先生的白色送奶工外套，本来挂在卧室门后的钩子上，现在则耷拉着肩膀，领口翘起，好像科斯特洛先生本人转过身，在莎莉面前羞愧难当地低着头。

在那个年代，莎莉对男女之事懵懵懂懂，母亲曾简短地教过她一点"她应该知道的事"。除此之外，就是听学校里的女生，以及大街上的粗鄙男生冲她喊而了解到的只言片语。什么男人的老二、臀部、小屁屁、下身。还有火车上那女人蠕动的小指。

小时候,她有时候会在大街上看到男人当街小便,但都仅一瞥而已,母亲会在后面催促她快点走过去,母亲总说那是因为男人喝多了。去年夏天,在跟着露西修女学习期间,她可真是大开了眼界,亲眼目睹了此前从未见过的那么多裸体:屁股、四肢、乳房和胸部,两腿之间当啷着粉嘟嘟东西的男婴,毛发全无的老太太——她们私处的毛发像嘴里的牙一样都掉光了。莎莉渐渐悟出来一点,好像有一股奇怪的力量会吸引人们把目光投向身体最苍白、最肮脏、最悲哀之处。她还记得露西修女有一次正在用海绵给老人洗澡,修女用打了肥皂的布擦拭老人的"火鸡脖子"——那"火鸡脖子"两侧各枕着一只颜色淤青的肿胀麻袋。"转过身去,"当露西修女看到目瞪口呆的莎莉时说,"小孩子不要看。"

但莎莉搞不懂,这股奇怪的力量与母亲和科斯特洛先生在她家,在那个曾经属于她的卧室里发生的事有什么关系。那个东西,伊路米娜塔修女所说的"欲望",为什么会让母亲选择了那个送奶工,还称呼他"亲爱的",甚至心甘情愿背负修女们所谓的弥天大罪。而修女们即使到了现在仍大多对母亲的事三缄其口。

母亲此刻身负弥天大罪,她所走的每一步,呼吸的每一口气,都有堕入毁灭深渊的危险。清晨,当母亲下楼,独自走上熙熙攘攘的街道,手推车、卡车和汽车横冲直撞,每个角落都充斥着推推搡搡的疯狂的陌生人,身边却没有女儿这双额外的眼睛的看护。母亲现在正过着危险的日子。等母亲到了修道院,还要下一组楼梯。地下室里的火炉在呻吟,轧布机在咯吱作响。如果母亲被火或水困在地下室怎么办?开水烫伤她怎么办?如果伊路米娜塔修女架子上的有毒药水跑到她茶里怎么办?或者在洗奄奄一息的女人睡过的床单时,肺炎、肺结核、流感从脏水传染到她的肺怎么办?现在的时节,夜色越来越黑。回家的路有时会因为下雨而变滑。母亲和科斯特洛先生在下午偷偷见面,吃煎火腿和鸡蛋,躺在寒冷和昏暗灯光下的床上,这更是罪上加罪。然后,还有漫长的夜晚,家中只有母亲一个人,母亲有没有像她小时候那样,会因为吉姆的缘故,检查炉子是否关好?检查过门上的气窗,母亲从椅子上下来时,有没有小心?如果母亲在夜里手抓住心口大喊,会有人听见吗?

母亲整日都活在危险之中,恶魔正伸着沾满污垢的尖尖指头,亦步亦趋跟在母亲身后,等着采摘这颗随时瓜熟蒂落的果实(莎莉曾在布道中听过这个说法)。母亲背负着弥天大罪,如果她现在死了,谁也没法阻止她堕入魔鬼的怀抱,永不超生。

那吉姆又该怎么办?莎莉心想,似乎在为根本没人反驳的自己辩护,正在天堂等着母亲的父亲该怎么办?

没人可以阻止母亲堕入罪恶的深渊,但也许……也许她的好女儿可以为她求得上帝的宽恕,为此她女儿正强忍恐慌,放下自尊,压抑着想逃跑的冲动(这冲动让神经在不停地抽搐),只为帮助科斯特洛太太打发寂寞无聊的午后时光。纵使自己心中已烦恼万分,却还要倾听科斯特洛太太的胡言乱语,忍受这个女人对她的嘲笑,盯着空房间无所事事,每天上午十点左右,瞧着洒满房间,颜色好像尿液,又像胆汁的阳光。

目前的形势十分明朗:母亲心意已决。她称呼科斯特洛先生为"亲爱的",在母亲纵然粉身碎骨也在所不惜的决心面前,修女们似乎也束手无策。总得有人为母亲,为她不愿放弃的罪孽补赎。这除了深爱母亲的女儿,还能有谁呢?

今天早上来的是阿奎娜修女,她服侍科斯特洛太太坐在轮椅上,给她紧紧裹上科斯特洛先生的羊毛晨袍。阿奎娜修女叮嘱莎莉,一定看好她,别让科斯特洛太太把晨袍扔掉。阿奎娜修女说,科斯特洛太太受了寒,正在发烧。莎莉瞧着修女正搅拌放在科斯特洛太太早茶里的塔塔粉,阿奎娜修女说,这东西可以缓解便秘。然后,修女把一块浸过亚麻油的绒布放在女人胸前。离开公寓之前,修女用研杵磨碎两颗阿司匹林,嘱咐莎莉把药混进她从修道院带来的苹果酱里,这样虚弱的科斯特洛太太就不用费力咽下整颗药了。"只给她吃稀的苹果酱，"阿奎娜修女叮嘱道，"别给她吃里面的苹果块和果皮。"

阿奎娜修女是个矮胖的假小子，宽宽的脸盘，一副街上警察就事论事的威严模样，一双黑色的小眼睛微微有些对眼。她是新来的修女，以为莎莉每天早上来科斯特洛太太家是为了学习护理知识。

"遇到这种情况，要避免'激动'①。"阿奎娜修女用勺子把苹果酱舀进茶杯，然后把修道院的厨师，眼睛近视的奥黛特太太所削的著名块状果皮捞出来。"我说的不是找到帅气丈夫的那个激动。"她补充道。阿奎娜修女对莎莉的情况一无所知，只以为她是来帮忙的，所以说完这个笑话她哈哈大笑。"我们要照顾好病人，不能让食物进入病人气管，噎住，窒息。我刚说的是吸气，不是激动。"阿奎娜修女在自己的围兜上画了一条线，向下直到深色外衣，在难看的乳房下形成一个圈，这就是肺部。"肺部就是这样感染的。肺部感染，导致肺炎，我们可不希望出现这种情况。"

阿奎娜修女很快就走了。此时已是一月下旬。在这个结冰的季节，修女都很忙。阿奎娜修女披着斗篷，手放在莎莉的手臂

---

① 此处修女说的是 aspiration，有激动和吸气两个意思。

上,脑袋左右摇晃,好像需要两只眼睛都看一下才能锁定莎莉的位置。"你留在这儿,"修女站在公寓门口说,"能行吗?"

莎莉像从前那样点点头——去年,在去芝加哥之前,当有人夸她,她就这样点头。现在,面对这位对她、对她的困境和补赎行为一无所知的修女,好像只要还像从前那样点点头,一切就能回到天真无邪的过去,她现在所做的一切仅出于善意,是单纯的慈悲善功。

科斯特洛太太正在轮椅上打盹,呼吸起伏不均,喉咙里像有痰一样嚯嚯作响,莎莉在狭窄的卧室里又巡视了一圈。整个房间泛着一种脏兮兮的黄色调:天花板上有浸水留下的芥末色水渍,墙纸之间的缝隙都已呈淡褐色;蕾丝窗帘拉开后的窗户是扎眼的旧纸张的颜色;暖气片一直发出嗞嗞嗞和叮叮当当的声音,听起来像浑浊的街水正汩汩流入生锈的下水道。

莎莉悄悄绕过阿奎娜修女整理好的床铺,来到床脚的小嫁妆箱前。她漫不经心地打开一条缝,一股雪松的味道迎面而来,她瞥见里面放着叠好的床单。这时,科斯特洛太太好像动了一下,莎莉马上合上箱子。

她走到梳妆台前。两个瓷面娃娃靠在一起,身上穿着差不多的服饰,长袖上衣,长裙,衣领和袖口的蕾丝边已经发黄,褪色的裙子上织有模糊的条纹。一个娃娃穿的是蓝色裙子,另外一个是紫色裙子。紫色裙子娃娃的一只眼睛按进脑袋里。两个娃娃脸上布满细小的裂痕。莎莉拿起紫色裙子娃娃,惊奇地发现娃娃的四肢里装了锯末或沙子,拿着很沉。

娃娃毫无生气的四肢似乎有科斯特洛太太本人的影子。

对刚脱离少女时代的莎莉来说,只要稍微发挥一下想象力,就可以让这些娃娃在想象中活过来——可怜的家伙,笑得一脸甜蜜,和姐妹孤独地待在架子上。可由于娃娃年代久远,再加上看到翻着的白眼,莎莉心生厌恶,打消了给予娃娃同情并想让它们活过来的女孩冲动。

"把它放下。"科斯特洛太太说。听得出她鼻子已经堵住了,科斯特洛太太虽然身体虚弱,可依然在发脾气。"那不是你的东西。"

莎莉把娃娃放回梳妆台上。"这一定是你的,"她向坐在轮椅上的科斯特洛太太走去,"是你小时候的娃娃吧。"

科斯特洛太太挣扎着要挣脱身上的晨袍,她扯着衣服的翻领,伸手去抓放在胸前的法兰绒布。"我很热,"她说,"把这东西从我身上拿下来。"

莎莉上前按住科斯特洛太太的手。在陪伴科斯特洛太太的这几个星期里,修女们教会她一招,这女人像个孩子一样很容易分心。"它们真是漂亮的娃娃。"莎莉将科斯特洛太太的手从晨袍上移开。科斯特洛太太手上戴着细细的婚戒,她的手指和胳膊如同鸟爪,厚晨袍下平坦和狭小的胸膛上摆着浸过亚麻油的法兰绒布。

科斯特洛太太抬头看着莎莉。惨白的眼睑上细小的血管清晰可见。"那是我母亲的娃娃,"她轻声说,"是母亲送给我的。"

"你母亲还活着吗?"莎莉问,突然意识到自己正在模仿火车上那个下流女人的声音,模仿那个女人的故作优雅,天真无邪。莎莉为自己的虚情假意感到脸颊发红。

科斯特洛太太摇摇头。"风湿热,"她说,"我也得了,但母亲却死了。我当时只有十三岁。"

"很遗憾听你这么说。"莎莉说。

"后来,"科斯特洛太太继续哀诉,"我就没再上学。我没法坐着不动,总得走来走去。我得了舞蹈症。我父亲试过各种办法,最后只能把我绑在椅子上。"——她呜咽了一下——"那可怜人又能有什么办法呢?"

"你就再没上过学?"莎莉问。

"我没法坐着不动。"科斯特洛太太发现莎莉刚才没注意听,心里因为还得再说一遍而感到不耐烦。"就连修女们也没法让我好好坐着。我就一直不停地走啊走,直到邻居们开始抱怨,敲天花板。"然后她又开始扯晨袍的翻领,莎莉再一次按住她的手。

"有什么用?"科斯特洛太太说。她不再挣扎了,空洞的眼睛看着窗外,身子在轮椅里换了个姿势。

"我痛,"她轻声说,眼神涣散,"我很痛。"

像所有修女一样,莎莉说的也是:"我知道。"这是惯用的应付之词,修女们曾跟她说过,对想象出来的疼痛,对脑子有问题的女人,对只想卧床睡觉的女人,只能这样,没有别的办法。"但你的病好了,"莎莉试图分散她的注意力,"你战胜了舞蹈症。你结婚了。"

科斯特洛太太貌似陷入了沉思,她点点头,好像花了些力气才终于想起来了。"是的。我好起来了。我嫁给了送奶工。他来到我们家门口,我父亲说:'欢迎你来娶她。'"

科斯特洛太太几乎笑了起来。今天早上,阿奎娜修女把科斯特洛太太的头发一分为二,扎紧成两条整齐的辫子,搭在她那棕色长袍的肩上。辫子让科斯特洛太太看起来像年轻姑娘,多少能让人回想到她过去的优雅。"我们是在十二月八日结婚的,"她咳嗽了一声,"在圣彼得和圣保罗教堂。"她咳嗽厉害起来,轮椅都开始晃。莎莉手扶着一个车轮,以免轮椅滚动。"那天特别冷,"她整句话都是咳嗽着说出来的,"我当时非常开心。"

咳嗽过后,科斯特洛太太整个人就瘫了,手脚重得像绑上了沙袋。她下巴低垂,双手垂在身体两侧,双目圆睁,空洞的眼睛盯着自己瘦弱的大腿。

在这种情况下,莎莉见过有些修女比较不耐烦,会拍打科斯特洛太太的手;有些会摇她的肩膀,喊她的名字。

"现在不再胡说了。"露西修女则会这样喊。

科斯特洛太太总能很快恢复神智。或许这也正证明了,她可能是装的。

今天,莎莉只静静等着,心里有点害怕,但也好奇科斯特洛太太这种状态会持续多久。结果证明只不过几分钟而已,可这几分钟却异常漫长寂静,充斥着暖气片的咝咝声,街上的车流声,以及窗前鸽子微弱的咕咕叫声。科斯特洛太太慢慢抬起头,眼神中又恢复了神智。

"我被抛弃了,我觉得孤独。"科斯特洛太太说。

她鼻子里有黏液冒泡的动静。

"我去给你拿块手帕。"莎莉轻声说。

莎莉走到梳妆台前,拿出科斯特洛先生的一条干净手帕,这是伊路米娜塔修女熨过的。她把手帕放在科斯特洛太太的鼻子上,像母亲过去常做的那样,手扶着科斯特洛太太的后脑勺,说:"擤。"科斯特洛太太对着手帕擤了一下,一边擤还一边像孩子似的双手握住莎莉的手腕。手帕里满是温湿的黏液。莎莉给科斯特洛太太擦好鼻子,叠好手帕。手帕的一角绣着科斯特洛先生名字的缩写,那是莎莉母亲漂亮的针线活。

莎莉突然意识到,其实她和科斯特洛太太一样,都被抛弃了,都感到孤独,是被科斯特洛先生与母亲的联盟抛弃了。

想到这儿,她突然冲动地一弯腰,将嘴唇凑到科斯特洛太太的脑袋上,对着头上干净的地方亲了一下。科斯特洛太太没洗头,头皮发烫,是发烧时那种不正常的热。她的衣服下面散发出亚麻油的味道。

有那么一会儿,科斯特洛太太只是坐着,一动不动,即使被莎莉亲了也毫无怨言。

当莎莉直起身,她看到一只鸽子的身影从蕾丝窗帘后的窗前闪过。那一刻,她想到了自己的牺牲,自己的慈悲善功,正飞到天上去弥补母亲的罪恶。

这时,科斯特洛太太的肚子突然咕噜噜作响,放了几个屁。

"带我去厕所!"科斯特洛太太喊道,"快点儿!"

莎莉动作飞快,倒推着轮椅离开窗户,将科斯特洛太太一直推到木制坐便器前。这期间科斯特洛太太又催促她快点,还试图用那只好脚站起来,可不但没帮上忙,反而帮了倒忙。一到便盆旁,莎莉赶紧抓住科斯特洛太太的胳膊肘,扶她站起来,然后弯腰抓住晨袍下摆。正当她俯下身,耳朵贴到科斯特洛太太的腰上时,科斯特洛太太打了莎莉后背一下说:"快点,你快点。"莎莉抓住厚重的晨袍和法兰绒睡袍的下摆,一起举到女人膝盖之上。她截肢的那条腿伤口上可怖的缝合线脚,像银子似的闪闪发光;伤口中间的皮肉皱皱巴巴,像团成团的袜子。那一大团晨袍很难拿住。莎莉想把晨袍抓在一起,可有一两次都滑了下来,最后连睡袍也跟着滑了下来。莎莉靠近科斯特洛太太,贴近她散发着浓烈亚麻油味道的胸口,胳膊绕在她瘦弱的身躯之后,成功地把晨袍和睡袍的下摆聚在女人苍白的背后。她搀着一条腿跳着的科斯特洛太太坐到坐便器上,在啪的一声坐下的同时,科斯特洛太太便开始排泄,莎莉一只手用力将科斯特洛太太的衣服举在身后,一边转过脸,尽量远离那股气味和喷射。

科斯特洛太太坐着,双肩下垂。"抱歉。"她说,然后轻轻哼了一声,又排出一摊尿液和臭气。

莎莉屏住呼吸,飞快擦了擦科斯特洛太太苍白的屁股,可粗糙的纸破了,湿漉漉的粪便顺着手指流下,莎莉差点哭出声。她用更多的纸把手上乱七八糟的东西擦掉,然后不那么温柔地扶科斯特洛太太站起来,拂好下摆,把她带回轮椅上,这期间她一直憋住气没呼吸。最后,她把轮椅推回窗前。

莎莉这时只想拔腿飞奔,将手指插进一碗消毒剂里。

"我去收拾一下。"莎莉说,"再给你拿点肉汤来。"

科斯特洛太太把手伸进睡袍,拽着阿奎娜修女放在她胸前的那块布。

"先把坐便器倒了。"科斯特洛太太说。她下巴抬起,态度傲慢,手上正忙不迭地拽那块浸湿的布。终于那块布被拽了出来,她把软塌塌的布放在鼻子前闻了一下,然后一脸不屑地把布,把阿奎娜修女的好意,丢在椅子旁。

科斯特洛太太立起晨袍的翻领,像女王一般命令道:"把这儿乱七八糟的东西拿走。"

那条狗——在科斯特洛太太的这次叙述中,只有一条狗——咬住科斯特洛太太的裙子,当她想把裙子从狗嘴里拉出来时,狗咬住了她的手。她狠狠踢了狗一脚,转身要走,却一下子被狗咬住了腿。她一边大声呼喊,一边打狗的头,她说打得啪啪作响,可狗咬着她的脚踝和小腿不放。她又大喊了一声,摔到了柱子上。她那可怜的脸,她说,蹭在粗糙的木头上,刮破了。当狗想把她拖倒时,为了保命她死死抓住柱子。她听到街上的女人正跑过来,上面的公寓也传出惊叫声。一个穿着衬衫和背带裤的男人捡起一块木板——院子里乱七八糟丢的都是垃圾——对着狗扔了过去。那个男人把科斯特洛太太抱了起来。这么多年过去了,她依然记得那男人有力的臂膀。

科斯特洛太太坐在窗边的轮椅上,又开始哭泣。

男人把科斯特洛太太抱回家,一路上那男人的背带一直撞着她受伤的脸颊。她的丝袜已经浸透了血,鞋子也不见了。一群拿着毛巾和围裙的女人匆匆跟来,在科斯特洛太太家把她团团围在中间,又翻出亚麻茶巾、驼色围裙、粗糙的印花布和一盒不知从哪儿弄来的消毒棉。她们撕掉科斯特洛太太的丝袜,她腿上的肉肿了,而且在渗血,血流得到处都是。她们把消毒棉粘在科斯特洛太太的伤口上。有人拿来一个盆子,有人从瓶子里倒出双氧水,科斯特洛太太痛得号啕大哭,伤口冒着泡,火烧火燎的。

"那已经是过去的事儿了,"莎莉轻声说,"我们换个话题,说点愉快的事吧。"她腿上放着的那碗肉汤已经凉了。

科斯特洛太太摇摇头。当时我的腿在抽动,她说,抽个不停,一直在抽动。等她丈夫科斯特洛先生回到家,惊得一下子跪到她躺着的沙发旁。房间里这时还有不少女人。她们让科斯特洛先生别管,别管那条缠着绷带的腿。她们用毛巾和围裙赶走了科斯特洛先生。科斯特洛太太缠着破布绷带的那条腿一直在抽动,抽个不停,而且肿了起来,像烤面包似的顶着绷带肿了起来,还渗出了绿色的脓液。绷带的颜色越来越深。她的脚趾也变黑了。那帮女人在屋子里横冲直撞。

一天清晨,她丈夫把她抱下了楼。奶车就停在家门前。他把她放在奶车上。她因羞愧和疼痛而放声大哭,引得一群邻居跟在奶车后面看热闹。

等再回家时,她丈夫正是用现在这把轮椅,推着她穿街走巷。

莎莉了解科斯特洛太太。讲起这个悲剧,她有时会痛苦生气地用牙咬嘴唇,有时——就像现在——只是啜泣,有时谴责那些邻居女人,有时觉得这都是她丈夫科斯特洛先生的错——那帮女人撵他走时,他没有坚持留下来。有时,她又会同情地摇摇头,说自己的丈夫是个好人,只可惜命不好——要怪就怪医生,没怎么征求他们的意见,就把她的腿给切掉了。有时,她只是因为丈夫用牛奶车把她送到医院而感到丢人。

今天下午,莎莉突然想起露西修女曾说过,即使那只狗不等咬伤科斯特洛太太就淹死了,她也会找其他的借口。她并不知道婚姻的责任是什么就结婚了。莎莉知道,母亲懂得什么是责任,也许还很渴望。

莎莉对此虽然不太懂,但感到自豪——这再次证明母亲很厉害,简直有无穷无尽的技能。

"你看见狗的地方,是谁家的院子?"莎莉问,声音里透着长时间待在这儿的百无聊赖。她打算接下来照搬露西修女简洁明了的回答对付科斯特洛太太:你应该管好你自己的事。

科斯特洛太太摆摆手。莎莉发现科斯特洛太太的晨袍在她的大腿上缠来绕去,她刚才没像修女那样整理好衣服。"我不知道那是谁家的院子,"科斯特洛太太不耐烦地说,"当时有个女人正在找一个男人,那男人把孩子绑在柱子上,用皮带抽。我去的时候,那女人和其他人正在大街上。我们都进院子里去找,可只有我被咬了。"

"太糟糕了。"莎莉说,"不过你现在好多了。"

科斯特洛太太看着莎莉,小脸上布满细小如裂缝一般的皱纹。"好多了?"科斯特洛太太问道,"怎么就好多了?"

科斯特洛太太开始流鼻涕。莎莉把肉汤放在梳妆台上,站起身,从科斯特洛先生的抽屉里又拿出一块手帕。"我怎么就好多了?"科斯特洛太太在莎莉身后喊,"天天一个人坐在这儿。"

"你不是一个人,"莎莉回道,"还有我在。"她用手帕盖住女人的鼻子。

"我被抛弃了,孤零零一个人。"科斯特洛太太的声音从手帕下传出。然后,她又开始抱怨:"我痛。"

莎莉把手帕叠好,给科斯特洛太太擦了把脸。她突然有种冲动,想把手帕塞进这个女人嘴里。

"我知道你疼,"莎莉木然道,"我知道。"

科斯特洛太太的麻烦无穷无尽,对她的关怀也无休无止。

莎莉从梳妆台上拿起肉汤。两块团成一团、满是鼻涕的手帕和那条浸了亚麻油、颜色发黄的毛巾,都还躺在她身边的地上。这些都需要清理。还要再过好几个小时,她才能去茶室值班。

科斯特洛太太的身体在椅子里蠕动,放屁,轻轻咳嗽。

科斯特洛太太貌似又要哭,但转而盯着窗外,瞧着近中午明亮的冬日阳光,两只眼睛睁得大又圆,眼神里却一片茫然。莎莉听到街上的车流声,听到急风一头撞在公寓大楼上。她的双腿和手臂又酸又痛,同时伴随着无法抗拒、忍不住就此逃走的冲动。这股冲动仿佛是她自己的"舞蹈症"。于是,她说:"我要走了。"

莎莉快步走进厨房。水槽里的一只蟑螂飞一般逃进下水道,她把剩下的肉汤跟着也倒进下水道。在她已经失去的家,她母亲的家,她们会把食物盖好,从不露天摆放。可莎莉还是把修女熬的汤留在了炉子上。等科斯特洛先生回家,肚子装满母亲的火腿、鸡蛋、吐司和茶,为什么不能自己收拾一下呢?他难道不该照顾自己的妻子吗?

莎莉没有洗碗,把碗留在水池里。她从客厅椅子上拿起外套穿上。戴帽子和手套的时候,她发现自己的手在颤抖。

卧室里传出科斯特洛太太的喊声:"你还在吗?"声音里能听出有黏液的动静。科斯特洛太太咳嗽了一声,又开始哭,继续问了一句:"有人在吗?"她发出一声呻吟,像绝望的小孩被自己突然的大声吓了一跳,随即愤恨地喃喃自语:"让他们都见鬼去吧。"

莎莉溜出门。"我明天会再来,科斯特洛太太。"她有气无力地喊道,但知道那个女人根本听不到。

一回到冰冷的街上,莎莉又开始为自己抛弃科斯特洛太太而感到自责。她又辜负了自己的良苦用心。那感觉像有一根大拇指狠狠按住她的胸口,就连灵魂似乎也因此蒙上了阴影。她深吸了一口气,像要驱散这股不适感。挡风玻璃、公寓窗户和白色砖头上反射的冬日阳光晃得她眯起了眼。不过,只要能离开那个闷热的房间,让她不再感觉压抑,即使走在寒冷的空气之中,也让莎莉心情愉悦。

这时,她突然想起阿奎娜修女留给她的阿司匹林。修女嘱咐把药拌到奥黛特太太做的苹果酱里,只给科斯特洛太太喝稀的部分,那是用来治疗她发烧的药。她又想起科斯特洛太太头皮上升起的热气。那是不正常的热,是发烧的症状。她脑中浮现出科斯特洛太太坐在轮椅上发烧的样子,她无用地呼喊着,体温越升越高,汗水顺着小脸流下,与嘴唇上的黏液混在一起,讲话时喉咙里有痰的动静。

等阿奎娜修女返回公寓,或者等科斯特洛先生回到自己家,看见蟑螂在白色搪瓷灶面上排成一队。科斯特洛太太则毫无生气地坐在椅子里,脸色焦黄。

莎莉今天到酒店比往常早了两小时。她从服务门进了酒店,走楼梯下到更衣室,绕了很远,穿过如迷宫一般的地下室。一接近洗衣房宽敞的大门,她便感觉到空气有了变化,漂白剂的味道直冲鼻子,蒸汽触摸着她的身体。潮湿的空气随着机器的每一次重击而跳动。从寒冷的外面进来,突如其来的热让手套里的手指发烫,她脱下手套。洗衣房的几道铁门都向里大开,抵在铺瓷砖的墙上。莎莉走过洗衣房。身穿白色衣服的男工人正在洗衣房里推着洗衣篮,将床单送进巨大的洗衣机,一个个忙得热火朝天。他们个个看起来高矮胖瘦都差不多。有人戴着白色无边帽,有两三个人背后还留着长长的黑辫子。洗衣房最远端摆着四台巨大的蒸汽熨烫机,个头大小看着像灰色棺材。每当它们喷出蒸汽,机器旁的工人就突然消失不见了。房间里还摆着两张熨烫桌,工人在桌旁挥舞着电熨斗,熨斗的电线向上一直连到天花板上。莎莉一直觉得这景象看起来很滑稽。

莎莉走进洗衣房。平常她只是路过,往洗衣房里瞥一眼,吸一口气,熟悉的味道让她回想起过去在修道院洗衣房的日子:伊路米娜塔修女总喜欢估算,今天要洗多少床单,要洗多少毛巾桌布。今天,莎莉却跨过门槛,走进了洗衣房。一个中国工人立刻抬起头,在喧闹的人群中喊了几声,挥手让她离开。莎莉回头对他笑笑,站在原地没动。那人见了耸耸肩,又继续忙自己的工作去了。莎莉不知道修女的话对不对。如果可能的话,他们会不会对她动刀子?到时候母亲又会说什么?

莎莉的左边摆着一个架子,比伊路米娜塔修女的架子更高更长,但和修女的架子一样,上面摆满了一盒盒的清洁剂和一瓶瓶的漂白剂,以及成桶的硼砂和上蓝剂,还有盐和石灰。一瓶氨水上有小小的骷髅头和两根交叉骨头的图案。在莎莉还小时,伊路米娜塔修女为了吓唬莎莉,让她不要乱动,称那个图案为魔鬼的标记。

伊路米娜塔修女已经上天堂的母亲,莎莉知道,曾经救过一个小男孩的命,另一个洗衣女工的孩子。那男孩吞下一大把明矾,把他的傻妈妈吓得不知所措,直给孩子灌水。如果不是伊路米娜塔修女亲爱的母亲一把推开那个女人,用小指头伸进男孩嘴里把东西抠出来,伊路米娜塔修女说,那男孩就会噎死,或者在陆地上被水活活呛死。

每次讲起此事,伊路米娜塔修女总会在故事结尾心满意足地说,那男孩长大后成了一名神父。

此时,莎莉突然冲动地伸手碰了一下那个魔鬼标记。又有一个中国人对她大喊大叫,手里挥舞着毛巾,示意她离开,就好像她是一只应该被赶走的鸭子。莎莉收回手,发现指甲里有褐色的污垢。此刻她虽然身在洗衣房,空气中弥漫着肥皂和漂白剂的气味,可她好像还能闻到科斯特洛太太排泄物的臭味。

莎莉拿起架子上的氨水瓶,迅速转身出门,沿着狭窄的走廊走,拐了一个弯,进了员工共用的女厕所。她用塞子堵住一个洗手池,把热水调到最大,给池子里面灌满热水。她往里面倒入氨水,一股刺鼻味道扑面而来。同在茶室工作的一位贤妻良母型女孩,正站在盥洗室的另一头。她走到莎莉身前的水池旁,皱着鼻子,呆头呆脑慢条斯理地问:"这是怎么了?"见莎莉将手伸进水里,女孩目瞪口呆。

水温虽然不高,不会烫伤皮肤,但破皮的地方受到氨水刺激,莎莉忍不住倒抽了一口凉气。氨水味冲进鼻子,一直冲到眼睛上。莎莉转过头,屏住呼吸,手一直放在水池里。

"这是现在的新规定吗?"女孩问得更急切了。她捏住了自己的鼻子。她头上的黑发沿着高额头被直直剪掉,看起来很傻气。"他们现在要求我们这样洗手吗?"

莎莉点点头,不得不呼出一口气,然后笑了。她说,是的,现在要求在茶室工作的姑娘都要用氨水洗手,接着又提了卫生检查员。听着自己说的这个谎话,莎莉心中只觉得好笑,但并不吃惊,她发现自己很擅长搞这种小恶作剧。水很快就变冷了,她在水里搅动双手,用指甲清理了指甲缝,然后又搅了搅手。"现在有很多人生病。他们要我们小心点。"

那女孩想了想。她是个身材高大的姑娘,穿着便服:一条羊毛裙和一件不合身的外套,裹着宽阔下垂的胸部。在莎莉看来,这女孩穿上茶室制服,显得人更干净,再加上围裙和帽子,看起来甚至更精神。这张脸和身材天生就是为服务而生。

莎莉发现女孩在看氨水瓶里还剩下多少氨水,于是说:"请自便。"

两人肩并肩,捧起气味刺鼻的水,一起洗手,然后再把水倒掉。

后来,当我们的母亲讲起此事时说:"就像是一对本丢·彼拉多。"

那天下午,茶室里来了一对可爱的人——一对母女。她们像商人一样在商议女儿要在这个酒店举行的婚宴,婚礼将在即将到来的六月举办。母亲是位优雅的女士,头上戴着刚好遮住眼睛的面纱。女儿身穿可爱的套装,白色宽领,束腰。两人身上都散发着一股柔和的香水味。她们低头凑在一起。橘子花,莎莉听到她们说,千金子藤、丁香和山谷百合。莎莉听到她们谈起六月的天气、香草蛋糕和冰镇柠檬水。

等两人走了,莎莉在她们坐的桌子底下发现了一块淡紫罗兰色的亚麻手帕,漂亮的手帕叠得整整齐齐,上面同样散发着那两个女人的香水味。莎莉把手帕放进自己的包里。

下班换衣服时,母女俩说的那句话好像歌曲的回音,或是祈祷词,在莎莉脑中不断闪现:千金子藤、丁香和冰镇柠檬水。

当莎莉回到大街上时,天已经黑了,寒冷刺骨。手套已经被她扔了,她只好双手直接插在口袋里,鼻子里还能闻到手上残留的氨水味。

橘子花和山谷百合,千金子藤和冰镇柠檬水。走着走着,莎莉心中突然闪过一个念头,如果被遗弃的科斯特洛太太今天下午孤零零地死在轮椅上,那母亲和科斯特洛先生就解脱了,可以自由结婚。说不定,就在即将到来的六月。

圣　洁

第二天早上,当莎莉隔着卧室门告诉蒂尔尼太太,说她今天要睡懒觉时,蒂尔尼太太说:"好的。我相信修女没你也能过得很好。好好休息。"

蒂尔尼太太很高兴,还以为这女孩已经厌烦了行善必须付出的代价:保持圣洁、忍受孤独和自我牺牲。

蒂尔尼太太只知道莎莉的职业生涯一开头就碰了壁,现在每天早上又跟着修女,是想重整旗鼓,再试一次。而莎莉和母亲之间的别扭,蒂尔尼太太认为完全是另外一回事。

第二天早上,听莎莉在早餐桌上宣布,她不用再去给修女帮忙时,蒂尔尼太太笑了。她告诉同坐在桌旁的女儿,她们现在的任务是要让莎莉"享受点人生乐趣"。她饱含同情和宽容地说:"她们对你的要求太过分了,要你做修女。那可是艰难的生活。即使不做一个大圣人,上帝也不会记恨你的。我们不都是人吗?我们每个人不都在努力活着吗?"

蒂尔尼太太对修女心怀敬佩,那些身穿黑色长袍、戴着白色帽子的修女们在城市的大街小巷中穿梭,如春风送暖,哪里需要善行,她们就在哪里出现。

每次遇到修女,蒂尔尼太太总不忘打招呼:"早上好,修女。""你好吗,修女?"每当看到修女乞讨,蒂尔尼太太都要给修女施舍篮里放一两个硬币。安妮对为修女筹款的社会名媛不屑,这点蒂尔尼太太可以理解,但各个修道院举办的集市和牌会蒂尔尼太太次次都不落,为了帮助修女,她把丈夫的钱大把花在围裙、抽奖券和织毯上。

这世上,修女比懒惰的教区神父做的好事更多,蒂尔尼太太常把这话挂在嘴边,尤其在和丈夫辩论时,尤其在她丈夫得知她把一周家用挥霍在某修道院举办的牌会上,或者把他所谓的"超过他们该出的钱"捐给某个勇敢的小修女,送她去异教徒的土地传教后。

蒂尔尼太太会说,与这些圣洁的女人相比,神父就像是被妈妈娇生惯养的孩子。"那些教会的小王子,宝贝,"即使仅仅为了激怒丈夫,她也会说,"那帮被宠坏的孩子。一切靠的都是修女。"

蒂尔尼太太喜爱修女,嘴上总说崇拜她们,但内心却认定一点:凡是选择终身不嫁,甘愿为陌生人牺牲自己的女人,无论这女人是谁,肯定"有点奇怪"。

蒂尔尼太太是虔诚的天主教徒,但她心知肚明,每次做完弥撒,自己更喜欢去逛热闹和湿热的大街,而不是去阴冷潮湿的圣器收藏室;她更喜欢与人聊天,而不是默默祈祷;她更喜欢明媚的阳光,而不是闪烁的烛光。

蒂尔尼太太笃信天主教,但比起听祭坛上的人宣讲,耶稣为了拯救所有人,他的肋旁被刺出血和水,更令她动容的是,瞧着六个孩子在教堂长椅上调皮捣蛋,玩得满脸通红。

蒂尔尼太太并不反对所有人被拯救。她感激天堂的存在,同时确信自己将会进天堂。她把圣母当作她的第一闺蜜。她喜欢教会为生活带来的秩序和确定性,为她安排四季、每星期和每一天的生活,指导她认识这个世界,以及如何排解忧伤;她喜欢赞美诗,喜欢祈祷文,喜欢教会为管教自己那些不听话的孩子而提供的各种便利:神父、修士和修女,还有用起来很方便的可起到震慑作用的永恒诅咒。

但说到圣洁,蒂尔尼太太则认为很无聊。

她喜欢混乱、忙碌、热闹,喜欢家里到处都是衣服、灰尘、杂志、书籍、跳绳、棒球棒和牛奶瓶,喜欢看到满溢的烟灰缸,闻到烟头的味道,喜欢喝几杯酒的男人,喜欢桌上堆满装着酒的酒杯;她喜欢忙了一天之后一头倒在没铺好的床上,倒在打鼾的丈夫身边——床单下可能还躲着一两个孩子——昏昏欲睡地念圣母经,从来不等念到"求你在我们临终时,为我们罪人……"时,就呼呼睡着了。

在她看来,教会所说的一切都会以死亡结尾。虽然她理解这其中的必要性和逻辑,但对这个话题从来不怎么感兴趣。

有时,我们的父亲会引用她的话,说:"大家一起死,这难道不滑稽吗?总是说什么在我们生命的尽头,有什么好担心的?"

相比担心死亡,蒂尔尼太太更喜欢活着时过得有滋有味。她喜欢酣畅淋漓地去跟生活战斗。她喜欢长谈,聊很多八卦;她喜欢丈夫的热情高涨,喜欢孩子们的调皮捣蛋:奔跑,欢笑,怒气冲冲,满肚子鬼心眼;她喜欢家里面人多热闹,声音大得像唱歌则更好;比起听到歌功颂德,她更喜欢听犯罪的故事;她喜欢与别人针锋相对地辩论,讨厌无所事事和长久的寂静;她不愿意看到一个人做事,身边连个伴也没有。

当露西修女近二十年来第二次突然出现在她家门口,身边站着浑身湿透、到底还是没去当修女的莎莉,当蒂尔尼太太听到安妮下午偷情的消息——还是和那个送奶工,她其实心里暗暗开心。

"你说出来了!"蒂尔尼太太想告诉她的朋友,她用行动说出了对自己一成不变的悲惨生活的反对:丈夫死了,独自抚养女儿,天天辛苦劳动,忍受孤独,肩负着一生不变的枯燥职责。事实上,当蒂尔尼太太又见到安妮时,她说:"下午享受一两个小时,算不上什么罪过。"

所以,当那天早晨,厨房桌上早餐的盘子、杯子和面包渣都还没收拾,身上还穿着睡衣的莎莉宣布"我以后不再跟着修女"时,蒂尔尼太太只会微笑。那是一个寒冷阴沉的早晨,冰冷的雨落在窗外的院子里。莎莉不用在这样恶劣的天气出门,去护理病人,蒂尔尼太太为此感到开心。"哦,早上起来很好,"蒂尔尼太太又泡了一壶茶,边唱边说,"但更妙的是继续赖在床上。"

随后,还不到两周,科斯特洛太太便患上了肺炎,而科斯特洛先生决心"改邪归正"。安妮将此事告诉蒂尔尼太太,说的时候并没流泪,反而似乎因此而更爱那个男人了。科斯特洛先生与她断了关系,还去彻底忏悔。安妮说:"就是这样。"

"那你呢?"蒂尔尼太太问,"你也彻底忏悔了吗?"

安妮"嘘"了一声,让她小点声,此时两人正手拉手走在树叶都已掉光的寒冷的公园里。安妮说她在教堂几乎都不提这事,更不要说讲给神圣的神父听。那可怜的神父听了还不得尴尬而死吗?

两人笑得靠在了一起,但彼此心里都清楚,像她们这样笃信上帝,安妮的灵魂会因为不忏悔而危在旦夕。"你可以简短忏悔一下,"蒂尔尼太太建议安妮,"不用细说。"

安妮倔强地摇摇头:"我对这事一点儿也不后悔。"

当天晚上,即二月初一个下雨的夜晚,莎莉从酒店下班,回到蒂尔尼太太家,上楼进了自己的房间。一小时后,她要和蒂尔尼太太家的双胞胎去看电影。莎莉刚脱掉鞋子和丝袜,正用毛巾擦干头发时,听到有人轻轻敲门。蒂尔尼太太走进来,把门关上,背靠着门,双手放在身后的门把手上。蒂尔尼太太的脸蛋通红,好像也刚从寒冷的外面回来。

"有件事应该让你知道,"蒂尔尼太太开门见山道,"现在情况有变。是关于你母亲的。"她盯着莎莉,似乎想看她是否有话要说,见莎莉一句话没说,心中略感失落。"那人不再去找你母亲了。他妻子病了。他觉得应该回去照顾自己的老婆。"蒂尔尼太太眉毛扬起,你现在明白我的意思了吗?随后,她欣慰地笑了,就好像莎莉已经说了"我明白"一样。

事实上,莎莉一句话也没说。

蒂尔尼太太直起身,手伸到身前,虽然没湿,但还是在围裙上擦了擦。"当然,我们这儿永远欢迎你。"她说,"只要你愿意,你想住多久就住多久。但如果你现在想离开,回自己家,也没人说什么。"

蒂尔尼太太抚平裙子外面的围裙,心中的激动无法自已,就连说话的声音都变得紧绷了。"现在你家里只有你母亲,"她说,"只有她一个人。"

静　止

阳光已经照进卧室,可科斯特洛太太家的灯都还亮着。两位修女,珍妮修女和露西修女在默默忙碌,房间里一片肃穆。莎莉到的时候,珍妮修女正把干净衣物放进抽屉和柜子里;露西修女从科斯特洛太太躺着的床边转过身,脖上挂着听诊器,在银色十字架和白色围兜的衬托之下,听诊器看起来黑乎乎的。科斯特洛太太的小脸消瘦。露西修女告诉珍妮修女,科斯特洛太太现在"虚弱得像只小猫"。窗边角落里放着如同子弹形状的氧气罐,旁边还有一顶颜色惨白的折叠氧气帐。

露西修女抬起头,瞥了眼站在卧室门口的莎莉,淡淡道:"你来了。"

露西修女用她那只扭曲变形了的手捋了下袖子,从口袋里掏出自己那块皮表带已破旧的腕表。"好了,我该走了。"她说着挽起莎莉的胳膊,带她走出房间。"你是要在这儿待一会儿,还是顺便过来看看?"露西修女问。她转动的眼珠和嘴型已经预示,不管莎莉怎么回答,她都不会满意。"有人说,你已经放弃了当修女这项特殊的慈善工作,"她接着说,"这没关系,这不是你的义务。你也从来没有义务来这里。但珍妮修女已经筋疲力尽了。在科斯特洛先生回家之前,她需要有人帮她一下。科斯特洛太太的病正在恢复中,但速度很慢。"——修女隐在帽子里的眼睛眯着——"如果可以的话,科斯特洛先生马上就会回来。但现在每天早上都得这样。你听到我说的话了吗?"

莎莉说:"我知道了。"

露西修女伸手去拿自己的斗篷,因为早上淋了雨的缘故,斗篷到现在还湿漉漉地滴着水。露西修女一挥手,将斗篷披在肩上,脖子上的听诊器一下子和十字架的链子缠在一起。"科斯特洛太太会活下来的。"修女这样说给人感觉只是画掉了今日需要完成的一项待办事项。"她丈夫会改过自新的。"修女脸上露出一丝浅笑,手向后拉拉面纱。"我确定我们的上帝是不会讨价还价的,可人们却不这么想。荒唐啊。科斯特洛先生祈求上帝让妻子活下来,科斯特洛太太却在祈求上帝让她死去。也不知道上帝到底该听谁的。"

露西修女不屑地鼻子一哼。"但上帝心里清楚,"她说,"科斯特洛太太之所以还活着是因为有我们在。"

露西修女拽下听诊器,如往常一般气呼呼地把它塞进自己的小黑包。"科斯特洛先生大约十点回来,最迟十一点。如果你不想跟他碰面,没人怪你。但你得多待一会儿,让珍妮修女喘口气。"

露西修女提起包,扫了一眼整个房间。"拿块抹布把那些灯罩擦了,"她接着说,"还有灯底座。厨房里有面包黄油,几个煮鸡蛋,还有苹果酱。让珍妮修女也吃点东西。烧壶水,给她们泡杯好茶,多加点牛奶和糖。"说完,露西修女便出门了。

莎莉还穿着大衣,戴着帽子,胳膊下夹着她的小提包。她站在房间里,有那么一会儿不知所措。房间的两盏灯和厨房的灯都亮着。崭新一天的清晨,灰蒙蒙、似有若无的阳光正透过窗户射进卧室。现在已经快早上七点了,远处墙上的暖气片正嗞嗞作响,露西修女刚出门时溜进来的冷气在房间里绕了一圈,把屋里的暖气都赶走了。莎莉打了个寒战。她包里放着她从茶室地上捡到的那块紫罗兰色手帕。手帕绑成一团,像流浪汉的背包,里面装着一大把明矾。

莎莉把提包放在表面光滑的椅子上,脱下外套和帽子盖住包,然后走进厨房烧了一壶水准备泡茶。水在烧时,她返回客厅拿起包,把包放在厨房的小桌子上。她把科斯特洛太太的两个茶杯摆在桌子上,用勺子将茶叶舀进银色茶球,接着将茶球放进锡壶,待水烧开后把水倒进壶里。然后,她走到自己的包前,毫不费力就找到了那块紫罗兰色手帕。

莎莉解开手帕,将明矾抖进空杯子里,然后倒入茶水,水一下子就变浑了,冒出的淡淡气味让莎莉想起伊路米娜塔修女的洗衣房。她又往杯子里加了糖和牛奶,用勺子尝了一下。苦涩刺激,喝起来不像是茶。水槽上方的柜子里有科斯特洛先生的威士忌,她曾经见过,于是马上抬手拿出那瓶酒,往茶里倒了一点儿。她一瞬间想起火车上那个布朗克斯区的女孩。莎莉把手帕系好放回提包,啪的一声扣上包的扣子,那声音在房间里回荡。莎莉确定自己听到了回响。

莎莉先将茶杯放在茶碟上,然后端着杯碟进了卧室,一路上听着小勺在叮当作响。科斯特洛太太像往常一样,身子靠在床头。珍妮修女正在给她测脉搏。

"露西修女说给她喝点茶,"莎莉低声说,"厨房里还有一杯,是给你的。"莎莉的手一直盖在杯子上,像是要把不可示人的气味捂住,掌心已经被蒸汽熏湿了。莎莉感觉自己喉头痛得发紧,知道自己随时都可以把杯子扔掉。科斯特洛太太扑闪着眼皮睁开眼,蓝色的眼睛空洞无物。"我不想喝,"科斯特洛太太低声说,"拿走。"她虚弱地咳了一声,想让自己身子躺平。

珍妮修女给科斯特洛太太调整了一下她脑后的枕头。"亲爱的,坐起来一点,对你的肺更好。"珍妮修女说话时语气温柔。莎莉看得出来,这话之前应该说过很多次了。"我知道你累,科斯特洛太太,但最好给你的肺留点空间。"

科斯特洛太太又咳嗽起来,她眯着眼睛,像个生气的孩子。"我已经受够你了。"

珍妮修女说:"你什么都受够了,科斯特洛太太。喝点茶,吃点东西,就又有力气了。"

珍妮修女示意莎莉到床边来。"就一勺,"她低声说,"一次只喂一勺。我去拿点吃的东西。"

莎莉端着杯子的手在颤抖,杯子在茶碟上摇晃。明矾沉在杯底。莎莉计划先给科斯特洛太太喝几口茶,然后用勺子把杯底的湿明矾舀起来,给她喂下去。用明矾堵住这个女人的喉咙,停止她的呼吸。

莎莉打算以自己的灵魂不得安息为代价,换取母亲这一生的幸福。

这真是一个荒唐的念头。即使到了眼前这一步,她仍然觉得这计划荒唐。在那个痛苦的夜晚,当她从酒店步行回家,脑中想着丁香和千金子藤,想着六月的婚礼,想着那个流血、散发着臭味、抱怨连天、手如鸟爪、皮肤苍白的可悲女人如何阻挡她母亲获得幸福,阻挡她母亲进入天堂时,她第一次想到了这个计划,当时只觉得这想法荒唐透顶。

就在昨天,当她哄伊路米娜塔修女上楼去做午后祈祷时,她依然觉得荒唐。"难道你不想去教堂里祈祷吗,修女?"她故作天真地问,"你下午这样守着你的熨衣板有多久了?"她心里一直在说,这计划真是太荒唐了,她绝不会去做,也没那个胆量,同时却在紫罗兰色的手帕里装上伊路米娜塔修女的明矾。莎莉知道,这些明矾本来是用来作修女面纱、捐赠的婴儿衣服和厨房窗帘的阻燃剂的。

今天一大早,她就在蒂尔尼太太家的床上睁开了眼睛。清晨例行的喧闹声在每个房间里回荡:楼梯上有咚咚咚的脚步声,蒂尔尼先生在敲打厕所门;女孩子们也在抱怨,她们要上厕所;"我可以穿你的……""我可以借……"的声音在四个女孩中此起彼伏;帕特里克在叫父亲,蒂尔尼太太在喊家里的双胞胎;蒂尔尼先生以可爱的男中音哼着曲子,经过她门口去大厅;烧开的水壶在吱吱尖叫,锅里煎炸的培根噼啪作响,还有烤吐司的声音。这味道又让莎莉想起她从芝加哥回家看到的那一幕。在那一刻,她愚蠢糊涂却也充满信念地以为,父亲在她离开时复活了,他回来让母亲重获幸福,重拾明朗的笑声,再次过上快乐生活,让她不再只是孤单一个人。

这是个荒唐的计划,她知道,甚至当她在冰冷的房间里起床,穿好衣服,对蒂尔尼太太说谎,说要去修道院看母亲时,她还觉得这事儿荒唐。可大声说谎好像推了她一把,让她的荒唐计划,可怕计划,有了成真的可能。她说了谎,出了门,突然之间,这计划似乎不再只是空想,而变得切实可行。只要她完成这个计划,母亲从此就会恢复生活,逃离堕入地狱的噩运,重获进入天堂的资格。

"顺道去修道院看母亲。"她是这么说的。这个谎说得极其自然,可一离开蒂尔尼太太家,她就直奔科斯特洛太太家而去,踏上科斯特洛太太家公寓的台阶,进了科斯特洛太太的家门。她的手提包里带着一大把明矾,包在香气扑鼻的手帕里。

现在,她手里正捧着它,一个人站在科斯特洛太太的床边。

莎莉用小勺轻轻舀起一口茶,将勺子慢慢移到科斯特洛太太嘴边。科斯特洛太太毫不费力地将茶喝进嘴里,咽下肚,闭上嘴。她摇摇头,开始咳嗽,似乎将全身力气都用在了咳嗽上,随后说:"不喝了。"

"再喝点。"一股热潮突然在莎莉体内涌起,那是一种不自然的热,这股热气直升衣领,爬到她脸上。科斯特洛太太勉强又喝了一口。她的嘴唇干涩单薄,看起来含着怒气,头发里冒出苍白的发丝,脸上、两颊和下巴上的骨头明显突出。瘦小苍白的科斯特洛太太此时仿佛只剩下一具骨架,没有胸,臀部窄小,床单和床罩下只有一条好腿,整个人在房间里勉强可见,几乎没有多少存在感,而世间的很多人却因为她而陷入痛苦。

莎莉用勺子舀起杯底的混合物。

这时,珍妮修女回来了,手里也拿着一只茶杯和一把勺子。"如果你想吃点东西,科斯特洛太太,"她走近床边,"可以来点苹果酱。"

科斯特洛太太仍在咳嗽,但轻了许多,嘴里不断轻声尖叫"不吃"。她靠在枕头上的身子下沉。"亲爱的,让一让。"珍妮修女走到莎莉和科斯特洛太太两人之间。

莎莉转向梳妆台,从镜中看到自己此时的样子——面色苍白,双眼圆睁,看起来甚是可笑。她把精致的茶杯和茶碟紧握在胸前的样子看着有点癫狂;可噎住一个女人的喉咙,停止她的呼吸,这想法更疯狂。为了她最爱的母亲的幸福,竟要抹杀另一个女人单薄无用的生命,虽然这女人活着只是负担。

莎莉看着婚纱照上那两张年轻的面孔。

科斯特洛太太裙子蕾丝的下摆处,露出两只穿着缎子鞋的好脚。科斯特洛先生那一头浓密的黑色波浪卷,因为用了润发油而闪闪发亮。

他们是不是也正双眼圆睁,从过去看着眼下这一刻?

科斯特洛太太又开始咳嗽。莎莉瞥了眼身后,就在转身的这一瞬间,科斯特洛太太的声音似乎突然变了调。她本来身子已经滑低,可现在,随着咳嗽,头向后仰,脊柱突然弓起;她的脸像游泳运动员破水而出一样,猛地从枕头上抬起;脸颊和脖子上泛起各种形状的红疹,像瓷娃娃身上的裂纹;科斯特洛太太用手抵住床垫,貌似想起身,可已咳嗽得完全不能自已,那条被截肢的短腿在随着咳嗽狂摆。莎莉马上向科斯特洛太太走去,可茶水漫过杯沿,洒到她的上衣上。她急忙转身放下茶杯,待她再转过身时,却一头撞上身穿黑色长袍的珍妮修女的后背。珍妮修女白色的帽子虽然朝着科斯特洛太太,可人已经离开床边。她手里还拿着那杯苹果酱,勺子悬在空中。科斯特洛太太的咳嗽声又变了调,不再是忙不迭地出气,发出像捶打衣服的声音,而是拼命向体内吸气,好像受了伤,正大口深吸气。她的小嘴张开,同时张开的还有那双无神的眼睛——莎莉第一次见到人的眼神里竟可以同时掺杂着如此多的情感:慌张、害怕、痛苦和震惊。

莎莉听到自己在放声大叫,她抓住珍妮修女的袖子。"快帮帮她,修女。她噎住了。"

珍妮修女没回头,手臂一挥,拦住莎莉的腰,手中还握着那把勺子,示意女孩保持距离。珍妮修女稳住手臂,眼睛盯着科斯特洛太太,态度坚定而冷静。

莎莉隐隐约约觉得,珍妮修女好像认为现在最好退后等着,等科斯特洛太太这一阵发作、这一阵胡闹自己过去。

此时的科斯特洛太太脸已发紫,嘴里发出如同咆哮、撕扯的声音。透过两片变成蓝色的嘴唇,莎莉可以看到科斯特洛太太湿润嘴里的舌头。她呼吸急促,胸口不断起伏,好像要把瘦成一条的身体里的内脏都吐出来。随着她拼命呼吸,肺部也在呼呼作响,科斯特洛太太身子突然蜷起,那条好腿抬到腹部,头向下低,像要跟腿合成一个圆。然后,咳嗽的动静又变了,音调开始降低,突然一下消停了。莎莉再次听到雨水经过房子的排水沟哗哗向下流的声音。

这时,露西修女走进了房间,她身上依然披着一身黑色斗篷,如同正在降临的夜色。她的斗篷和黑色面纱都淋了雨,雨滴闪闪发亮。房间里突然弥漫着雨的味道。露西修女走到床前,弯腰将轻得如同羽毛的科斯特洛太太抱在怀里,修女的动作如此轻松熟稔,倒好像科斯特洛太太自己主动投入了露西修女的怀抱。珍妮修女这时也来到床边,扶着科斯特洛太太的两个肩膀,两个修女一下子让科斯特洛太太坐起身,开始拍打她的手腕,捶打后背。然后,露西修女像母亲对待小孩子那样,将科斯特洛太太的头轻轻枕在自己黑色袖子的臂弯里。时间一分一秒过去。科斯特洛太太似乎终于平静了下来。两位修女把她再轻轻放下。莎莉看到科斯特洛太太的长辫子整齐地摆在身前。她的身子绵软无力,嘴张开,露西修女抬手用拇指拂过科斯特洛太太的额头,好像擦去她额头上的汗水,或脸上的一滴泪,斗篷挡住了科斯特洛太太的脸。莎莉看到珍妮修女在胸前画了个十字,露西修女也这么做了。

　　房间陷入奇怪的寂静之中,就连敲打窗户的雨水对此也无能为力。两位修女开始围着床忙活起来,动作优雅而笃定,以至于莎莉觉得这肯定是长期以来形成的一套固定程序。露西修女双手托着科斯特洛太太的头,把头抬起,调整了头下面的枕头,然后又轻轻放下。珍妮修女推开床单和毯子,开始整理科斯特洛太太腿上的睡袍,她轻轻地将科斯特洛太太刚才痛苦时弯起的好腿挪正,摆成一个看起来更舒服的姿势,然后将截肢的那条短腿对齐,最后将睡袍下摆向下拉到盖住脚踝的位置。

　　两位修女一言不发,举起绞缠在一起的床单,往空中一抖,再向下一落,床单变得光滑平整。她们干净利落地将科斯特洛太太包在床单里。露西修女把科斯特洛太太如细绳一般的辫子搭在肩上,从自己的深口袋里掏出一块手帕,擦去喷在辫子上的苹果酱,也把她嘴唇上流出的稀苹果酱擦掉。当露西修女把手帕放回口袋时,珍妮修女走到窗前,打开窗户,让凉爽的空气进来。

看到两位修女并排跪在灯火通明的房间的那一刻,莎莉这才如梦初醒,科斯特洛太太已经离世了。

那杯掺了明矾的茶还放在梳妆台上,但感觉好像已是好几个小时之前的事了。莎莉放下——几乎是扔下——茶杯时,有茶水溅了出来,空气中有一股威士忌的气味。旁边还有珍妮修女拿进来喂科斯特洛太太吃苹果酱的杯子和勺子。莎莉没看到珍妮修女是何时放下杯子的。杯子里装着奥黛特太太做的苹果酱,里面混着苹果块和大块果皮。

现在,这一切都毫无意义了:几分钟前,还给科斯特洛太太拿吃的喝的,现在,科斯特洛太太已变成了一具尸体。这真是荒诞!

手里空空的莎莉也慢慢在两个修女身后跪下,跪在修女的黑色面纱、长袍和鞋底朝着她的破旧的黑鞋之后。修女们在念《圣母经》。莎莉跪在修女身后,膝盖下是一块破旧的波斯地毯,跟铺在伊路米娜塔修女洗衣房地上的、莎莉小时候在上面玩的那块波斯地毯没多大不同。眼前这块地毯很干净,莎莉心想,但也许这儿或那儿夹杂着科斯特洛先生那双农民大脚从街上带来的沙子、泥土或其他什么东西。现在是二月,毫无疑问,过去几个月里，地毯经常有人打扫，但自春天之后，应该就没再拿出去拍打清理过。

露西修女此时倚着科斯特洛太太的床，慢慢站起身。随着床垫受力，科斯特洛太太的身体微微动了一下。珍妮修女依然一动不动地跪着，低着头。现在看起来高高在上的露西修女，俯看着莎莉，侧头示意她离开房间。"把那些杯子拿走。"露西修女听起来疲惫不堪。在莎莉的印象中，露西修女从没像今天这样虚弱无力过。莎莉听话地端起装有毒茶的杯碟，手指握住装有苹果酱茶杯的边，把两个杯子紧紧抱在胸前。临出房间时，露西修女在梳妆台前停下，打开抽屉，从中取出一件叠得整整齐齐的科斯特洛太太的睡袍，那是几分钟前珍妮修女刚放进去的。她把睡袍放在梳妆台上面，然后出了房间。

莎莉跟着露西修女进了厨房。露西修女提起茶壶，在水槽边装满水，把茶壶放在炉子上，生上火。她在厨房橱柜里找到一个锡制洗脸盆，把温热的水倒进盆里，好像突然想起什么，"啧"了一声，摇摇头，返回了客厅。她很快又回来了，脱掉了斗篷，在长袍外围了围裙，还用黑丝带把面纱系在脑后。露西修女先把剩下的水都倒进盆里，然后从浴缸旁的牛奶箱里拿出一块肥皂，放进水里。她端起盆，走出厨房。经过莎莉时，露西修女停下来上下打量了她一番，莎莉胸前还抱着杯碟。莎莉看见露西修女的目光落在那杯苹果酱上,修女的眉毛一扬,但只说了一句:"洗干净,好吗?"

莎莉将一个杯子里的茶水、白色的糖渣和明矾倒进水池,又把另外杯中的苹果酱刮出来也倒入水池。大块的苹果和苹果皮堵在下水道口上,她用勺子将它们捅下下水道,然后打开水龙头,直到将所有东西冲得一干二净。她此刻心绪如麻,无法思考将来,甚至连下一个小时的事儿也无法想清楚。近来发生的这些事儿如梦似幻,仿佛不是真的,感觉更像在梦中。她几乎想不起自己那荒唐的计划。她到底想要什么?她为什么会在这儿?

莎莉从角落里拿起抹布和扫帚,返回客厅,开始用抹布擦那两盏褪色的灯罩,然后是密闭壁炉的炉台。炉台上放着一尊圣约瑟的雕像,圣约瑟一只手握着锤子,另一只手放在胸口上。莎莉听到两位修女从卧室里传来的动静和水流到盆里发出的哗哗声,闻到肥皂的清香。两位修女偶尔简短交流几句:"再来一条毛巾,修女。""谢谢,修女。""你扶住她这儿……"

珍妮修女端着满是肥皂水的盆子从房间里出来,低着头,莎莉看不见她的脸。她听到珍妮修女把水倒掉,把一些东西放好。再经过莎莉时,珍妮修女碰碰莎莉的胳膊,抬头看着她。莎莉看到珍妮修女两眼满是血丝,脸上毫无血色,在白色头巾和白色帽檐的衬托下,脸看起来灰蒙蒙的。珍妮修女紧抿着小嘴,低声说:"进来祈祷吧。"

莎莉不情愿地把扫帚靠在壁炉上,然后把抹布放在扫帚旁。她把湿漉漉的手在裙子上抹干净。珍妮修女正在卧室门口等她,等莎莉走近,对她伸出手,示意女孩走在自己前面。莎莉突然想起珍妮修女刚伸手拦住她,不让她靠近科斯特洛太太的那一幕。

房间里有了新的光亮。起初,莎莉还以为外面已经放晴,阳光冲破云层,透过窗帘射了进来,可后来发现原来是梳妆台上新点了两支蜡烛。蜡烛燃烧的气味与床上新铺的亚麻布床单的清香,以及修女给科斯特洛太太净身所用肥皂的余香混在一起,闻着让人精神一振。科斯特洛太太还和刚才一样,躺在床单下一动不动,看着瘦成一长条,膝盖部位支起,截肢的腿那里凹进去。她双手交叉放在新穿的睡袍胸前,脸庞四周散落着漂亮的小缕湿发。她的脸色一如既往地苍白,可嘴唇看起来有些不一样,颜色发灰。她此刻的面部线条比平时鲜明,看着更加精致。

梳妆台上的瓷面娃娃此时看起来很可怕。

莎莉开始哭。她低下头,任由自己哭,脑中一片空白,什么也不想,没想过去的这一个小时,过去的几天或几周发生的事儿,也没想将来。珍妮修女伸手搂住她的腰。莎莉感觉修女的小手按在她的身侧,紧紧搂住,又放开。她所计划、想象、希望的一切,所有与自己、与上帝、与未来和过去忧心忡忡的讨价还价,在这一动不动的终极静止面前全都成了虚无。有那么一瞬间,她甚至想不起她为何而来,也无法思考这意味着什么。她只是在哭。房间里有烛火、肥皂、珍妮修女的长袍和她轻轻塞进莎莉手里的新手帕的味道,还有露西修女的味道。雨水正在敲打窗户,排水沟里的水哗哗在流。一动不动躺在床上的身影,还有那股气息,死亡的气息——动物的死亡,墙后的一只死老鼠——正渐渐侵入房间。

露西修女开口了,轻声低语,莎莉从没听露西修女这么小声说过话。"科斯特洛先生马上就回来了。"这意味着莎莉该走了。

莎莉跟着珍妮修女返回客厅,她的手还在脸上抹眼泪。她戴上帽子,穿上大衣——感觉自脱下大衣到现在,好像已经过了一辈子那么长——然后想起还得去厨房拿她的包。珍妮修女跟在她后面,对她说:"走之前喝口水。用冷水洗把脸。"莎莉听话地走到水池旁。等她转过身,珍妮修女将包递给她,扣子是打开的。莎莉接过包,可修女仍然紧紧抓住包的带子,直到一秒钟后她抬起头、眼睛迎向莎莉的目光才松开手。"不管你打算做什么,你没有害人,亲爱的,"修女说,"上帝是公平的。他知道到底发生了什么。"

莎莉走下科斯特洛太太公寓狭窄的楼梯,走过十六个街区,来到酒店。街道上充斥着雨声、人声、小汽车和卡车的声音,闹闹哄哄。有人大喊大叫,商店门口的女孩在放声大笑。一群撑着雨伞、面容严肃的人从莎莉身边走过,有的人看着她,有的人望着别处,那一瞬间,她确定,这些人都没意识到,他们最终都将一动不动。死亡将夺去他们的容貌,打着手势的胳膊和手,一张一合的嘴和起伏的胸膛。她来到酒店,看到匆忙的身影进进出出,玻璃门因此而一闪又一闪。蒂尔尼先生穿着米黄色的制服,嘴里打着口哨,手举在空中,脚下黑色的街道像黑漆皮一般闪闪发亮。当硬币塞进蒂尔尼先生手里,滑进他的口袋时,他大笑的嘴和浓密的胡子并没意识到,它们最终都会瘫痪,突然就一动不动了,再也无可挽回。莎莉走进酒店,坐电梯到员工室。她一边换衣服,一边想象着身边和她聊天的女孩突然头一软,被一只黑色的手臂轻轻勾住,缓缓躺在枕头上,从此一动不动。在茶室里,她看到了平静之下的喧嚣,勺子与杯碟那轻轻的碰撞声,轻柔咽下蛋糕和三明治的声音和喃喃细语的聊天声——愚蠢的人类对于死亡根本毫无意识。无论怎样,一种可怕的静止最终将征服人类。眼前的人在用勺子舀糖加到杯子里,身子向后靠,从腰上拿出表,或用亚麻布餐巾擦拭粉红的嘴唇,但最终,一种可怕的寂静都会让他们停止呼吸。

下班后,在寒冷的黑暗中,顶着雾气包裹的路灯,莎莉步行回家。见过她所看到的这一切,她该如何继续生活?说"我改主意了",拒绝当修女是一回事,因为长途火车让她看透了肮脏世界的真相,看清楚了自己的内心,面对那些肮脏的人,她更想大声诅咒,对着他们当头一拳,而不是掏出干净的纱布为他们疗伤。但现在,她想拒绝的是生活本身,当她知道自己的生活最终将迎来那种静止,那种无足轻重,还有那种死亡的野蛮气味,她还怎么活下去?

在这个奇怪的时刻,她经过的每座教堂都亮着微弱的灯光。四旬斋①已经开始了。她知道,教堂里的雕像此时都蒙着一层紫色的光。经过教堂时,教堂湿漉漉的石头和每个阴暗的角落都似曾相识,潮湿和冰冷的石头,熟悉但让人感觉不舒服。她来到修道院。修道院窗前的灯火今天似乎也很暗淡。修女们辛苦了一天,正在祈祷。她走到自己的家,母亲的寓所,看到卧

---

① 四旬斋,源自《圣经·新约》中魔鬼试探耶稣的故事。魔鬼把耶稣困在旷野里,40天没有给耶稣吃东西,耶稣虽然饥饿,却没有被魔鬼诱惑。为了纪念耶稣的荒野禁食,信徒们就把每年复活节前的40天作为自己斋戒及忏悔的日子,叫作大斋节或者四旬斋。

室的窗户亮着灯。母亲一个人,还是科斯特洛先生又回到她身边了?整个下午她都没想过科斯特洛先生,也没想过母亲未来的生活。丁香,山谷百合,六月的天气。他们现在可以自由结婚了。莎莉试着去憧憬幸福,用对未来光明日子的想象浸润自己的身心,让幸福深入骨肉。希望像祈祷一样,有时能令人产生如被电击般的感动,从而让心灵得到慰藉。可无论她如何想象这个夏天的美好,都无法消除脑海中科斯特洛太太躺着一动不动的情景。

那块包着剩下的明矾的紫罗兰色手帕还在她包里。

她的意图,她那荒唐的杀人计划,现在想起来很幼稚,很天真,也很无知。她希望拯救母亲的灵魂,即便这意味着她自己灵魂的死亡,而幼稚天真的她并不知道这到底意味着什么。

她父亲清楚。他一直都知道,一动不动地躺在地下挖出的坑里,没有祈祷、没有愿望、没有想象,也没有任何牺牲可以让他再动起来。当然,他再也不会回到她们身边了。

不知不觉间,莎莉走进了蒂尔尼太太家的厨房。她已经在外面走了好几个小时。汤姆和帕特里克坐在厨房的餐桌前,头上亮着一只光秃秃的灯泡,两人面前摊着书本和纸。他们都在上夜校。看莎莉进来,两兄弟就像看见妹妹回家一样不在意地抬了下头。"我们正琢磨你怎么了,"汤姆说,"我妈还以为你回你母亲家了。"

莎莉又一次脱下因为淋了雨而沉甸甸的帽子和大衣,把它们挂在门上的钩子上,又将包放在地上,走到厨房昏暗的灯光下。

"你看起来像只落汤鸡。"帕特里克漫不经心道,然后没起身,拉出身旁的椅子。"坐下休息一下吧,"他说,"来杯牛奶。"他仰身向后,从排水板上拿起一个玻璃杯,又从桌上的瓶子里给杯子倒满牛奶。莎莉坐下来,他把奶放在她面前,就像哥哥对妹妹那样。然后,两兄弟又继续学习,完全无视莎莉的存在。莎莉从没感到过如此疲惫,即便在火车上度过的那两个不眠之夜也没现在这么累。

帕特里克正在给汤姆解释图表,他在笔记本上画了一些东西。汤姆看起来一头雾水,手把头发抓得都竖了起来。

"水会自己找平,"帕特里克说,"明白了吗?"

汤姆一脸不耐烦地说:"不,我不明白。而且你再怎么反复说我也不明白。这到底是什么意思?你是说,水有脑袋,还长了眼睛吗?它是不是像盲人一样,伸着胳膊走来走去?真是胡说八道。"

帕特里克俯身瞧着那张纸。"这图的意思是……"他的手指一边在纸上移动,一边说,"你试着想一下。这里是水渠,这里是水塔,这是管道,这有个阀门。你在听吗?"

"我在听,"汤姆说,"但听不懂。"厨房灯光昏暗,看不清汤姆的脸。他比弟弟帕特里克高,也更重。他的眼睛总像半睁半闭。汤姆头脑迟钝,帕特里克则是个机灵鬼。这是蒂尔尼太太家公认的事实。许多笑话都出自这两人,他们俩在出洋相方面不分伯仲。汤姆闹笑话是因为无知,帕特里克闹笑话则是因为骄傲自大。

"好吧,"帕特里克接着说,"水会自己找平。"还没等他继续向下说,汤姆已经站了起来。"好了,"他说,"我不听了。"他转身看着莎莉道:"如果你愿意,你可以和这只鹦鹉聊。我要自己找平,躺下睡觉去了。"他伸手指着厨房宽大的水池。"如果你想知道水在找什么,就打开水龙头。"

汤姆出了厨房,随即传来咚咚咚上楼的脚步声。帕特里克耸耸肩,拿回他的图,塞进书里。他开始整理书本,突如其来的寂静使他感到尴尬。"你还要不要再喝点奶?"他问莎莉。莎莉根本还没碰他刚才倒的那杯奶。

"不用了,谢谢。"莎莉说。帕特里克将瓶子里的奶都倒进自己杯子里,然后不高兴地看着,恼火地摇摇头,好像这是别人给他倒的。仿佛杯子既然满了,他就不得不留在桌旁陪她。帕特里克端起杯子,喝了起来。

"之前你没回来，"他放下杯子，擦擦嘴，"我母亲还以为你回自己家了。"

莎莉说："我没有。"

帕特里克小心翼翼地补充道："不过，她说你准备回你母亲家了。"

莎莉说："我还没想好。"她不确定帕特里克对自己母亲的事儿知道多少。她猜应该知道得不多。蒂尔尼太太不会和成年儿子讨论这种事。像帕特里克这样的年轻人对这种事也不感兴趣。在过去几个月里，蒂尔尼太太一家都心照不宣地认定莎莉之所以住这儿，只是因为这里离上班的酒店更近，虽然蒂尔尼先生是在露西修女把莎莉带到这儿之后，才给莎莉找了那份茶室工作，而不是在此之前。

莎莉伸手握住桌上装着牛奶的高玻璃杯，说："我有时早上去看望的那位女士，科斯特洛太太——"她停了一下，然后继续道："今天我还在她家时，去世了。"

帕特里克身子往椅子里一沉，像被人轻轻打了一拳。他在胸前画了个十字。"很遗憾听到这个消息，"他说，"是因为生病吗？"

"她得了肺炎。"莎莉说。然后，她又补充道："她只有一条腿，被狗咬伤感染了，所以不得不截肢。这已经是很多年前的事了。这让她这儿出了毛病。"为了让帕特里克明白,她用手指点点自己的太阳穴。

帕特里克又喝了口奶,不情愿地放下杯子。他若有所思,突然像想到了什么,问:"你说的是送奶工的妻子吧?"仿佛他只是在就事论事。他指指排水板上的牛奶瓶。从他的表情可以清楚地看出来,他刚问出口,马上又不确定现在该不该问这个问题。

莎莉说:"是的,没错。"

帕特里克又点点头,决心将谈话引向正轨。他说:"我妈妈说你人很好,去陪她。那可真不容易。像你说的,只有一条腿,精神还出了问题。"帕特里克暗暗对自己的表现沾沾自喜。

莎莉说:"是的,不容易。但并不总这样。"

然后,两人默默坐着,一言不发。两层楼之上,帕特里克父亲的呼噜震天响。蒂尔尼先生的呼噜有时简直可以掀翻屋顶。她看到帕特里克瞥了她一眼,他心中正估量她对这动静的忍受力,并为此感到尴尬。莎莉突然发现,帕特里克心里有事根本藏不住,全都写在他那张脸上和那双眼睛里,他人虽然很聪明,但如果你仔细观察,不难猜到他正在想什么。

很难想象这张脸一动不动的样子。

帕特里克说:"你听我父亲讲过雷德·惠兰的故事吗?我是说,我们家那个独腿男人的故事。"

莎莉说没有,于是帕特里克就讲了起来。

他讲了很久,作为家里更为聪明的儿子,他习惯性地给莎莉补充了他所知道的内战历史、门卫行业的魅力、父母的传奇爱情,以及在那个春天的傍晚,餐厅窗口的丁香花丛还没开花,一家人正在吃晚饭时,雷德·惠兰,那个替他祖父上战场的人,敲响了他家房门的事。

讲到故事结尾,帕特里克做了一个夸张的手势,右手对着厨房的铁皮天花板和位于厨房上方的五个漂亮房间一挥,就好像整座房子,这房子的每一块砖和石头都可以给他作证,证明他告诉莎莉的千真万确。就好像这个故事本身,虽然只是被讲述,只是空中的气息,却能让孤男寡女大半夜不睡觉,共处一室,陷入爱河——至少对帕特里克来说,这是的的确确、无可反驳的现实。

帕特里克用右手夸张地一挥,结束了他的夸夸其谈,因为他的左手正握着莎莉纤细的手指。莎莉冰冷的手在他手中终于变得温热,而他则不想再撒手。

恩　　赐

我们的父亲说:"依鄙人愚见,自那之后,你们母亲的生活就从黑白变成了彩色。"

莎莉的母亲在六月举行了婚礼。虽然是在空荡荡的教堂,而且是在工作日举办,不过依然有丁香和百合。然后,他们在蒂尔尼太太家附近买了一栋联排房子,彻底摆脱了两人之前的旧公寓:一间粉刷又粉刷,刷过很多遍,另外那间则空荡荡的像和尚的僧舍。蒂尔尼先生从萝丝曾姑奶给的"补偿金"中拿出一大笔钱借给莎莉的母亲。然后——"就在最后,"我们的父亲说,"就在大家都以为不可能了的时候。"——在某个明亮的清晨,四十八岁的安妮又生下一个女儿。他们给她起名为格蕾丝①。

每当安妮去修道院洗衣房帮忙,莎莉就用婴儿车推着妹妹。在安妮背负罪恶的那段时间,修道院又雇了一个年轻女人,也是一个寡妇,她的孩子也在洗衣房的地上玩。

帕特里克·蒂尔尼一有空就和莎莉一起,一边推着婴儿车散步,一边回忆他们小时候的有趣生活:每天早上,两位母亲推着婴儿车,带着小时候的他们散步。帕特里克称两位母亲为"两位皇后"。但莎莉告诉帕特里克,与她现在的生活相比——住在高高的房子里,身边多了个小妹妹,还有终于懂得什么是闲暇的母亲,她在修道院长大的那段日子简直像个苍白的梦。哦,莎莉还多了一个算是父亲的人。科斯特洛先生一直无法直视莎莉的眼睛,心中似乎饱含歉意,这让他在莎莉面前总像舌头打了结,人也温柔体贴。两人关系日益亲切。

自那个漫漫长夜,帕特里克·蒂尔尼在他母亲的厨房里谈天说地开始,他追求莎莉,直到格蕾丝上了学,他才终于鼓起勇气求婚。

当莎莉正在哀伤,再不能每天总见到自己的小妹妹时,帕

---

① 英文 Grace,作为人名是格蕾丝,但还有恩赐的意思。

特里克问:"你自己生几个孩子怎么样?"

这真是一个很不得体的求婚,我们的父亲说,不过这是所有男人都会犯的错。

当父亲步入迟暮之年,我们也开始变老,父亲把他在那个雨夜讲给母亲听的故事又给我们说了一遍:曾祖父的葬礼,参加葬礼的火车之旅,还有纱门后的那个爱尔兰女佣。

要不是你们的母亲不当修女,回来了,父亲说,我很可能就娶了那个女佣。

父亲又想起祖父栗色的胡子、修身的西装和装着威士忌的长颈瓶。还有在那个可怖的夜里,祖父于黑暗中的哭声。以及,我们祖母当时说的那句话:爱是补药,不是解药。

还有老雷德·惠兰。

我们聚在父亲的房间里。他一生搬过十几次家,住过有五间房的好房子,不过到我们快乐的童年时代,那房子已成了破败之地。父亲现在住着一座小房子,有一间卧室、一个卫生间和一个小厨房。自母亲过世之后,父亲整天待在他以单身汉的眼光为自己挑选的高楼里:简单,空荡荡,孑然一身。

父亲现在会突然毫无征兆地跟我们讲,他这一生过得不错,反复说起家里拥挤的童年时光,回忆穿着打扮优雅的祖父,以及嘴像刀子一般厉害的祖母。

我们的母亲,本想当一名修女,仔细想过后又改了主意。"圣萨维尔,你们知道吗,那是你们母亲受洗时的名字。"

一个失去父亲的女孩,一个穿着白色羊毛衫、从小在修道院长大的孩子,一个我们的父亲从小就知道自己终将迎娶的女孩。

随着我们也渐渐老去,我们一直纵容着父亲,听他跟我们反复讲相同的故事,却对真相始终保持沉默:母亲中年时难以化解的忧思其实是医学上所说的抑郁症,在那个年代还不被人们所知。

而我们带着萝丝曾姑奶上楼,以为她开心得浑身颤抖,但那其实百分百是帕金森病。后来,我们也得上了这种病。

而我们年少时,在家中穿梭的那些神圣修女,即使在那个年代,也已经要濒临灭绝了。从那时起,主教就对她们的修道院——原本富人的豪宅垂涎欲滴。从那时起,教会也渐渐不再号召人们追求圣洁和自我牺牲,而支撑这种号召所需的幻想和迷信也渐趋式微。

我们想知道,曾祖父到底付了多少钱给雷德·惠兰?在父亲人生最后的日子里,当我们也日渐衰老之时,我们可以毫不忌讳地去谈那段历史。历史其实非常简单:过去所有失去的,所有悲伤都将会被时间淹没,而时间可以不费吹灰之力抹去每个人的喜怒哀乐。

在内战期间,曾祖父需要花多少钱才可以雇一个替身?

我们对此做了一番调查。对着父亲桌上的电脑屏幕,我们读到:《1863年征兵法》……我们读到:三百美元……只有有钱人才付得起。

我们竟然还发现林肯也雇过替身。这又有谁知道呢?一个年轻人受雇替林肯服军役。他被带到白宫,受到指挥官的祝福,结果却只参加了一场短暂的战争。旧《纽约时报》上有一篇文章说,在那个年轻人的家乡,有人提议建一座雕像,以纪念在内战时替林肯服军役的那位年轻人。

但福特剧院里的是林肯本人[①],我们哈哈大笑说。如果那个年轻人当时在福特剧院做替身,总统就可以躲过一劫了。

父亲说:"我父亲曾对他父亲说:'已经有人为了救你的命牺牲了自己。'他因此一直无法原谅自己当时的残忍。"

父亲说:"那都是很久之前的事了。"

我们向下翻,突然发现一篇奇怪的文章,我们在同一页报纸上看到:《差点害死他人的自杀事件》。

---

① 1865年4月14日晚,美国总统亚伯拉罕·林肯在福特剧院看戏时遇刺身亡。

"那说的应该是那个人,"当我们把这个报道读给父亲听时,父亲说,"那应该就是吉姆,你们母亲的父亲。看来,他是自杀。"父亲伤心地说:"是在家自杀的。"

父亲说:"谢天谢地,你们母亲一直都不知道。"

我们想起童年时那些宁静的午后,我们的母亲去睡觉以消解忧思,修女们代表圣母玛利亚来了,母亲一直活着其实多亏了修女,是修女为我们留住了母亲。

一想到这儿,我们忍不住惊叹:原来过去有很多事我们都不知道,有很多事跟我们所知道的有出入。

"现在,终于真相大白了。"父亲如是说。

无尽之日

珍妮修女问我们:"穿过让你们浑身痒痒的旧外套吗?毛太粗,袖子很紧。你穿着它根本跑不快,衣服箍在你身上,缠着这儿和那儿,绑住你的腿。因为你们已经长大了,而外套小了,明白?你早上之所以穿上它,因为你只有这一件衣服,或者因为外面又黑又冷,但一等太阳升上天——太阳每天都会升起来,即使阴云密布的大冷天也不例外,对不对?所以,到了下午三点钟,在你放学回家的路上,阳光直直地照着你的头,感觉像一只大手按在你的头上,或者说一把大锤。你感觉肩膀和后背开始发热,硬邦邦的旧外套刺得你有点痒。你感觉身上都是汗,明白?热得让你浑身发痒。"

珍妮修女的肩在黑色长袍里耸起,模仿我们痒得难受的样子。她帽子里的那张脸正对着我们笑。透过她身后餐厅的窗户,我们看到的是金灿灿的午后或夕阳西下的黄昏,飘飘洒洒的雪花或花团锦簇的春花,再或者是灰蒙蒙的下雨天。

"等进了那扇门你们会怎么做?"珍妮修女手抬过我们的头,指着我们身后厨房的门。我们转过身,因为这句话,我们好像看到自己像往常一样走进屋:手握住玻璃把手,肩蹭着斑驳脱落的墙漆。

"难道你以为我不知道你们什么样吗?我小时候不也一样?摇摇晃晃、打打闹闹、咯咯直笑,直到把那件旧外套脱下来,还会把脱下时翻出来的袖子再塞回去。"

珍妮修女深陷的双眼在白色帽子里闭上,她双手紧握举到下巴——圆圆的突出的下巴,柔软中带着玫瑰红,是田间劳动者被太阳晒出的那种红,两根食指指尖放在自己的小嘴上。珍妮修女闭着眼睛道:"等你们终于脱下那件旧外套,就会感觉到屋里空气的凉爽,皮肤像丝绸一样顺滑舒服,对不对?那感觉就像后颈和手腕碰到了凉水。"珍妮修女睁开眼,我们看到那双眼睛因为噙满了泪而闪闪发亮。"那感觉就像,在某个秋天或春天的午后,你们母亲的床单挂在外面的晾衣绳上,你们趁没人注意,从床单里穿过,让床单拂过你们的脸,从头上滑过,再从背上落下,不是吗?然后你们回过身,又做了一次。我可看见你们做过。床单散发着香甜,而且干干净净。"

珍妮修女哈哈大笑,两眼闪闪放光。"当你们脱掉那件旧外套,你就能感到空气原来这么好,不是吗?"

珍妮修女说:"这就是人到天堂时的感觉,明白?对你们来说这还早着呢,上帝保佑。对你们的老曾姑奶来说,已经不远了。"

珍妮修女虽背对着明亮的窗户,但不知何故,脸上突然闪过一丝阴影。她面色灰暗,眼神中的笑意也倏地一下消失了。"但我就没这个福气了,"她说,"永远得不到解脱。也感受不到那种美好了。"

珍妮修女说:"很久之前我就失去了去天堂的资格。"她抓住脖上挂十字架的链子,手抵在胸前的白色围兜上。"在你们母亲年少时。我想应该是她十八岁那年。"她停了下来,若有所思。"因为爱,我失去了进天堂的资格。这听起来很滑稽,是不是?你们肯定以为只有因为恨才会去不了天堂。"她耸耸肩,样子永远像个小女孩。"但我还是没法去天堂了。"

虽然当时我们正处于热闹欢乐的童年,可母亲却在楼上睡觉,消解忧思。老萝丝曾姑奶也已经消失在记忆之中,变成尘封的往事。

珍妮修女用拳头碰碰胸口。在她身后,鲜花锦簇,秋叶泛黄,大雪漫天或冷雨霏霏。"很久之前,我就放弃了进天堂,"珍妮修女说,"出于对朋友的爱。"

老珍妮修女白色帽子里的那双小眼睛,黯淡地看向我们。她目光中的忧伤有时会被关爱甚至是喜悦冲淡,但转瞬间又恢复了忧伤。我们发现,那并不只是一闪而过的忧郁,珍妮修女亲切苍老的脸其实一直蕴含着悲伤。"上帝明白我的心意,"她说,"所以我不祈求他的宽恕,明白?"

珍妮修女握住十字架链子的拳头张开,五个手指摊开,放在心口上。

她说:"我永远也没法脱掉那件旧外套,那是对我的惩罚。"

说到这儿,她环视一圈,用目光扫过桌旁我们每个人的脸。"但你们会为我祈祷的,对不对?"她问,"你们会为我迷失的灵魂祈祷吗?"

我们说会的,但根本不懂她为什么这么问。我们以为她只是过于谦逊,太过圣洁,所以才说自己不配上天堂。

然后,珍妮修女又一如既往地从轻快咧嘴变成哈哈大笑。瞧着修女黑色面纱后笑得乱颤的瘦弱肩膀,我们真切感受到了她对我们的喜爱。我们一直有种感觉,珍妮修女好像因为我们的存在、因为我们生龙活虎地活着而开心,而暂时忘却了所有悲伤。

珍妮修女悄悄小声说:"有些事上帝不让那些聪明谨慎的人知道,明白?他只告诉小家伙们。"

The Ninth Hour by Alice McDermott
Copyright © 2017 by Alice McDermott
All rights reserved
本书中文简体字版版权，浙江文艺出版社独家所有。
版权合同登记号：图字：11－2018－359号

图书在版编目(CIP)数据

第九小时／(美)爱丽丝·麦克德莫特著；房小然译.
—杭州：浙江文艺出版社，2022.6
ISBN 978－7－5339－6689－8

Ⅰ.①第… Ⅱ.①爱… ②房… Ⅲ.①长篇小说-美国-现代 Ⅳ.①I712.45

中国版本图书馆CIP数据核字(2021)第269497号

统　　筹	曹元勇
策划编辑	李　灿
责任编辑	周　思
特约编辑	石幼佳
责任印制	吴春娟
装帧设计	人马艺术设计·储平
营销编辑	耿德加　胡凤凡
数字编辑	姜梦冉　诸婧琦

第九小时

[美]爱丽丝·麦克德莫特 著
房小然 译

出版发行	浙江文艺出版社
地　　址	杭州市体育场路347号
邮　　编	310006
电　　话	0571－85176953(总编办)
	0571－85152727(市场部)
印　　刷	上海盛通时代印刷有限公司
开　　本	889毫米×1230毫米　1/32
字　　数	170千字
印　　张	9.75
插　　页	1
版　　次	2022年6月第1版
印　　次	2022年6月第1次印刷
书　　号	ISBN 978－7－5339－6689－8
定　　价	58.00元

版权所有　侵权必究

一本书打开一个世界

欢迎订购、合作

订购电话：0571-85153371

服务热线：0571-85152727

KEY-可以文化

浙江文艺出版社

京东自营店

关注KEY-可以文化、浙江文艺出版社公众号，
及浙江文艺出版社京东自营店，随时获取最新图书资讯，
享受最优购书福利以及意想不到的作家惊喜